Un beau jour

DU MÊME AUTEUR

Rendors-toi, tout va bien, Plon, 2021 ; Pocket, 2022

Agnès Laurent

Un beau jour

RÉCAMIER

92, avenue de France
75013 Paris
Tél. : 01 44 16 09 00
Fax : 01 44 16 09 01
www.editions-recamier.fr
www.lisez.com

Mise en pages : Graphic Hainaut
Dépôt légal : février 2024
ISBN : 978-2-38577-095-2

La chambre des parents est bien vide, aujourd'hui :
Aucun reflet vermeil sous la porte n'a lui;
Il n'est point de parents, de foyer, de clés prises :
Partant, point de baisers, point de douces surprises!

«Les Étrennes des orphelins», Arthur Rimbaud

1970

Un matin de la mi-août

Marie-Pierre s'est réveillée tôt. Trop tôt. Un bruit l'a tirée du sommeil. Le ciel est encore sombre. De l'autre côté de la chambre, Paule respire doucement. Un mouvement dans la maison, peut-être. Luc dort, elle entend un léger ronflement à travers la cloison. Il a le sommeil si lourd que le matin, il est impossible de le sortir du lit. Régulièrement, Père est obligé d'intervenir, Luc résiste, Père le bouscule, parfois Luc se fait mal en tombant. Quand il se plaint, maman lui répond en soupirant, tu connais ton père.

Marie-Pierre entend un bruit de casserole en bas. Jean a dû réclamer son biberon. Il a tout le temps faim. Il est capable de pleurer jusqu'à ce qu'on lui donne un peu de lait, un bout de pain. Ça énerve Père, il trouve qu'il est trop gâté, comment voulez-vous en faire un homme si vous cédez dès qu'il pleurniche ? Il dit vous, mais c'est à maman qu'il s'adresse. Il voudrait qu'elle éduque Jean plus durement, à ce rythme, il ne sera jamais un montagnard. Maman ne relève pas, elle laisse pleurer Jean cinq minutes, puis part le consoler. Le plus souvent, Marie-Pierre lui a déjà donné un truc à manger.

Ce petit frère, c'est vraiment le sien, elle aime quand il la cherche dans la maison en criant Marie ! Il ne l'appelle pas Marie-Pierre, il n'arrive pas encore à le prononcer. Elle est ravie, elle déteste son prénom composé. Elle voudrait ne plus aller à l'école, s'occuper de Jean toute la journée, elle n'en a pas parlé, maman ne serait pas d'accord. Alors, quand elle rentre le soir, elle se précipite pour prendre le petit dans ses bras, elle touche sa peau douce et lui fait des bisous. Luc se moque d'elle, il trouve ça bête d'aimer autant un bébé. Au moins, je suis utile à maman ; quand il est avec moi, il s'arrête de pleurer.

Marie-Pierre ne se souvient pas comment c'était, le silence dans la maison, avant la naissance de Jean. Elle ne sait plus si Paule pleurait quand elle était bébé. Aujourd'hui, sa sœur ne fait jamais de bruit. Elle se faufile d'une pièce à l'autre sans qu'on la remarque, elle est la seule à descendre les escaliers sans les faire grincer, pas même la septième marche qui trahit tout le monde. Luc pense que c'est parce qu'elle a peur de Père, qu'elle essaie de se rendre invisible pour éviter les coups. Marie-Pierre rétorque que sa sœur est juste née comme ça, discrète. Même quand elle se fait mal, on ne l'entend pas.

L'année dernière, ils étaient montés dans les pâturages avec les vaches, Paule a voulu courir après Blanchette qui s'éloignait, elle n'a pas vu la pierre en bordure du champ, elle s'est cassé le bras. Tout le chemin du retour, elle a tenu son bras tordu contre elle. Elle souffrait, mais à aucun moment elle n'a laissé échapper un cri ou une larme. Quand ils sont arrivés à la maison, Luc et Marie-Pierre ont appelé à l'aide. Père est venu en courant de l'étable, maman est sortie en portant Jean. Le bras de Paule pendouillait dans une position bizarre, toute la famille criait sauf elle. Il a fallu aller à l'hôpital, le médecin du village ne pouvait rien faire. Ils ont regardé leur sœur partir avec Père, elle n'avait toujours pas prononcé un mot. Père a raconté plus tard qu'en voiture, chaque trou de la route lui faisait un mal de chien, mais qu'elle se contentait d'une grimace. Il en était fier, elle est costaude, cette petite, répétait-il. Luc et Marie-Pierre étaient jaloux.

Paule était rentrée avec un plâtre tout blanc qui lui couvrait l'intégralité du bras. Maman n'a pas voulu qu'ils écrivent dessus. Ça fera tout dégoûtant après, a-t-elle décrété. Paule s'est chargée de le salir en le traînant partout dans la ferme. Ils se sont vite rendu compte que ce n'était pas si marrant que ça d'avoir un plâtre, on ne pouvait rien faire tout seul. Maman était obligée de nouer les lacets de Paule, de l'aider à s'habiller. Même pour manger, il fallait lui couper sa viande et ses légumes en tout petits bouts. Ouh le bébé ! avait ri Luc un jour. Il s'était pris une claque sur la tête de la part de Père, j'aimerais t'y voir, toi. Paule avait mis du temps avant de récupérer l'usage de son bras. Il est resté un peu de travers. Les docteurs auraient pu s'appliquer pour le réparer.

Marie-Pierre attend encore un peu avant de sortir de son lit. Dès qu'elle sera levée, elle aura plein de choses à faire. Se laver, manger, ranger les chambres. Maman n'aime pas qu'on refasse les lits sans les aérer, il faut secouer les couvertures à la fenêtre, ouvrir les draps, puis tout remettre en ordre. Marie-Pierre se contenterait bien de tirer la literie, franchement, qui ça gêne quelques plis ? C'est lourd, toutes ces couvertures, ces édredons, maman ne se rend pas compte. Un jour, Marie-Pierre le lui a dit.

Bien sûr que je le sais, a répondu maman, je le fais depuis tellement d'années. Marie-Pierre aurait voulu se défendre, ce n'est pas pareil qu'à ton époque, maintenant, on va à l'école, on a des devoirs en plus du travail à la maison. Elle s'était tue, si elle rouspétait encore, elle récupérerait deux fois plus de corvées.

Elle est contente de cette journée qui s'annonce. Elle a un peu peur évidemment, c'est la première fois qu'avec Luc, ils gardent les petits pendant aussi longtemps. Paule à la limite, ce sera facile, mais Jean, s'il se met à piquer une colère et à réclamer maman, qu'est-ce qu'elle fera ? Il a beau l'adorer, parfois, il ne veut rien savoir, il devient tout rouge, tape du pied, il n'y a qu'un adulte pour le calmer. Mais maman avait l'air si heureuse quand elle leur a parlé de cette randonnée, Marie-Pierre n'a pas osé partager ses craintes. Vous êtes grands maintenant, vous êtes raisonnables. Je compte sur vous. Et puis, ça passe vite une journée. Marie-Pierre s'est mise à rêver, ils pourront aller faire des glissades dans le champ derrière, ils pourront préparer un pique-nique et le manger au bord du torrent. Ou elle cuisinera un plat que maman ne veut jamais préparer, ou alors ils se goinfreront de fromage, de jambon, de pain. Il n'y aura pas leur mère pour leur dire, vous me videz tous les placards, ni Père râlant parce qu'ils coûtent trop cher. Ils pourront sauter sur les lits, courir dans les escaliers… Je compte sur vous, hein. Maman l'avait répété. Marie-Pierre avait compris que s'il y avait le moindre problème, ce serait sur elle et Luc que ça retomberait. Mais elle avait promis pour que maman parte tranquille.

Marie-Pierre pose un pied par terre. Le sol est frais. Hier, le soleil a cogné toute la journée sur le sol de la chambre, elle en sentait encore la chaleur en allant se coucher, elle n'avait tiré que le drap sur elle. La température a dû baisser dans la nuit, elle a repris la couverture sur ses épaules au matin. S'il ne fait pas très beau, les parents vont peut-être renoncer à leur balade. Elle rejoint maman dans la cuisine. Elle est devant la fenêtre, immobile. C'est rare de la voir comme ça. Marie-Pierre tire une chaise sur les carreaux pour signifier qu'elle est là. Chut, tu vas réveiller les autres. Maman s'est enfin retournée. Marie-Pierre voit du ciel bleu derrière elle, elle s'est trompée, la journée s'annonce belle. Vous partez à quelle heure ? Dans une heure. Commence ton petit déjeuner, il y a encore plein de choses à faire. Et toi ? Tu ne manges pas ? Si, si, bien sûr. Maman se force à prendre un bol de café et une tartine.

Marie-Pierre se rend bien compte qu'elle n'en a pas envie, elle n'avale quelque chose que parce que sa fille lui a dit qu'il ne fallait pas partir en montagne le ventre vide, s'il t'arrive un pépin, tu seras sans force pour y faire face. Père le répète sans arrêt. Même pour une petite randonnée, il vérifie que les clients aient de quoi manger. Et il emporte toujours quelques-uns de ces gros biscuits qui servent de ravitaillement d'urgence. Elle demande à maman si elle veut une autre tartine, elle peut lui beurrer même. C'est gentil, prends-en une, toi, la journée va être longue. Au ton de sa mère, Marie-Pierre sent qu'il y a un truc qui cloche. Peut-être que maman n'a plus envie d'aller faire cette balade, qu'elle craint le jugement de Père.

L'autre jour, elle disait à tante Andrée qu'elle ne savait plus depuis combien d'années elle n'était pas allée en montagne. Dix au moins. Plus que ça même. Elle a reparlé de cette fois où Marie-Pierre était toute petite, encore un bébé, elle l'avait laissée à sa sœur. Au début, tout allait bien, elle grimpait tranquillement derrière Père. Il prenait garde de ne pas avancer trop vite, elle n'avait plus l'habitude. Pourtant, à la maison, en plus du bébé, elle s'occupait des bêtes. Ils étaient à mi-chemin quand elle avait commencé à avoir mal aux pieds, elle n'avait rien dit de peur que Père se fâche. Elle avait continué en serrant les dents tant la douleur était forte. Père avait vu qu'elle peinait, il croyait qu'elle manquait de souffle, que ses muscles tiraient un peu trop. Il avait ralenti, il allait de plus en plus lentement, elle souffrait de plus en plus. Au sommet, ils s'étaient arrêtés, elle avait voulu enlever ses chaussures, il le lui avait interdit, tu sais bien qu'il ne faut jamais les retirer, sinon, on ne peut plus les remettre. Elle ne l'avait pas écouté, elle avait quitté ses chaussettes, elle lui avait montré ses talons qui n'étaient plus qu'une ampoule géante. Des brins de laine rouge de sa chaussette étaient restés collés dessus. Mais je te l'ai dit, de porter tes chaussures plusieurs fois avant aujourd'hui, tu ne l'as pas fait ?

Il était furieux. Elle n'était pas idiote, mais son univers quotidien se résumait à quelques pas de la chambre de Marie-Pierre à la cuisine, de l'étable au lavoir, il en fallait plus pour casser des chaussures de marche. Père s'était calmé, il savait qu'ils allaient avoir un sérieux problème pour redescendre, il lui avait mis des bandes pour limiter le frottement entre la peau arrachée et la chaussette, ça ne suffisait pas, elle avançait tout doucement, il la soutenait par le bras quand il le pouvait, ils étaient épuisés en arrivant à la maison après ce qui aurait dû être une course facile. Depuis, les enfants s'étaient enchaînés, Luc puis Paule, puis Jean enfin. Ils n'avaient plus jamais réessayé. Maman ne se plaignait pas, mais la montagne lui manquait. Elle devinait qu'elle ne pourrait plus faire d'alpinisme, mais elle n'arrivait pas à renoncer à une vraie marche sur les glaciers, avec les crampons, dans des endroits où l'on ne croise personne, où l'air est si froid que, même en été, on le sent brûler dans les poumons. Quand Jean avait grandi, elle avait commencé à en parler, peut-être qu'on pourrait, qu'est-ce que j'aimerais remonter, et si on se faisait… Père répondait que c'était trop tôt, que les enfants étaient trop petits, qu'ils ne pouvaient pas tous les laisser chez Andrée et Antoine. Et puis, il avait fini par dire, et si on la faisait cette randonnée. Maintenant, maman doute. Elle ne veut pas le montrer, mais Marie-Pierre sait.

Hier, elle l'a vue essayer ses chaussures de marche, maman arrivait à peine à se plier pour les attacher. Son ventre est énorme depuis la naissance de Jean, il forme comme un ballon devant elle, un peu mou, un peu tombant. Marie-Pierre le trouve dégoûtant, elle espère que le sien ne deviendra jamais comme ça. Un jour, elle a dit à maman de prendre soin d'elle, de faire attention à ce qu'elle mange, maman l'a regardée avec tellement de peine qu'elle a aussitôt regretté. Hier, maman a dû s'y reprendre à trois fois pour attraper ses lacets et elle était essoufflée quand elle a eu fini. Elle aura des difficultés à marcher, c'est évident. Pourvu que Père ait choisi un trajet facile, Marie-Pierre imagine déjà maman coincée dans un passage étroit ou incapable d'escalader un rocher. Elle entend Père s'énerver, lui lancer qu'elle pourrait faire un effort. Mais peut-être qu'avec elle, il ne dira pas ça. Il paraît qu'en montagne, il n'est pas comme à la maison.

Au village, tout le monde le reconnaît comme le meilleur des guides. Il est l'un des seuls à avoir déjà fait toutes les voies difficiles. Lorsqu'on a besoin d'un type solide pour des clients pas trop expérimentés, c'est toujours lui qu'on demande. Il connaît le massif sur le bout des doigts, il devine qu'un nuage qui monte à cette heure de l'après-midi est synonyme d'orage en fin de journée, il ne prend pas de risques inutiles, aussitôt il ordonne de redescendre vers la vallée. Bien sûr, il lui est arrivé de se trouver en difficulté. Les soirs comme ça, Père rentre le visage fermé, les yeux sombres, il faut le laisser tranquille, maman les tient éloignés de lui jusqu'à l'heure du coucher. La plupart du temps, il a juste besoin de digérer une grosse frayeur. Une fois, il a laissé un orteil sur la montagne. Un seul, il a eu de la chance, avait dit l'oncle Antoine. Elle avait trouvé ça bizarre que ça soit une chance de perdre un orteil, mais elle n'a jamais demandé ce qu'avait voulu dire l'oncle Antoine. Une autre fois, il est rentré sans Simon, son meilleur ami, il est resté longtemps en colère, une colère contre lui, mais qui débordait souvent contre eux, contre Luc en particulier.

Bon, finis ton petit déjeuner, je vais aller réveiller tes frères et sœurs. Tu les feras manger pendant que j'irai me préparer. Marie-Pierre avait envie de prolonger le moment avec maman, tant pis. Elle met quatre bols sur la table, commence à couper de grosses tranches de pain, une pour chacun. Jean ne finira peut-être pas la sienne, Père lui en prendra un morceau. Elle entend le pas lourd dans l'escalier, elle met vite le café à réchauffer, il l'aime bien chaud, maman se fait souvent houspiller parce qu'il ne l'est pas assez. Bonjour, ça va, ma fille ? Marie-Pierre hoche la tête, elle s'assied en face de lui, il ne dit pas un mot, il est concentré sur le trajet qu'il va effectuer. C'est toujours comme ça quand il part en course, il se repasse les obstacles qu'il pourrait rencontrer. Elle regarde ses grosses mains attraper les côtés du bol et le remonter vers sa bouche, elle n'aime pas le son qu'il fait en avalant son café mélangé à son pain, ça fait un bruit de mou un peu écœurant. Ça lui coupe l'appétit, mais elle ne peut rien dire, Père n'est pas du genre à supporter la critique.

Luc les rejoint, il est à peine réveillé, Père lui donne déjà des ordres. Tu n'oublieras pas de traire les bêtes si on rentre un peu tard. Tu n'oublieras pas de ramasser les bouses et de les mettre sur le tas de fumier. Tu n'oublieras pas qu'il faut apporter Blanche à Antoine, il doit l'examiner. Tu n'oublieras pas… Luc ne répond pas. Père continue. Tu feras ci, tu feras ça. Luc boit son café lentement. Depuis quelques semaines, il a arrêté de prendre du lait, il veut montrer qu'il est un grand, même s'il n'aime pas vraiment le café. Tu m'écoutes ? Père s'énerve. Luc le regarde. Ouais. Ouais ? Oui, Père, on dit. Marie-Pierre sent la tension monter, elle espère que Luc va rester silencieux. Il en est incapable. De toute façon, c'est moi qui devrais grimper avec toi, pas faire toutes ces corvées. Père était sur le point de quitter la pièce. Des corvées ? Mais pour qui tu te prends ? Ces corvées, c'est notre travail, à ta mère et à moi. Ouais, ben, ce boulot, moi, je le ferai jamais. Je gagnerai ma vie juste en grimpant.

C'est reparti. Père se rapproche de Luc, son frère va se faire corriger. Marie-Pierre est en train de débarrasser, elle se met sur le chemin de Père pour le ralentir, elle sait qu'il n'osera pas la frapper, il la contourne, tu vas voir, sale morveux, je vais t'apprendre, tu n'es même pas capable de finir une course. Luc a le temps d'ouvrir la porte et de sortir, il hurle, de toute façon, c'est toujours pareil avec toi, on ne peut rien dire, tu ne sais que crier et frapper. Marie-Pierre le regarde traverser le pré en courant, il va se cacher derrière la cabane abandonnée en pierres. Elle devine ce que son frère pense. Il le lui dit souvent, il verra, quand je serai plus grand, je serai le meilleur grimpeur de la vallée. Là, c'est moi qui me moquerai de lui. Que fera-t-elle si Père lui demande où est son frère ? Inutile de s'inquiéter. Ce matin, Père est pressé, il renonce à corriger Luc. Elle mesure sa colère au bruit de ses pas dans les escaliers, il cogne chaque marche comme s'il avait son fils devant lui. Elle espère que Paule ne sera pas sur son passage, même elle, la chouchoute, pourrait prendre pour son frère.

Que fabrique-t-elle d'ailleurs ? Marie-Pierre monte chercher sa sœur. Quand elle passe devant la chambre des parents, elle les entend discuter. Tu es sûr, Claude, qu'avec la météo, on peut monter ? Père ne répond pas. Claude, je t'ai posé une question. Père secoue la tête, Marie-Pierre l'aperçoit, il enfile son pull, bien sûr qu'on peut y aller, on ne grimpera pas assez haut pour être touchés. Marie-Pierre n'aime pas la tête de maman, elle n'a pas l'habitude de se faire du souci pour rien. Père se rapproche d'elle, lui pose la main sur l'épaule, Marie, tu en avais tellement envie. Marie-Pierre a peur de se faire surprendre, elle grimpe vers leur chambre.

Paule dort encore, enroulée dans un édredon, comme d'habitude, quelle que soit la température. Marie-Pierre la secoue, Paule râle, elle se retourne, rien à faire, Marie-Pierre attrape l'édredon, sa sœur déteste la sensation de froid qui la saisit quand elle perd ses précieuses plumes. Elle hurle, Marie-Pierre rit, tu n'as qu'à te lever, espèce de paresseuse, allez, les parents vont partir et on a plein de choses à faire. Paule se décide enfin, elle enfile une jupe et un chandail en laine, il fait beau, tu vas avoir trop chaud. Paule s'en fiche. Tu m'as dit de me dépêcher, il faudrait savoir. Marie-Pierre ne relève pas, elle n'a pas besoin d'une nouvelle dispute. Elle a laissé Jean seul en bas devant un bout de pain, pourvu qu'il ne fasse pas de bêtise.

Elle abandonne Paule, redescend dans la cuisine, maman est là, elle surveille le petit tout en terminant le pique-nique. Marie-Pierre note les œufs durs, les sandwichs au jambon, maman a ajouté un bout de tomme, Père aime bien finir le repas avec du fromage. Pour elle, elle a pris des pommes. Elle remplira les gourdes en métal au dernier moment, comme ça, l'eau restera bien fraîche. Paule n'arrête pas de lui parler, tu crois que vous allez voir des bouquetins, la maîtresse nous a dit qu'il y en avait plein dans la montagne, tu vas marcher sur le glacier, tu m'apprendras à utiliser les crampons. Marie-Pierre lui ordonne de se taire, maman sourit gentiment. Et tu me rapporteras un bout de glacier, et… attends, je vais t'aider.

Paule a vu que maman avait du mal à tout faire tenir dans les sacs à dos. Surtout dans le sien, il est plus petit. Elle s'est levée trop vite, son bol de lait a valsé, il y en a partout, sur la table, sur les carreaux, sur maman. Maman est fâchée, il faut qu'elle remonte se changer. Du temps perdu. Ils n'en ont pas tant que ça, Père voulait partir avant sept heures pour que la neige sur le glacier ne soit pas trop molle lorsqu'ils arriveront là-haut, et ils sont déjà en retard. Maman crie sur Paule, c'est malin, maintenant, tu nettoies tout. Paule ne dit rien, elle a les larmes aux yeux. Marie-Pierre a de la peine pour elle, elle souhaitait juste bien faire. Elle l'aide à ramasser, elle lui propose de lui préparer un autre bol, Paule ne veut pas, elle quitte la cuisine en pleurant, dans cette maison, on me crie toujours dessus. Jean, sur sa chaise haute, ne bouge pas, paralysé par les colères de ce début de journée.

Marie-Pierre commence la vaisselle, les parents sont presque prêts, ils sont en train d'enfiler leurs chaussures dans l'entrée. Maman a du mal, Père est patient avec elle, attends, je vais te les lacer, il faut que ce soit bien fait. Marie-Pierre va chercher Paule, elle sait où elle s'est cachée. Dans le poulailler. Elle adore cet endroit, Marie-Pierre ne comprend pas, l'odeur lui donne envie de vomir. Viens, ils vont partir, dis-leur à ce soir. Paule est encore vexée, elle refuse de sortir. Marie-Pierre n'insiste pas. Luc non plus n'est pas revenu. Elle se retrouve seule devant la maison, avec Jean dans les bras, à regarder les parents partir. Maman passe la main dans les cheveux de Jean, Père dit à Marie-Pierre, je compte sur toi, elle hoche la tête. Il lui fait confiance, à elle plus qu'aux autres, elle ne peut pas le décevoir. Maman est inquiète, j'espère que ton frère et ta sœur ne t'embêteront pas, je leur parlerai ce soir. Marie-Pierre la rassure, dans cinq minutes, ils seront là, ne t'inquiète pas. Elle les regarde s'éloigner. La silhouette trapue de Père, son piolet qui dépasse du sac à dos, il l'a pris pour éviter que maman ait du poids à porter. Elle remarque que maman a changé de foulard. Elle a enlevé le jaune et mis un rouge. C'est bien, elle pourra mieux les suivre sur le chemin quand ils vont commencer à s'éloigner. Elle les observe un moment devenir des points minuscules. Jean pèse dans ses bras, elle le pose.

*

Quand Luc revient, Marie-Pierre est en train de finir la vaisselle. À ses pieds, Jean joue avec une cuillère. C'est malin, tu ne leur as même pas dit au revoir. Tu as vu comme Père est avec moi ? Tu exagères aussi… C'est toujours comme ça, Marie-Pierre prend la défense des parents. Elle se comporte comme si elle était sa mère. Juste avant l'été, elle l'avait cafté. Il n'était pas allé à l'école en racontant à la maîtresse que Père avait besoin de lui. C'est dommage, avec le certificat d'études qui approche, on aurait révisé, avait-elle dit. Luc avait profité de ces journées volées pour se promener en montagne, faire la sieste dans l'herbe, se goinfrer de myrtilles. Jusqu'au soir où il était rentré et s'était pris une rouste. Tu crois quoi, qu'on te nourrit à rien faire ? C'est l'école ou un boulot. T'étais où d'abord ? Luc était resté muet.

Père s'était tourné vers Marie-Pierre, tu le sais, toi, où il va ? Au début, elle n'avait rien dit, puis Père avait sorti sa baguette et elle avait craché le morceau. Elle détestait la baguette. Luc l'avait traitée de fayotte, Père l'avait frappé de nouveau, tu ne parles pas à ta sœur comme ça. Le lendemain, Luc avait coincé Marie-Pierre sur le chemin de l'école, il lui avait reproché de ne pas l'avoir soutenu. Elle avait tenu bon, Luc, il faut que tu ailles à l'école, il faut qu'on puisse partir d'ici, on ne va pas passer notre vie dans ce trou, je ne veux pas devenir comme les parents. Il l'avait regardée, surpris qu'elle le comprenne si bien, mais il n'avait pas voulu le reconnaître. De quoi je me mêle, je suis bien ici moi, il avait craché vers elle. Il était furieux de la rouste qu'il avait prise à cause d'elle.

Avant, elle était toujours la première à désobéir aux parents, à échapper à leur surveillance. Elle n'était pas une mijaurée comme aujourd'hui. Quand les parents leur disaient d'aller déposer les fromages à la coopérative, ils prenaient le chemin le plus long possible. Ils s'amusaient bien ensemble, comme ce jour où ils avaient trouvé une prairie pleine d'herbe grasse, pentue juste comme il faut pour faire des glissades, pas trop pour ne pas se blesser, assez pour que ça soit drôle. Ils avaient glissé, ri, glissé encore, ils avaient laissé filer les minutes, les heures, à la fin l'herbe était tout écrasée.

Quand ils avaient voulu repartir, ils avaient eu du mal à retrouver les fromages, ils croyaient les avoir posés à côté de leurs chaussures, ils étaient un peu plus bas, comme s'ils avaient eux aussi fait des roulades. Le paquet avait une drôle de forme, les fromages étaient tout mous dans le papier. Luc les avait tendus, un peu tremblant, à la dame de la coopérative. Tu as la tête de quelqu'un qui a fait une bêtise, toi. Elle l'aimait bien, il n'avait pas répondu, il attendait le verdict, s'imaginant déjà revenir et dire à Père qu'il n'y avait pas de sous, que les fromages n'étaient pas bons. Mais vous leur avez fait quoi à ces fromages ? Ils ont une drôle de tête. Ça y est, elle va les refuser. La catastrophe. Luc voyait déjà la baguette dans les mains de Père, son pantalon baissé. Il n'en pouvait plus, il y avait droit au moins une fois par semaine, il portait en permanence des traces rouges sur le derrière.

C'est vrai qu'ils sont un peu mous, on ne sait pas ce qu'il s'est passé, la chaleur, et puis ils devaient être un peu faits. Vous savez, il y a des gens qui adorent les manger comme ça, ils aiment quand la croûte est toute jaune, que la crème se cavale. Moi, je trouve ça dégoûtant, mais il en faut pour tous les goûts. Marie-Pierre ne s'arrêtait plus. Luc admirait sa sœur, il était incapable de tenir un discours pareil. La patronne de la coopérative avait fini par céder, allez, je les prends vos fromages, un petit coup au frais et ça devrait aller, mais la prochaine fois, faites attention, hein. Sur le chemin du retour, Luc avait imité Marie-Pierre, mais si, le fromage écrabouillé, c'est très très bon, vous avez qu'à leur dire que c'est une spécialité locale, je suis sûre qu'ils les achèteront. Ils riaient, Marie-Pierre était fière de leur avoir sauvé la mise. Elle voulait retourner sur la pente s'offrir quelques roulades, Luc l'avait retenue, non, cette fois, on rentre. Maman n'avait pas posé de question sur leur retard, elle les avait juste regardés de travers, eh ben, vous en avez mis du temps pour trois malheureux fromages, Marie-Pierre rigolait dans son dos. C'est cette sœur-là que Luc aimait, pas celle d'aujourd'hui qui se prend tellement au sérieux.

Tu pourrais m'aider à laver la vaisselle, ça ferait gagner du temps. Luc n'a pas su se retenir, tu as déjà vu Père faire la vaisselle ? Il aperçoit le dos de sa sœur se raidir de colère. Il n'attend pas qu'elle riposte, il s'échappe, je vais voir si tout va bien à l'étable. Un prétexte. Bien sûr que tout va bien à l'étable, Père s'en est chargé avant de partir. Il ne les a pas laissés s'occuper des bêtes toute la journée, les traire, nettoyer les stalles. Il n'a pas confiance. La dernière fois qu'il a demandé à Luc de les sortir, c'était un jour où maman et lui devaient aller à un enterrement, un lointain cousin, mais un cousin quand même, ils tenaient à y assister. Luc avait guidé les bêtes vers le pré, il adorait pousser le cri de Père pour les faire avancer, il hurlait tellement fort que Marie-Pierre était sortie, arrête, tu vas leur faire peur à ces pauvres vaches. Il les surveillait de près, il ne voulait surtout pas que l'une d'elles s'échappe. Pour une fois, elles avaient toutes obéi tranquillement, bien sagement. Il était parti à l'école, fier de lui. Mais lorsque Père et maman étaient rentrés, ils avaient croisé les vaches sur le chemin, Luc avait remis en place le poteau pour fermer le champ, mais pas le fil de fer qui le retenait, il avait suffi d'un petit coup de corne pour que les bêtes retrouvent leur liberté. Père l'avait houspillé, tu te rends compte, on aurait pu perdre le troupeau. Luc s'était défendu, je l'ai fermé, je te jure, quelqu'un a dû venir après, ou alors c'est quand Marie-Pierre m'a appelé pour le déjeuner, j'ai fait vite. Arrête de te chercher des excuses, assume tes bêtises.

Depuis, Père ne voulait plus lui laisser les animaux. Maman lui disait, réessaie, il était petit, il fait plus attention maintenant. Père ne cédait pas, non, il va encore faire une connerie. Luc en était vexé. Un jour, il avait même pensé ouvrir la barrière après que Père s'était occupé des bêtes pour lui montrer que tout le monde peut commettre des erreurs. Il avait parlé de son idée à Marie-Pierre. Non mais ça va pas, t'imagines si y a une des bêtes qui se blesse ou quoi. Je te préviens si tu fais ça, je te dénonce à Père. Ç'avait été le début de la nouvelle Marie-Pierre.

Dans l'étable, il cherche quelque chose à faire pour éviter que sa sœur lui colle une corvée. Il pourrait couper du bois, on ne sait jamais, même en cette saison, il peut faire frais. L'oncle Antoine lui a expliqué comment faire, poser la souche, la caler pour qu'elle ne bouge pas, lever la hache et l'abattre. Clac, clac, clac. Luc cherche la hache, il peste contre Père, où l'a-t-il mise ? Il finit par la dénicher derrière un bidon en plastique, drôle d'endroit pour ranger du matériel. Il se demande ce qu'il y a dans le bidon, de l'essence ou de l'engrais, un truc dangereux sûrement, il passe derrière avec précaution, pas question de le renverser, Père le tuerait. Il commence, une souche, un premier coup, un second, il sent les muscles de ses bras se crisper, la peau de ses mains se tendre jusqu'à craquer, il persiste, il ne va pas arrêter si vite. Encore un coup, deux, il peut à peine lever la hache. Il abandonne, il laisse l'outil contre la souche, il n'a pas la force de le remettre derrière le bidon.

Père va rouspéter quand il reviendra, c'est grave, ton frère et ta sœur auraient pu se blesser. Il voit toujours du danger là où il n'y en a pas.

Quand Luc rentre dans la maison, il entend des cris. Marie-Pierre est en train de gronder Jean. Bien sûr que ton tricot te gratte, tu le sais qu'il faut mettre ton maillot d'abord, allez, allez, pantalon, chaussettes. Dépêche-toi, je n'ai pas toute la matinée. Jean chouine encore plus fort. Luc reste en bas, dans l'entrée, il ne veut pas que Marie-Pierre le voie, elle lui dirait de s'occuper de son frère. Hors de question de rester coincé là toute la journée, il a envie de descendre au village, peut-être que ses copains seront là, sur la place, prêts à faire un foot. Il hésite, sa sœur lui en voudrait terriblement. Il voit les chaussures bien alignées le long du mur, ça lui donne une idée. Il entend la voix de Marie-Pierre dans la cuisine. Mais c'est pas vrai, qu'est-ce que vous avez tous aujourd'hui ? Pourquoi tu ne veux pas aller à la boulangerie ? Cette fois, c'est après Paule qu'elle râle. La petite refuse d'aller chercher le pain. Elle ne veut pas dire pourquoi. Luc le sait. Un jour, après l'école, il avait trouvé Paule en train de pleurer, elle s'était essuyé les joues vite fait, mais il avait compris qu'un truc clochait. Le lendemain, il l'avait suivie, il avait vu deux filles en train de lui tirer les cheveux et de lui dire des gros mots dans une ruelle. Il les avait arrêtées, les menaçant de s'en prendre à elles si elles continuaient à embêter sa sœur. Luc pensait le problème réglé, il s'aperçoit que sa sœur a toujours peur de croiser ces filles en allant au village. Marie-Pierre insiste, la petite ne lâche rien. Luc les rejoint dans la cuisine.

Il va proposer d'aller à la boulangerie, ça lui donnera une raison de quitter la maison, mais Marie-Pierre l'alpague, occupe-toi de Jean un peu, il est d'humeur chouineuse ce matin, peut-être que toi, il t'écoutera. Il attrape son frère, le balance sur son dos, tête en bas, viens, on va faire un foot dans le pré derrière, le petit rit. Ils n'ont pas de ballon, ils joueront avec la boule de tissu bien ferme que maman leur a confectionnée. Elle est plus dure qu'une vraie balle, Luc se l'est déjà prise sur le torse, il en a gardé un bleu pendant plus d'une semaine. Au moment où ils sortent, il entend un bruit de chute, Paule pousse un cri et se met à pleurer. Mais c'est pas vrai, quel est l'imbécile qui a attaché les lacets des chaussures ensemble ? Luc, si tu continues, je raconterai tout à Père ce soir ! Luc rit. Marie-Pierre ne dira rien. Il prend Jean par la main.

Paule a fini par dénouer ses lacets, Luc les avait bien serrés. Elle a un peu peur. De croiser les filles qui l'embêtent. De perdre les pièces que Marie-Pierre lui a données. Sa sœur lui a dit de les mettre dans sa poche, mais dès qu'elle s'est penchée pour enfiler ses chaussures, elles sont tombées. Alors, elle les garde à la main, il y en a quatre. Elle les serre si fort qu'elle sent les crénelures lui rentrer dans la chair. Elle n'a pas osé demander à sa sœur de l'accompagner, Marie-Pierre aurait refusé. Dépêche-toi, ça ne te prendra pas longtemps, et après, tu viendras m'aider, j'ai la lessive, le manger, le ménage à faire.

Paule hésite entre courir pour être vite de retour à la maison et traîner pour éviter le travail. Pour l'instant, il n'y a personne sur le chemin, juste de jolies fleurs bleues dans le fossé, elle en ramasse quelques-unes, ça fera plaisir à Marie-Pierre, elle pourra mettre le bouquet sur la table de la cuisine. Maman n'aime pas qu'on y mette des fleurs, elle dit qu'on ne se voit plus pour parler, mais aujourd'hui, ils peuvent faire ce qu'ils veulent. Elle en prépare un pour la chambre de maman, comme ça, elle sera moins fâchée quand elle rentrera. Elle regrette de ne pas leur avoir dit au revoir. Elle se demande si Père la punira ce soir. Maintenant, elle a deux beaux bouquets dans les mains. Elle court pour rattraper son retard, un peu, pas trop, sinon les fleurs s'échappent. Et ses sous aussi, elle n'arrive pas à tout tenir, elle jette un des bouquets. Ça y est, elle est presque au village.

Elle aperçoit la maison de l'oncle Antoine, elle pourrait aller faire un bisou à la tante, ça ne lui prendrait pas trop de temps. Bonjour, ma belle, elles sont jolies, tes fleurs. Paule tend le bouquet à Andrée, tiens, il est pour toi, elle aime bien sa tante, elle est toujours de bonne humeur. L'oncle Antoine, c'est un peu différent, il ne parle pas beaucoup. Viens dans la cuisine, j'ai fait des beignets ce matin, prends-en un. Paule ne sait pas depuis combien de temps maman n'a pas fait de beignets, elle dit que c'est trop long et qu'après, ça sent trop la friture. Dans la cuisine de tante Andrée, la table est couverte de plats de nourriture. Père dit toujours qu'ils mangent comme des ogres et qu'ils veulent montrer qu'ils ont plus de sous que les autres. Vous recevez des gens ? Non, c'est à cause de l'orage, je m'avance. Paule se lèche le bout des doigts plein de sucre. Et toi, comment ça se fait que tu traînes par ici ? Paule explique, les parents, la randonnée, Marie-Pierre, le pain, les sous. Tante Andrée insiste, ils sont partis à quelle heure, ils devaient aller où. Paule ne sait pas répondre, tiens, prends un second beignet. Pendant qu'elle mange, elle voit Andrée discuter avec l'oncle Antoine, ils ont l'air en colère, elle espère que ce n'est pas sa faute s'ils se disputent, et puis, il faut qu'elle y aille, la boulangerie risque de fermer.

Elle repart en faisant un grand geste de la main à son oncle et sa tante, elle se met à courir. Encore une rue, puis la place à traverser. Ouf ! Elle y est, elle n'a pas croisé les filles de l'école. Au retour aussi, elle prendra ce chemin, c'est le seul qui passe loin de chez elles. Elle pousse la porte de la boulangerie avec ses mains, elle laisse une marque grasse sur la vitre, elle espère que la boulangère n'a rien vu, c'est à cause des beignets. Et pour cette demoiselle, ce sera ? Paule ne se souvient plus. Marie-Pierre lui a dit un pain ou deux ? La boulangère doit savoir combien ils en prennent d'habitude. Non, elle ne sait pas, elle en voit défiler des gens, elle ne peut pas se souvenir de tout le monde. Combien tu as d'argent ? Paule se fige. Les pièces. Depuis combien de temps elle ne les serre plus dans la main ? Elle a dû les poser pour faire les bouquets. Ou alors pour manger les beignets. Oui, c'est ça, elle a dû les laisser chez Antoine et Andrée. Marie-Pierre sera moins fâchée si elle les a juste oubliées, pas perdues. Je n'ai pas de sous, ma mère vous les donnera demain. Comment ça, pas de sous ? Je fais pas crédit, moi.

La boulangère a pris sa grosse voix, Paule n'ose plus bouger, elle sent qu'elle va se mettre à pleurer. Elle balbutie, s'il vous plaît. Pas question, si je commence, tout le village va me réclamer. Paule imagine Marie-Pierre, son air furieux, ses cris, Luc va ronchonner, manger sans pain, on n'a jamais vu ça. Et ce soir, Père le leur reprochera, vous n'avez même pas été capables d'aller chercher du pain, qu'est-ce que vous avez fichu toute la journée ? Elle se met à pleurer. Bon, allez, j'ai des clients à servir, moi. Paule n'a pas vu que deux personnes étaient entrées derrière elle. Elle entend une dame dire à la boulangère, vous exagérez, vous pouvez bien les lui donner. Oui, mais si je commence… Allez, va, c'est une petite Cotraz. Ah, je ne l'ai pas reconnue, c'est la plus petite? La boulangère s'est radoucie. Assez pour lui donner deux gros pains, pas assez pour ne pas ajouter : bon, tu diras bien à ta mère de passer me payer demain, puis se tournant vers ses clientes, même pour eux, il paraît que c'est pas facile. Paule hoche la tête et sort. Derrière elle, la boulangère râle, regardez-moi dans quel état elle m'a mis mes vitres.

Cette fois, Paule part directement vers la maison. Elle croise le patron de la compagnie des guides. C'est un ami de Père, Louis, il s'appelle, il la salue, lui demande si son père est là. Elle lui répond en chantonnant, nan, ils sont partis en montagne avec maman. Il a l'air inquiet, tout à coup. Tu te souviens où ils allaient? À quelle heure ils ont dit qu'ils rentraient? Mais qu'est-ce qu'ils ont tous ce matin à vouloir savoir où les parents sont allés? Elle secoue la tête, elle ne sait pas. Elle arrive enfin en vue du chalet. Les pains sont lourds, elle a manqué d'en lâcher un sur le chemin, elle l'a rattrapé avec son genou, elle les pose bruyamment sur la table.

Je suis là! Marie-Pierre est en train de finir la lessive. Ça tombe bien, viens m'aider à étendre le linge. Paule grimace, elle déteste soulever les draps lourds d'eau, elle se retrouve avec les vêtements mouillés, collant à sa peau. Alors, tu viens? Elle ne peut pas s'échapper. Déjà, elle a eu de la chance de ne pas avoir à faire la lessive, il faut frotter, frotter, appliquer le savon tout du long, ça n'en finit pas. Ça ne fait pas longtemps que maman lui a appris. Tiens, aide-moi à essorer. Marie-Pierre lui demande de rattraper les draps à la sortie des rouleaux, tu ne les laisses pas traîner dans la terre, hein. Paule s'applique. Avec les draps, elle forme un gros serpent dans la bassine en bois, comme maman lui a montré. Allez, prends l'autre anse, on y va.

Elles arrivent à peine à soulever la bassine, Paule manque de lâcher la poignée en descendant les quelques marches qui mènent au pré de derrière. Elles commencent à étendre sur le fil, un drap, puis deux. Paule aime bien ce moment, quand elles prennent chacune un bout du drap, le secouent pour qu'il soit moins froissé. Elle adore secouer trop fort, juste un peu pour que ça n'ait pas l'air fait exprès, mais assez pour que Marie-Pierre lâche quand même le coin du drap. Paule, arrête, on n'a pas toute la journée, et puis tu vas les salir. Elles entendent Luc et Jean, ils ne sont pas loin. Ils se cachent au milieu des draps, Jean pense qu'elles ne le voient pas. Il veut leur faire peur. Bouh ! Marie-Pierre ne rit pas. Jean a le visage tout violet. J'espère que tu n'as pas touché les draps ! Il ne comprend pas pourquoi elle crie tout à coup, il est encore dans son jeu. Tu as eu peur, hein, tu as eu peur ! Luc, pourquoi tu l'as laissé s'approcher de la lessive, je te préviens, s'il y a une tache de myrtille sur les draps, c'est toi qui recommences. Luc rigole. Eh ! Ne t'énerve pas, j'en ai rapporté un seau entier pour toi. Paule rigole aussi quand elle voit la petite tête de Jean couverte de violet. Marie-Pierre est calmée, la lessive est sauvée.

Bon, va l'aider à se laver, je vais finir le repas. On mange quoi ? Les garçons sont insupportables aujourd'hui. Vous verrez. Luc insiste, du fromage, un truc à base de fromage. Va nettoyer Jean, ou tu ne mangeras pas. Marie-Pierre a la voix qui chevrote, même pas quatre heures écoulées, elle est déjà épuisée. Luc s'en rend compte, enfin. Viens, Jean, je vais te tremper dans l'abreuvoir, c'est encore là que ce sera le plus facile de te laver. Le petit se met à hurler, nan, pas l'abreuvoir, pas l'abreuvoir. Paule le comprend, une fois, elle est tombée dedans en essayant de rattraper un caillou, l'eau est glacée, elle vient directement du torrent. Luc ! Marie-Pierre ne rigole plus, il se dépêche de s'éloigner avec Jean. À table dans cinq minutes !

Ils mettent de l'eau partout dans la cuisine, Jean a voulu se laver tout seul et Luc l'a laissé faire. Il essuie un peu pour ne pas énerver davantage sa sœur. Il assied Jean à table. J'ai mangé au moins deux cents myrtilles. Tu les as comptées ? lui demande Paule. Jean est très fier d'énoncer, un, deux, trois. Oui, ben, tu as intérêt à manger à table. Quelle idée de lui donner des myrtilles à cette heure ? Luc, tu ne penses vraiment à rien. Marie-Pierre s'énerve de nouveau. Bah, je croyais qu'aujourd'hui, on avait le droit de faire ce qu'on voulait. Pour une fois que les parents ne sont pas là. Marie-Pierre pose un plat de pommes de terre sur le dessous de plat, elle en épluche une pour Jean, elle lui coupe, elle sent qu'elles ne sont pas assez cuites, elle a fait ça trop vite, elle espère que personne ne dira rien. Elle rajoute un gros morceau de beurre sur celle de Jean, ça passera mieux. Tu veux quoi, un bout de fromage, du jambon ? Du jambon, du jambon, Jean tape sa cuillère sur la table, ça fait rire Luc. Mais, c'est pas vrai, tu as le diable au corps !

Elle peut enfin s'asseoir, elle s'épluche une patate. Elle voit Paule et Luc échanger un regard. Luc prend une grosse tranche de pain, il met du jambon et du fromage dessus. Il a laissé sa patate sur le bord de l'assiette. Tu ne vas pas manger que ça, prends plus de pommes de terre. Marie-Pierre n'a pas pu s'empêcher de lui dire quelque chose. Nan, ça va. Luc ne souhaite pas envenimer les choses. Tu as vu combien j'en ai fait cuire, il faut les manger. Sinon, de toute façon, vous les aurez ce soir. Luc avale sa tranche de pain comme s'il n'avait pas entendu. Jean dit, moi aussi, je veux du pain, je veux pas de pommes de terre. Tu vois, c'est malin, maintenant, ton frère veut faire pareil. C'est Paule qui lâche le morceau, mais Marie-Pierre, tes patates, elles sont pas cuites. Marie-Pierre ne crie plus. Si vous m'aviez aidée aussi… Bon, allez, tant pis, on mange du pain, les patates, je les ferai recuire pour ce soir.

Tout le monde se détend, Marie-Pierre coupe de grosses tranches, ils y entassent du fromage et du jambon, Marie-Pierre met de la moutarde dans le sien, Paule sépare le fromage du jambon, une tartine pour chaque, tu comprends, sinon, on ne sent le goût ni de l'un ni de l'autre. Elle fait des théories sur tout, cette Paule. Luc s'en taille une seconde. J'ai tellement faim, j'ai couru après Jean toute la matinée. Marie-Pierre lui fait remarquer qu'il exagère un peu, mais il n'y a plus la tension de tout à l'heure. Jean grignote à peine sa tartine, j'ai plus faim, il s'endort presque dans son assiette, il marmonne, c'était bien le matin avec Luc, mais c'était fatigant. Tout le monde rigole.

Marie-Pierre et Paule se sont mises à l'ombre du pommier. Elles ont fini la vaisselle, elles jouent à feuille-pierre-ciseaux. Jean est en train de faire la sieste à l'intérieur, Luc veille sur lui. Paule ronchonne, tu gagnes tout le temps, tu triches forcément. Marie-Pierre proteste, nan, c'est pas vrai, je suis juste plus forte, c'est normal, je suis plus grande. Elles arrêtent de jouer, Marie-Pierre n'a pas envie de se disputer avec sa sœur, la matinée a déjà été assez pénible, elle a envie de profiter de ces quelques heures sans les parents. Elle pense à Claudine. Son amie passera peut-être les voir tout à l'heure, si son père la libère.

Ils se plaignent de leurs parents, ceux de Claudine sont bien pires. Ils sont tout le temps sur son dos : où tu vas? Pourquoi? Tu ferais mieux de nous aider. Elle ne peut pas faire un pas tranquille. Même à la fête de la Saint-Jean au mois de juin, elle n'a pas pu venir. Pourtant, tout le village était là, les enfants, les adultes, ils ont bu, ils ont mangé des tourtes que les mères avaient préparées, c'est ce qu'il y a de plus facile à manger avec les doigts. Chacun apporte un plat, personne ne paie. Sauf le vin. Pour le vin, il y a une buvette spéciale, c'est deux francs, Luc a essayé d'en acheter, Père l'a vu, il lui a crié dessus, tu crois que t'es un homme pour t'enivrer? Non mais je rêve. Marie-Pierre aurait pu dire que, l'année dernière déjà, au mariage de Louis, l'ami de Père, Luc avait fini tous les verres qui restaient sur les tables, puis avait vomi dans le fossé. Heureusement, Père n'avait rien remarqué. À la fête, il a prévenu Luc, si je te revois tourner autour de la buvette, tu rentres directement à la maison. Ils ont regardé le feu monter dans la nuit, ils ont dansé sur la place du village.

Marie-Pierre a regretté que Claudine ne soit pas là. Son père exagérait, il l'avait punie parce qu'elle était rentrée un peu tard de l'école. C'était la faute de Marie-Pierre en plus. Elle voulait lui parler de Jules, il habitait dans la vallée, ils étaient allés ensemble ramasser le bois pour la Saint-Jean, sa main dans la sienne, les bras qui se frôlent. Elle le trouvait beau, elle voulait le revoir, mais elle ne pouvait pas aller tourner devant l'école des garçons, son père la tuerait s'il l'apprenait, tu n'as que onze ans, tu te rends compte. Alors elle avait demandé conseil à Claudine. Profite du bal de la Saint-Jean, lui avait dit sa copine. Claudine, faut que tu m'aides, je n'oserai jamais, et puis y aura mon père, et puis je n'ai pas de jolie robe à me mettre.

Finalement, à cause de cette discussion qui avait trop duré, Claudine avait été punie et n'avait pas pu y aller.

Marie-Pierre avait une belle jupe qui tournait autour d'elle, maman lui avait prêté un chemisier qu'elle ne pouvait plus mettre. Il était un peu grand pour Marie-Pierre, elle n'avait pas beaucoup de poitrine, elle l'avait fait blouser, c'était joli quand même. Jules l'avait quasiment ignorée, il était avec les autres garçons, il lui a juste fait un petit geste en la croisant. Elle s'était dit qu'ils allaient se retrouver un peu plus tard, elle avait dansé avec l'oncle Antoine et avec Louis, son parrain, mais pas de Jules, il était resté avec ses copains. Il a dû avoir peur de ton père, l'avait consolée Claudine, le lendemain, lorsque Marie-Pierre lui avait raconté. Si tu crois qu'un gars va se montrer avec toi dans le village, tu te trompes, avait ajouté Luc, il aurait honte devant ses copains. Le jour de la fin de l'école, elle avait recroisé Jules dans le village, il lui avait souri, elle l'avait ignoré, il l'avait appelée, elle avait continué son chemin. Elle ne sait pas pourquoi elle a réagi comme ça alors qu'elle rêvait de lui depuis des jours. Sur le moment, elle trouvait que c'était mieux. Maintenant elle regrette, elle entend sans arrêt le Marie-Pierre qu'il lui a lancé et qu'elle a méprisé, elle voudrait pouvoir faire différemment. Elle ne l'a pas revu.

Paule la sort de ses rêves, c'est pas Jean qu'on entend pleurer ? Marie-Pierre court vers la maison, elle trouve le petit plein de vomi, un vomi couleur violet. Elle le prend dans ses bras, encore un coup de Luc. Il est où d'ailleurs celui-là ? Elle nettoie Jean. Ça va ? Tu veux retourner faire la sieste ? Il secoue la tête, nan, je veux rester avec toi. Elle l'allonge sur une couverture dehors, il s'assoupit. Elle pense à tout ce qui lui reste à faire, les lits, il faut qu'elle mette des draps propres dans celui de Jean, les haricots verts à équeuter, elle a promis à maman que ce serait fait quand ils rentreraient. Elle ne peut pas bouger, Jean a posé sa tête sur ses cuisses. Elle observe les nuages se rapprocher dans le ciel, elle se demande s'il ne va pas pleuvoir, elle ne sait plus ce que dit l'oncle Antoine dans ces cas-là, c'est lui qui sait tout sur le temps, il fait tellement beau, ce serait vraiment étonnant. Elle attend Luc de pied ferme pour lui dire ce qu'elle pense de ses manières, elle finit par s'endormir.

*

Lorsqu'elle émerge, elle est complètement engourdie. Son visage a rougi, il la tire, elle a soif comme jamais. Elle pose la main sur Jean, il ronfle doucement, pourvu qu'il n'ait pas pris un coup de chaud, maman lui en voudrait terriblement. Jean est souvent malade, maman dit toujours qu'à cause de lui, elle donne plus de sous au docteur qu'au boulanger, Père lui répond qu'elle n'a pas besoin d'appeler si souvent le médecin, qu'elle s'affole pour un rien. Dès qu'il a de la fièvre, maman l'emmène au village, elle en revient avec des médicaments, et Jean avec un bonbon donné par le docteur. Le petit remue sur la jambe de Marie-Pierre, il laisse échapper un peu de bave, elle en voit la trace sur sa jupe. Paule est là, légèrement plus loin, elle compte ses doigts, un, deux, trois, quatre, elle ne se souvient plus, elle recommence, une fois, deux fois, trois fois. Marie-Pierre se demande si sa sœur n'est pas un peu timbrée. Les enfants du village se moquent d'elle, ils la trouvent bizarre. Une fois, Marie-Pierre en a eu assez qu'on l'appelle la sœur de la folle, elle s'est fâchée, tu le fais exprès, hein, de faire la débile. Elle n'avait pas vu que maman était là, qu'elle écoutait, elle s'était pris une gifle. De la part de maman, c'était vraiment rare, ne parle plus jamais à ta sœur comme ça, elle est dans son monde, ça ne dérange personne. Depuis, Marie-Pierre fait bien attention à ce qu'elle dit, n'empêche, ça l'énerve de voir Paule continuer ses âneries.

Luc vient s'asseoir avec eux, l'air coupable. Marie-Pierre se demande ce qu'il a pu faire pendant qu'ils dormaient. Il se place juste derrière Paule, il se moque d'elle en exagérant les gestes de ses mains ; Paule l'aperçoit, elle essaie de l'en empêcher, il l'esquive, elle se jette sur lui, elle hurle, Luc aussi. Arrêtez, vous allez réveiller Jean, les gronde Marie-Pierre. Trop tard, le petit se frotte les yeux, il se met à pleurer doucement. C'est malin, vous allez vous en occuper maintenant, hein ? C'est surtout à Luc que Marie-Pierre en veut. Tu étais où d'abord ? Je ne t'avais pas dit de le surveiller ? Il a été malade, figure-toi. J'en ai assez que tu me prennes pour ta bonniche.

Luc n'a pas le temps de répondre, Paule crie, regardez le chien, il est trop bizarre. Marie-Pierre se tourne vers l'arrière de la maison, c'est là qu'on attache Belle, la chienne de Père. Elle pointe son museau vers le ciel, elle marche en cercle, tire sur sa chaîne. Marie-Pierre ne l'a jamais vue comme ça. Manquerait plus qu'elle soit malade elle aussi. Père ne serait pas content, cette chienne, il l'adore. Il ne la gronde jamais, même quand ils sont ensemble avec le troupeau et qu'elle n'obéit pas. C'était déjà pareil avec Charlie, celui d'avant. Quand il est tombé malade, chaque fois qu'il passait devant son coussin dans la cuisine, Père se baissait et le caressait pour le soulager.

Paule et Jean rient de voir Belle se comporter comme une folle. Tu crois qu'elle va s'échapper, hein, hein ? Luc, lui, est devenu sérieux, il a compris qu'il y a quelque chose d'anormal, les animaux, ça ne trompe pas. Il s'approche de Marie-Pierre, la dernière fois que je l'ai vue comme ça, on a eu un sacré orage. Sa sœur secoue la tête, impossible, tu as vu le ciel. Regarde mieux, lui crache Luc, et tu comprendras. Il lui montre des petits nuages gris très hauts, qui s'entassent derrière la montagne. Tu vois, ceux-là, dans une heure ou deux, ce sont des éclairs et de la pluie. Marie-Pierre est tentée de rire, son frère n'y connaît rien à la météo, mais il a l'air tellement sérieux, il n'est pas du genre à s'inquiéter pour rien. Elle frissonne, elle pense aux parents, un peu, pas longtemps, de toute façon, elle ne peut rien faire pour eux, elle ne sait même pas où ils sont partis, elle regrette de ne pas avoir été plus attentive quand ils en parlaient ce matin.

J'ai faim. Elle se demande comment Jean peut avoir envie de manger avec ce qu'il a vomi. En même temps, il n'a plus rien dans le ventre. Allez, je vais vous préparer un goûter, rentrez vous laver les mains. Paule et Jean sont comme des fous. D'habitude, maman refuse, c'est quoi cette invention du goûter, c'est un truc des Américains encore, cette idée que les enfants doivent se nourrir quatre fois par jour. Paule pense aux beignets de la tante Andrée, elle en aurait bien mangé quelques-uns maintenant ; elle repense aux sous, elle n'a toujours rien dit à Marie-Pierre, elle devrait aller les chercher, non, le goûter d'abord, elle ira après. Je veux du chocolat, je veux du chocolat, Jean n'arrête pas. C'est ça, pour que tu le vomisses partout, tu crois que je vais te changer et laver tes affaires encore une fois ? Jean se tait, les larmes aux yeux, il n'a pas l'habitude que Marie-Pierre le gronde. Luc la rabroue, tu n'es pas obligée de lui causer aussi méchamment. Ah non, Luc, pas toi, s'il te plaît. Marie-Pierre ne s'est pas rendu compte qu'elle parlait durement à Jean, elle le prend par la main, allez, viens, on va voir ce qu'il y a à l'intérieur pour faire un goûter.

À la maison, Marie-Pierre distribue les ordres. Paule, va voir s'il y a des œufs au poulailler. Luc, va me chercher du lait. Ils ont tout de suite compris ce qui se préparait. Du pain perdu, du pain perdu, se met à crier Paule. Dépêche-toi, s'il n'y a pas d'œufs, pas de pain perdu. Sa sœur part en courant. Pourvu qu'elle ne casse pas les œufs en revenant. Fais doucement ! Faudrait savoir, tu m'as dit de me dépêcher. Marie-Pierre secoue la tête, il vaut mieux ne pas répondre. Luc prend le relais, du lait, oui, j'y vais, tout de suite, madame, bien sûr, madame. Il quitte la cuisine comme un bolide. Marie-Pierre est heureuse, elle sait qu'ils adorent ça, c'est le seul dessert que fait maman. Elle ne veut pas faire les beignets de carnaval ni les crêpes de la Chandeleur. C'est trop long, et puis, avec vous, dit-elle, il faudrait en faire une pile jusqu'au plafond pour que vous n'ayez plus faim, et même comme ça, c'est pas sûr. Alors elle fait du pain perdu.

Marie-Pierre a souvent observé sa mère, les œufs battus avec le lait, le pain trempé dedans, un gros morceau de beurre dans la poêle, et puis on doit attendre que ça prenne une belle couleur dorée. Il n'y a que le sucre, elle ne sait plus s'il faut l'ajouter au lait et aux œufs, ou juste à la fin, pour qu'on sente les petits grains crisser sous les dents, elle va en mettre un peu à chaque étape, ce sera sans doute meilleur. Elle entend Paule crier depuis le poulailler, c'est bon, c'est bon, il y a plein d'œufs, j'arriiiive ! Elle peut couper le pain, elle va regarder s'il n'en reste pas d'hier, c'est meilleur avec le vieux pain, c'est ce que dit toujours maman, comme ça les œufs et le lait imbibent doucement la croûte et la mie, et c'est à la fois croquant, ferme et tendre. Non, rien dans la huche à pain. Tant pis, elle espère qu'il y en aura assez pour ce soir. Avec les tartines de midi, ils ont liquidé une miche. Trop tard, elle ne peut pas changer d'avis, si elle dit maintenant qu'elle ne fait pas de pain perdu, ce sera le drame. Elle a quitté Jean des yeux deux minutes, elle le retrouve les doigts dans le paquet de sucre et la bouche toute poisseuse. Elle se presse de lui retirer le sachet en papier qui menace de craquer, elle transfère le sucre dans un bocal en verre. Paule, emmène ton frère se laver les mains à l'évier et qu'il ne touche plus à rien.

Elle est en train de cuire la dernière tranche de pain quand l'oncle Antoine apparaît au bout du chemin. Celle-là, elle espérait bien se la réserver. Jusque-là, elle n'en a eu qu'une. Elle se demande si elle a le temps de la manger avant que l'oncle Antoine frappe à la porte. Elle ferait mieux de la lui garder, ce serait plus poli, maman ne serait pas contente si elle apprenait qu'elle n'a rien offert à l'oncle Antoine. Elle la pose dans une assiette et éteint le feu. Mmm, ça sent bon, ici, votre mère est de retour alors. Marie-Pierre est un peu vexée, l'oncle Antoine pense qu'elle n'est pas capable de faire à manger.

Elle tend l'assiette à son oncle, tiens, c'est du pain perdu, je viens de le cuire. Ta mère n'est pas là ? Il repousse l'assiette. Nan, mais ça va, on se débrouille. Elle ne voit pas le changement dans les yeux de l'oncle Antoine. Tu sais vers où ils sont partis ? Par là. Elle a un geste vague. Luc a compris que l'oncle n'est pas juste venu pour les surveiller, sinon, il aurait envoyé la tante. Pourquoi tu demandes ça ? Oncle Antoine ne veut pas affoler les enfants. Je me demandais juste quelle course ton père avait décidé de tenter pour la reprise de ta mère. Tu le sais, toi ? Il te l'a dit ? Luc secoue la tête, Père voulait aller sur un glacier, voir si maman pouvait, mais je ne sais pas lequel. Réfléchis, il n'a pas été plus précis ? Paule interrompt l'oncle, dis, tonton, tu as trouvé mes sous ce midi dans ta cuisine ? Il faut, il faut... Marie-Pierre lui coupe la parole, elle aussi a saisi que c'était sérieux, Paule, emmène Jean dehors, allez jouer, ça vous fera passer le goûter. Qu'est-ce qui se passe ?

Oncle Antoine hésite. Il vaut quand même mieux prévenir les enfants, qu'ils sachent à quoi s'attendre. Il va y avoir un orage, un méchant, je crois, et on essaie de savoir qui est encore dans la montagne pour envoyer des secours s'il le faut. D'ailleurs, je ne suis pas tranquille de vous laisser ici, vous allez venir chez nous. Luc l'interrompt, non, on peut très bien rester, et puis les parents vont s'inquiéter si on n'est pas là quand ils rentrent. On peut leur laisser un mot, suggère l'oncle. Luc insiste, et qui s'occupera des bêtes s'il y a un orage ? Non, je t'assure, tout va bien, d'ailleurs, depuis ce matin, on ne s'est presque pas disputés. Marie-Pierre sourit en entendant son frère, il est gonflé quand même. Peut-être qu'ils devraient quand même aller avec l'oncle Antoine. Comment vont réagir Paule et Jean en cas d'orage violent ? Elle n'a pas le temps de parler, très bien, restez ici, j'essaierai de repasser dans la soirée. Déjà, il franchit la porte et s'éloigne de son grand pas. Marie-Pierre fait rentrer les enfants.

Tu vois, je te l'avais dit. Marie-Pierre fait taire Luc. Chut, pas la peine d'inquiéter les petits. Jean et Paule, on va aller jouer en haut. On joue à quoi ? Ce serait mieux dehors, non ? Paule préfère toujours être à l'air. On va se déguiser. Toi, Luc, tu ferais bien de commencer à rentrer les bêtes. Luc renâcle, je le ferai tout à l'heure, il fait encore bon, je monte avec vous. Paule s'inquiète, en quoi on va se déguiser, on n'a rien pour se déguiser. Jean tape dans les mains, déhiser, déhiser. On dirait qu'il dit défriser, rigole Luc. C'est ça, tu vas voir, on va te défriser, ça te fera du bien, avec tes cheveux longs on dirait une fille. Jean se met à pleurer, suis pas une fille, c'est pas vrai. Luc rit encore plus, il attrape une mèche qui dépasse, ah, parce que tu crois que les garçons, ça a des cheveux longs comme ça ? Jean essaie de se dégager en frappant son frère.

Marie-Pierre gronde Luc, tu ne peux pas le laisser tranquille cinq minutes, juste cinq minutes. Viens, Paule, on va chercher des déguisements. Mais on n'en a pas, regarde pour le carnaval, on n'a jamais rien, on ressemble à des tépouvantails. Cette fois, c'est Marie-Pierre qui rit de la faute de Paule, des épouvantails, qui t'a dit ça ? Paule n'ose pas raconter le sale moment qu'elle a passé pendant le dernier défilé du village. Les filles de l'école se moquaient d'elle : hé, Paule, tu les as trouvés dans les poubelles, tes habits ? Hé, Paule, tu as oublié de te laver ce matin ? Hé, Paule, c'est quoi ces traces noires que tu as partout ? Ah, c'est sûr que tu fais un bel épouvantail, tu fais peur à tous les oiseaux de la vallée. Paule n'avait même pas pris la peine d'expliquer que son déguisement, c'était celui du petit ramoneur. Quelques vieilles fripes, un peu de noir de charbon sur les joues, et c'était joué, avait dit maman. Elle regrettait de l'avoir écoutée. Déjà, elle ne voulait pas aller au défilé. Maman lui avait dit, mais si, tu verras, tu vas bien t'amuser, et puis il y aura Marie-Pierre et Luc. Tu parles, Marie-Pierre était restée collée à sa copine Claudine, à rire comme des bécasses. Et Luc, avec ses copains, ils n'arrêtaient pas d'embêter des filles plus grandes qui ne les regardaient même pas. Dès que le défilé s'était terminé, Paule avait couru vers la maison en pleurant tout le long du chemin.

Cette fois, Paule espère qu'elle aura un joli déguisement, elle n'aura personne à qui le montrer en dehors de ses frères et sœurs, mais elle veut une robe avec des volants, une chemise qui fait joli, des chaussures comme dans son album de princesse, celui que la maîtresse lui a prêté avant les vacances. Tu me le rendras quand on reprendra l'école au mois de septembre, tu me diras quel est ton préféré. Paule se force chaque soir, elle n'aime pas trop lire, c'est dur pour elle de déchiffrer ces lettres. Pourtant, il y a des histoires qu'elle aime bien, celle de la princesse au petit pois, par exemple ; elle a essayé d'en mettre un sous son matelas un jour que maman lui avait demandé de les écosser, ça n'avait rien fait, pas un bleu, pas une douleur. Elle a réessayé avec une noix, cette fois elle avait vraiment mal dormi. Alors, tu veux mettre quoi ?

Marie-Pierre a ouvert le grand placard de maman, celui qu'ils n'ont jamais le droit d'ouvrir. Tu es sûre ? On va se faire gronder. Marie-Pierre la rassure, elle entend au loin les premiers coups de tonnerre, elle ne veut pas que Jean et Paule commencent à s'affoler. Que penses-tu de cette robe jaune ? Ou la rouge ? Non, tu préfères la jupe à volants, ah oui, tu as raison, c'est plus joli pour aller au bal. Tiens, enfile ces chaussures. Elle tend à Paule les plus beaux souliers de maman, ceux qu'elle ne met même pas pour assister à la messe, qu'elle réserve pour les grandes occasions, les mariages ou les enterrements. Paule fait le défilé dans la chambre, elle passe et repasse devant ses frères et sa sœur, elle se tord les chevilles, les chaussures de maman sont un peu hautes, mais c'est tellement drôle de marcher avec, elle se sent comme Cendrillon quand elle va au bal.

Jean applaudit, il a placé le plus beau chapeau de Père sur sa tête, Luc lui fait des moustaches d'un coup de charbon. Allez, dansez ensemble, Luc se met à chanter. Jean s'approche de Paule, Marie-Pierre l'arrête à temps, non, pas du charbon sur la jupe de maman, ce sera impossible à enlever. Elle a été trop brusque, Jean trébuche, il fait tomber le chapeau et l'écrase en s'asseyant dessus. Marie-Pierre fait la grimace, comment va-t-elle expliquer à Père que son chapeau est tout tordu ? Ils ne diront rien, quand il s'en apercevra, elle aura inventé quelque chose. Elle entend le chien tirer de plus en plus fort sur sa chaîne devant la maison. Il fait bien sombre tout à coup. Elle jette un œil par la fenêtre, le ciel est tout noir. Luc, il faut vraiment s'occuper des bêtes, l'orage est là.

Marie-Pierre ordonne aux deux petits de redescendre, ils laissent les habits de maman en tas sur le sol, elle viendra les ranger plus tard, tant pis si les parents rentrent avant, elle leur expliquera. En bas, la porte claque, Luc est sorti pour remettre les vaches dans l'étable, elle l'entend crier hue, allez hue, le chien aboie, les bêtes meuglent différemment de d'habitude. Elle jette un œil par la fenêtre, Luc a du mal, les vaches ne lui obéissent pas, elles sont affolées, il finit par en tirer une, Blanchette, celle qui est toute noire avec juste une tache plus claire sur le front, les autres suivent. Il rabat vite la barre en bois qui ferme l'étable. Il n'a pas pris le temps de leur remettre de l'eau, si Père ne rentre pas bientôt, Marie-Pierre sera obligée d'y aller, tant pis, il y a plus urgent. Elle fait le tour des pièces de l'étage pour vérifier que les fenêtres sont bien fermées. Heureusement qu'elle regarde, celle de leur chambre, juste au-dessus du lit de Paule, est restée entrebâillée. Il aurait été trempé, et elles auraient été obligées de dormir ensemble. Elle frissonne, la température a baissé d'un coup, elle enfile un gilet, en attrape un pour Paule et Jean, il ne manquerait plus qu'ils prennent froid.

En bas, elle entend la porte claquer. Luc, fais un peu attention, tu fais trembler toute la maison. Je n'y peux rien, c'est le vent, il souffle tellement fort que j'ai failli m'envoler. Elle voit Paule et Jean serrés l'un contre l'autre dans le coin de la cuisine qui mène au cellier, il faut qu'elle leur trouve une occupation, tiens, Paule, il y a les haricots à éplucher, mettez-vous là avec Jean pour le faire. Paule ronchonne, encore du travail, je n'ai pas arrêté depuis ce matin. Moi, zaime les haricots, chantonne Jean. Et moi, zaime pas, se moque Luc, zaime pas du tout. Luc, viens m'aider à fermer les volets. Marie-Pierre entend un panneau qui claque contre le mur, *blang, blang, blang,* à chaque coup de vent. Ce doit être celui de la salle à manger. Elle entre dans la pièce où elle ne va jamais, maman l'interdit, elle est réservée aux repas de famille, il ne faut pas abîmer la peinture des murs, c'est une peinture spéciale, commandée dans un magasin d'Annecy. Marie-Pierre ne voit pas bien la différence avec les autres, mais si maman le dit…

Marie-Pierre, tu dors, je t'attends, Luc la rappelle à l'ordre. Elle referme la porte de la salle à manger, entre au salon. C'est la pièce où l'on reçoit les invités d'honneur, l'instituteur, le curé ou monsieur le maire, lorsqu'ils viennent prendre le café. Luc a totale interdiction d'y pénétrer depuis qu'il a renversé un encrier sur le tapis en voulant montrer à je ne sais plus qui comme il savait bien écrire. Sur le moment, Père n'avait rien dit, mais dès que l'invité était parti, il avait attrapé sa ceinture pour punir Luc. Le tapis, il avait fallu l'enlever, on l'avait mis dans la chambre des parents, là où personne ne le verrait, du gâchis. Il restait sur le sol une trace d'encre noire qui avait fini par se confondre avec un nœud du parquet. C'est ce volet-là, je sors l'accrocher, tu l'attrapes à l'intérieur. Luc hésite, je vais sortir, tu vas être toute mouillée.

Marie-Pierre a déjà ouvert la porte, elle a du mal à la retenir, elle vient buter contre le mur extérieur. Dehors, il fait nuit noire, elle se dépêche, elle se demande si les parents ont au moins réussi à rejoindre le village. Elle pousse le volet vers Luc, il n'arrive pas à l'attraper, il claque contre le mur. Luc se penche, fais attention, il ne manquerait plus que tu tombes. Elle maintient le volet fermé, elle l'entend qui le crochète, elle fait le tour de la maison pour voir si tout va bien. Lorsqu'elle arrive derrière, un gros éclair tombe tout près, elle sursaute, la chienne se met à aboyer. Quand le tonnerre gronde quelques secondes plus tard, Belle commence à geindre, il faut la mettre à l'abri, elle fait peur aux petits avec ses drôles d'aboiements, elle entend Jean pleurer à l'intérieur.

Elle se dépêche de la rentrer, allonge-toi là, dans le coin, et tu ne bouges pas. Jean est ravi de voir la chienne, il abandonne ses haricots, de toute façon, il s'est contenté de les couper en tout petits bouts, il s'allonge contre la chienne. Lève-toi, Jean, tu ne peux pas rester là, elle est trempée. Luc hausse les épaules, bah, après tout, si ça les calme tous les deux. Il a raison, on s'en fiche, c'est déjà assez angoissant comme ça. Paule continue à nettoyer ses haricots sans rien dire, elle sursaute à chaque éclair, courbe la tête quand le tonnerre s'y met et reprend sa tâche. Bon, je vais mettre de l'eau à chauffer pour les haricots. Luc se moque, tu les fais cuire un peu plus que les patates à midi, hein. Marie-Pierre rigole, elle n'a plus le cran de répondre à son frère.

Elle a d'autres soucis, ils devraient peut-être prévenir quelqu'un au village, les parents ne sont toujours pas rentrés, l'oncle Antoine avait dit qu'il repasserait, il n'est pas venu. Il est peut-être encore temps de descendre. Elle en parle à Luc, oui, on devrait peut-être essayer. Elle ouvre la porte pour mieux voir, il pleut à verse, elle ne peut pas envoyer Luc, il faut pas loin de quinze minutes pour rejoindre le village, elle l'imagine dans le noir sur le chemin, il serait trempé comme une soupe, il pourrait se perdre ou se prendre un coup d'éclair. Ils sont coincés, ils ne peuvent rien faire d'autre qu'attendre.

*

Paule a commencé à pleurer lorsque les coups de tonnerre se sont rapprochés. Elle est terrifiée par les éclairs, elle est convaincue que l'un d'eux va tomber sur la maison ou sur l'arbre, là, juste à côté. D'ailleurs, elle l'entend craquer, il ne résistera pas, ses branches vont casser les vitres et le tronc traverser la cuisine. Elle pleure en silence, mais chaque fois que la pièce s'illumine, elle pousse un petit cri comme le chaton qu'elle a vu l'autre jour dans la grange de l'oncle Antoine. Il y en avait toute une portée, ils tétaient tous au sein de leur mère, sauf un qui se tenait un peu à l'écart et poussait ce petit cri.

Elle aimerait que Marie-Pierre la prenne dans ses bras. Elle ne le fera pas, elle a passé l'âge. Marie-Pierre la gronde, arrête, tu fais peur à Jean à crier comme ça, je ne sais pas pourquoi on raconte que tu es la plus courageuse de nous tous. Paule renifle, c'est vrai, Père dit toujours qu'elle n'a peur de rien, qu'elle est prête à affronter tous les méchants du monde. Il dit ça pour énerver Marie-Pierre et Luc, surtout Luc, d'ailleurs, mais elle aime bien l'entendre, elle se sent grande. Elle va arrêter de pleurer. Elle prend la main de Jean pour le rassurer. Elle est collante, il l'a gardée dans la bouche un bon moment, ça la dégoûte un peu, elle s'essuie sur le pull de son frère. Marie-Pierre la surprend, Paule, va te laver les mains plutôt.

Elle grimpe sur le petit marchepied de bois que Père a fabriqué spécialement pour elle, pour ses quatre ans, ou peut-être pour ses trois ans, elle ne sait plus, maman n'était pas contente, elle trouvait que c'était dangereux, quand elle se sera cognée sur le bord de l'évier, on sera bien avancés. Elle se penche au-dessus de la grande cuvette en pierre qui fait office d'évier. Père dit qu'il l'a rapportée de la montagne, déjà taillée. Un jour, Paule l'avait raconté à un gamin du village, il s'était moqué d'elle, mais tu es bête ou quoi, ça n'existe pas les éviers de montagne ! Bon, Paule, tu te les laves, ces mains ? Elle fait couler l'eau depuis trop longtemps, elle arrête le flot, un éclair la surprend, elle sursaute, le marchepied part de travers, elle aussi, elle pousse un cri en tombant. Jean se met à pleurer, il a eu peur du fracas du banc sur le carrelage. Paule s'est fait mal à la jambe. Marie-Pierre ne s'occupe pas d'elle, elle console Jean, c'est malin, on n'avait pas besoin qu'il se mette à pleurer. Paule espérait un peu de réconfort, de la crème peut-être, celle qui sent les herbes et que maman garde pour les gros bleus. Mais non.

Luc ne parle plus depuis que l'orage a commencé, il reste planté devant la fenêtre de la cuisine à regarder dehors. Les éclairs se succèdent à intervalles de plus en plus rapprochés, le tonnerre gronde en permanence, des gouttes énormes s'écrasent sur la terre devant la maison, de grosses flaques se sont formées en quelques minutes, des rigoles d'eau dévalent déjà le chemin en pente. Il trouve ça beau. Il aimerait être dehors sous la pluie, la bouche ouverte, à sentir l'eau lui tomber sur le visage, lui glisser dans le cou. Il adore cela, il a l'impression que la pluie le lave, qu'il devient un autre. Marie-Pierre ne le laissera jamais sortir. Déjà, elle ne voulait pas ouvrir la porte à la chienne. Pourtant, la bête en avait besoin, elle tournait en rond, elle gémissait, tu ne vois pas qu'elle a envie de pisser, mais non, c'est juste qu'elle a peur de l'orage. Laisse-la sortir, je te dis. Luc avait fini par entrebâiller la porte, la chienne avait filé toute joyeuse, elle n'était pas allée bien loin, juste satisfaire ses besoins à l'angle du porche, puis elle était rentrée, secouant ses poils à l'intérieur, sèche-la, elle va mettre de l'eau partout. L'épisode avait au moins eu le mérite de faire rire les petits.

Tu crois que je devrais aller voir les bêtes ? Luc s'inquiète, il entend les vaches meugler de l'autre côté de la cour, elles doivent se demander ce qui se passe. Il n'a pas pu les traire ce soir. Il ne leur a rien donné à manger ni à boire, elles vont passer une sale nuit, Père sera fâché contre lui. Marie-Pierre hésite, nan, tu vas te tremper pour rien. Trop tard, Luc est déjà parti, il a enfilé une vieille veste de Père et a claqué la porte. Par la fenêtre, elle le voit courir à toute allure, il disparaît derrière le rideau de pluie. Les minutes s'écoulent, elle ne le voit pas revenir, elle s'inquiète, elle ne peut pas savoir qu'il a trouvé toutes les bêtes regroupées au fond de l'étable, serrées les unes contre les autres jusqu'à s'en faire mal, il a fallu les séparer, les mettre une à une dans les stalles, il a voulu les traire, elles étaient trop excitées, elles ne se laissaient pas faire. Marie-Pierre ne peut pas aller l'aider et laisser les petits seuls.

J'ai peur, il fait tout noir. La phrase de Paule sort Marie-Pierre de sa torpeur, c'est vrai qu'il fait sombre dans la cuisine avec juste la lueur du poêle. Un peu plus tôt, l'électricité a sauté, et ils ne savent pas où est le tableau électrique, sans même parler des plombs. Tu as raison, on va allumer toutes les lampes à pétrole, ça fera joli. On va en mettre une derrière la fenêtre de la cuisine, comme ça, si Luc est un peu perdu, il retrouvera son chemin. C'est ce qu'elle dit à Paule et à Jean. Marie-Pierre songe aussi aux parents, ils seront contents de voir que les enfants ont pensé à eux. Il n'y a plus beaucoup de pétrole dans les lampes, quand elle les allume, la lumière vacille. D'habitude, c'est Père qui s'en occupe. Une fois par an, il les étale toutes sur la table, prend le bidon d'essence et les remplit une à une. Marie-Pierre espère que les lampes tiendront toute la soirée. Luc entre en trombe dans la cuisine, il dégouline d'eau. Vite, enlève ces habits et sèche-toi, tu vas attraper la mort. Il tend un bidon à Marie-Pierre, tiens, c'est tout le lait que j'ai réussi à traire, il faisait trop noir là-dedans, les vaches étaient trop énervées. Je n'ai pas voulu le mettre au fromage, je ne savais pas s'il était bon. C'est pas grave, va. Dépêche-toi, je vais préparer une omelette pour accompagner les haricots, on mangera vite et on ira se coucher.

À table, Paule triture les bouts d'œufs dans son assiette. Déjà qu'en temps normal, c'est pas son truc l'omelette, mais ce soir… Il faut qu'elle pose la question, vous croyez que les parents ont quelque chose à manger? Un long silence suit, elle voit Marie-Pierre et Luc échanger un regard. Bien sûr, tu sais bien comme Père prévoit tout. Paule n'est pas convaincue, elle a vu maman préparer le pique-nique, dans le sac elle a glissé un demi-pain, de la tomme, des pommes et les gourdes. C'est tout? Vous avez pas beaucoup. De quoi je me mêle, jeune fille? Il est rare que maman s'agace. Ce matin, elle était un peu nerveuse, arrête de tourner autour de moi, je vais oublier quelque chose. Maman avait ajouté quand même un morceau de jambon pour les sandwichs. Et des barres de chocolat dans la poche centrale. Paule en rêvait, maman ne leur en donne jamais, elle dit que c'est réservé, il n'y a que Père qui a le droit d'en prendre quand il part en montagne, il l'achète en bas, dans la vallée, c'est du chocolat spécial, en grande plaque, maman dit que c'est cher. Paule aurait aimé en couper un petit bout, juste un tout petit bout, mais maman l'aurait vu, et de toute façon, elle n'avait pas assez de force; elle avait essayé une fois, elle sentait le chocolat se liquéfier sous sa main sans arriver à le casser, elle s'était contentée de lécher le creux de son pouce, là où le chocolat avait le plus fondu.

Elle insiste, moi, j'ai vu ce que maman a mis dans le sac, ils ne tiendront pas longtemps avec ça. Marie-Pierre la rabroue, mais non, tu racontes n'importe quoi, il leur reste de la nourriture. Et puis, tu n'en sais rien, on n'en sait rien, si ça se trouve, ils sont confortablement à l'abri au village, en train de manger une soupe. Plus personne ne parle, ils regardent les œufs se figer dans leurs assiettes, Jean fait des boulettes avec son pain, Marie-Pierre essaie de l'en empêcher, Jean, si tu le manges pas, ton pain, je te l'enlève. Jean envoie une boulette vers Luc. Son grand frère commence par s'énerver, le jeu l'emporte, il prépare un tas de boules de mie de pain, il les roule jusqu'à ce qu'elles deviennent grises, il bombarde son frère, puis sa sœur, les petits rient. Marie-Pierre crie, puis s'arrête, après tout, tant que les enfants s'amusent, ils ne pensent plus aux parents.

Elle débarrasse les assiettes, Paule et Jean courent dans la cuisine pour tenter d'attraper Luc, elle rouspète un peu, laissez-moi passer, arrêtez, je vais tout faire tomber, elle met les morceaux d'omelette à la poubelle, elle se demande si la chienne les aurait mangés. Elle ne l'a pas nourrie, elle ne sait même pas quoi lui donner, elle interroge Luc, il hausse les épaules, tu crois qu'elle peut rester une nuit sans manger ? Oui, on demandera confirmation à l'oncle Antoine quand il viendra. Marie-Pierre remarque que son frère ne compte même plus sur la présence de leurs parents ce soir. Elle termine la vaisselle, elle a l'impression que l'orage se calme un peu. Pour la faire mentir, un énorme coup de tonnerre résonne. Les petits recommencent à crier. Elle leur propose une partie de cartes, Luc suggère qu'ils aillent dans le salon, Marie-Pierre refuse, la pièce est trop angoissante. Elle préfère rester dans la cuisine, elle a remis du bois dans le poêle, il fait bon.

Luc n'arrive pas à se concentrer sur la partie de cartes. Le jeu n'est pas très compliqué. Pour que les petits puissent participer, ils ont opté pour une bataille. Il vient de poser un valet sur une dame et de ramasser les cartes. Tricheur, tricheur. Paule se met à hurler. Il ne pense plus qu'aux parents coincés quelque part dans la montagne, il pense au froid qui doit les gagner. Il se souvient de la terrible sensation que le gel procure. La deuxième fois, non, la troisième fois qu'il est sorti avec Père en montagne, ils se sont retrouvés pris dans un brouillard comme Luc n'en avait jamais vu, si épais qu'ils ne pouvaient plus avancer sans risquer de tomber. Pour une fois, Luc avait vu Père hésitant. Plus tard, il l'entendrait raconter à maman, tu comprends si j'avais été seul, je serais redescendu, j'aurais pris la responsabilité, mais là, avec Luc, je ne pouvais pas, je ne savais pas comment il allait réagir. Ils avaient donc décidé de rester là-haut pour la nuit, sans vraiment bivouaquer, ils n'avaient pas emporté le matériel pour ça et le refuge le plus proche était inaccessible. Ils s'étaient donc serrés l'un contre l'autre. Luc avait progressivement senti ses doigts et ses orteils s'engourdir, il avait enlevé ses gants pour frotter une main contre l'autre dans l'espoir de les réchauffer. Lorsqu'il s'en était aperçu, Père lui avait crié dessus, renfile tes gants tout de suite, mais qu'est-ce qui te prend, tu veux finir comme Georges, tu veux perdre tes doigts ? Luc s'était senti stupide, il le savait pourtant qu'on n'expose rien directement au froid de la montagne. Même ton nez, il risque de tomber, le mettait en garde Étienne quand il était petit. Il avait placé le cache-nez devant une moitié de son visage, sa respiration traversait la laine, laissant de l'humidité dans la fibre, humidité qui finissait par se transformer en glace. Il avait soif, il suçotait la glace sur son écharpe, il s'était retrouvé la bouche pleine de brins de laine.

Père avait décidé qu'ils se reposeraient à tour de rôle. Luc avait promis. Évidemment, il s'était assoupi pendant son tour de garde, Père l'avait réveillé en lui mettant des claques, Luc, lève-toi, si tu t'endors, c'est la mort, tu es trop lourd pour que je te porte dans la vallée. Il faisait presque jour, les premiers rayons du soleil tentaient de franchir les sommets, il n'y avait plus de trace du brouillard. Ils étaient redescendus à un rythme rapide, Luc était épuisé, il peinait à suivre Père, il se souvient de son soulagement quand il avait aperçu le refuge, il s'était imaginé s'asseoir, boire un café, se réchauffer, Père n'avait pas voulu, on continue, ta mère doit s'inquiéter pour nous, il faut la rassurer. Quand ils étaient arrivés en vue du chalet, Luc pouvait à peine poser un pied devant l'autre. Maman n'avait rien dit, elle l'avait attrapé par l'épaule et obligé à se déshabiller. Luc n'a jamais oublié le regard de reproche qu'elle avait adressé à Père. Peut-être regrette-t-elle maintenant d'avoir autant insisté pour partir en montagne.

Elle doit penser à eux, seuls au chalet, ou peut-être a-t-elle si froid qu'elle ne pense qu'à elle. Luc se demande si l'un des deux est blessé. Il aurait dû aller voir l'oncle Antoine pour lui dire d'activer les secours, il est sans doute encore temps, et lui, il est là à jouer aux cartes. Luc, c'est à toi, tu joues ou quoi ? Il balance une carte au hasard, ramasse de nouveau le paquet sur la table. Paule se remet à crier, mais non, c'est moi qui gagne. Jean en profite pour balayer la table de la main, toutes les cartes à proximité se mélangent, certaines tombent par terre. Paule hurle encore plus fort, Jean, fais attention, voilà, on ne peut plus finir la partie maintenant, elle bouscule son frère, il tombe du banc, se met à pleurer. Luc se lève, il faut que j'y aille, que j'aille voir avec l'oncle Antoine si on peut faire quelque chose. Marie-Pierre le retient, tu ne vas nulle part, tu as vu ce qui tombe ? Aide-moi plutôt avec les petits, on va les coucher. Nan, je veux pas aller dormir. Jean braille de plus belle. Paule en rajoute, de toute façon, il est trop tôt, c'est pas l'heure de dormir.

Marie-Pierre les force à monter, elle demande à Paule de se mettre en chemise de nuit pendant qu'elle s'occupe de Jean. Elle va lui passer un pyjama chaud, un d'hiver, la température a sacrément baissé. Paule se met à jurer,

Marie-Pierre soupire, cette journée n'en finira donc jamais. Elle se retient pour ne pas montrer aux petits qu'elle a peur, elle aussi. Mon lit est tout mouillé, mon lit est tout mouillé. Aux cris de Paule, Marie-Pierre ne peut que constater les dégâts, sous l'effet du vent, la fenêtre qu'elle croyait avoir fermée s'est rouverte et la pluie s'est engouffrée, formant une tache d'humidité sur le lit de Paule. Quand la petite s'est assise sur son matelas, elle a senti l'eau sous ses fesses, elle a une grosse trace sur l'arrière de sa jupe. Arrête de crier, déshabille-toi, on va dormir ailleurs. Marie-Pierre se débat avec le crochet de la fenêtre, Luc, tu peux monter m'aider ?

Il parvient à bloquer l'ouverture. Eh ben ! Tout le monde va croire que tu as fait pipi au lit, petite Paule, ça faisait longtemps pourtant. Paule éclate en sanglots. Elle a mis des années avant d'arrêter de mouiller son lit, on ne comprenait pas pourquoi elle n'arrivait pas à se retenir. Les parents avaient tout essayé, la punition, la récompense, chaque matin, elle se réveillait trempée. Son matelas dégageait en permanence une odeur d'urine, il fallait tout le temps changer la paille à l'intérieur. Maman disait, on ne peut pas continuer comme ça, ça nous coûte une fortune, tante Andrée lui avait donné une toile en plastique à mettre sur le matelas. C'était désagréable pour Paule, elle passait une partie de la nuit à baigner dans son pipi, elle avait des plaques rouges sur la peau. C'était pénible pour Marie-Pierre, dès que Paule bougeait, elle faisait un bruit de plastique qui l'empêchait de dormir. Et très souvent, au milieu de la nuit, quand elle avait mouillé son lit, Paule venait dans celui de sa sœur. Marie-Pierre avait essayé de la dissuader en faisant la statue de pierre, mais elle sentait les petits pieds de Paule contre elle et sa main qui prenait la sienne, elle lui disait, enlève ta chemise de nuit mouillée, et la petite obéissait, elle se glissait nue sous la couverture en faisant un baiser à sa sœur. Le matin, maman les trouvait serrées l'une contre l'autre, elle grondait Marie-Pierre, tu ne dois pas la laisser faire, sinon, elle n'apprendra jamais, Marie-Pierre approuvait, et la nuit suivante, ça recommençait. On n'a jamais su pourquoi Paule a arrêté de faire pipi au lit. Elle n'a plus jamais mouillé ses draps, mais elle n'aime pas qu'on lui rappelle cette période. Évidemment, Luc adore la titiller. Est-ce que je te parle à toi du vertige que tu as eu dans la montagne ? La phrase de Marie-Pierre est partie spontanément, comme un réflexe. Quand elle voit l'effet qu'elle produit sur son frère, elle aurait aimé la retenir, l'empêcher de sortir de sa bouche.

Il descend les escaliers brutalement. Luc ! Il ne répond pas. Tant pis, elle se réconciliera avec lui demain. Avec les petits, elle va s'installer dans la chambre des parents. De toute façon, Jean y dort déjà, elle n'aura qu'à se coucher dans le grand lit avec Paule. S'ils rentrent, ils se débrouilleront, ils se serreront. Ils l'ont déjà fait, le jour où Luc avait attrapé la rougeole. Il était contagieux, il fallait l'isoler, les filles lui avaient laissé la chambre. Elles avaient dormi avec les parents. Au début, ça les avait fait rire, Paule, surtout, était tout excitée, elle n'arrêtait pas de remuer, Père avait été obligé de prendre sa grosse voix pour la calmer. Marie-Pierre avait mal dormi, le ronflement de Père de l'autre côté du lit l'empêchait de trouver le sommeil, chaque fois qu'elle avait l'impression de sombrer, il recommençait, elle se demandait comment maman faisait tout le temps avec un boucan pareil. La seconde nuit, elle s'était aperçue qu'elle s'y habituait, il n'y en avait pas eu de troisième, on avait considéré que Luc n'était plus contagieux et qu'elles pouvaient retourner dans leur chambre.

Elle espère qu'elle dormira mieux cette nuit, elle n'en est pas sûre avec l'orage, les parents. Elle est en train de coucher Jean quand Paule crie, regarde, il y a le foulard jaune de maman, celui qu'elle portait ce matin, tu crois qu'elle est revenue, peut-être qu'elle est rentrée et qu'on ne l'a pas vue, peut-être qu'elle est tout de suite redescendue au village. Paule s'excite pour rien, Marie-Pierre le sait. Parce qu'elle était partie bouder, Paule n'a pas vu maman changer de foulard à la dernière minute. Elle le raconte à sa sœur. Plus tard, dans le lit, Paule se colle à elle et lui demande, tu crois qu'ils vont bien, tu crois qu'ils vont rentrer, tu crois qu'ils vont mourir. Marie-Pierre la rassure avec un aplomb qu'elle est bien loin de ressentir. Tu crois vraiment que les parents vont nous abandonner comme ça, tu connais Père, tu sais que c'est le roi de la montagne, elle parle pendant ce qui lui paraît des heures, elle sent enfin le corps de sa sœur se détendre à côté d'elle, son souffle venir se poser doucement sur son bras, elle l'envie.

Elle ignore à quel moment elle s'est endormie à son tour, elle ne sait pas si elle s'est vraiment endormie d'ailleurs, quelque chose l'a réveillée en sursaut, peut-être les parents qui ont ouvert la porte en bas. Elle tend l'oreille, elle entend l'escalier grincer, elle prend peur, et si quelqu'un avait décidé d'entrer dans la maison pour leur faire du mal en profitant de l'absence des adultes ? Elle sait que ça peut arriver. L'hiver dernier, il y a eu une histoire comme ça dans le village voisin, des gens ont été tués, on a su après que c'étaient des cousins à eux qui en voulaient à leur argent. Elle se demande si elle doit se lever pour aller voir ou, au contraire, rester silencieuse pour ne pas se faire repérer, elle réfléchit, où pourrait-elle cacher les petits ? Dans la grande armoire, elle restera avec eux, pour que Jean ne prenne pas peur et ne se mette pas à pleurer. La porte s'entrebâille, la lumière de l'orage éclaire une silhouette, pas quelqu'un de très costaud, maman peut-être. Elle n'ose pas poser la question. La porte s'ouvre en grand, son cœur va s'arrêter. Tu crois que je peux dormir avec vous ? demande Luc d'une toute petite voix.

Un mois plus tard

***Le Dauphiné libéré*, 28 août 1970**

Toujours aucune nouvelle du couple disparu dans le massif du Mont-Blanc le 16 août dernier. Les gendarmes travaillent sur plusieurs hypothèses : accident, suicide, disparition volontaire. Ils se refusent pour l'instant à livrer plus de précisions. Les quatre enfants du couple ont été confiés à des membres de la famille en attendant d'en savoir davantage. Si on ne les retrouve pas rapidement, une solution plus pérenne devra être envisagée, d'après un proche de la famille qui préfère garder l'anonymat.

15 septembre 1970

Marie-Pierre sent le bras de Luc se contracter, ses poils lui caresser la peau. Ni lui ni elle n'ont voulu s'asseoir à l'avant, à côté de l'oncle Antoine, ils ont préféré se serrer sur la banquette arrière de la 4 L. Le plastique des sièges colle aux cuisses de Marie-Pierre. Ce matin, tante Andrée lui a dit d'enfiler une jupe plus longue, celle-là ne te va plus, laisse-la ici, Paule la portera dans quelques mois. Elle regrette de ne pas avoir obéi. Dès qu'elle bouge, sa peau fait le bruit écœurant d'une ventouse qui se décolle. Un jour normal, Luc aurait fait une blague pas drôle sur les pets. Là, il reste le regard fixé sur les lacets de la route, il se mordille la peau au bord d'un ongle.

L'oncle leur demande, tout va bien derrière ? Marie-Pierre ne répond pas, elle est tellement en colère. Il y a une semaine, l'oncle leur a demandé de venir dans la cuisine, elle et Luc. Tante Andrée se tenait un peu en retrait, appuyée contre l'évier. C'est lui qui avait parlé : vous comprenez, quatre enfants, c'est trop, on ne va pas y arriver avec Andrée. Et vous pourrez faire des études, des meilleures, en bas, dans la vallée. Et, bien sûr, vous reviendrez pour toutes les vacances. Tante Andrée n'avait rien dit, elle avait essuyé ses mains sur son tablier si fort que ses doigts en étaient tout rouges. Marie-Pierre sait qu'elle n'était pas d'accord, elle les a entendus se disputer, l'oncle et elle, il y a quelques jours, gardons-les auprès de nous tant qu'on ignore ce qui s'est passé, c'est trop dur. L'oncle n'a pas cédé, on s'en sortira pas avec quatre gosses de cet âge à nourrir.

C'est une excuse, Marie-Pierre le sait, de l'argent, les parents en ont, il suffit de regarder la taille du chalet, Antoine pourrait l'utiliser, les parents ne diraient rien. Elle est en colère contre son oncle, elle le soupçonne de vouloir profiter de la situation, pour récupérer des biens peut-être, il a toujours été jaloux de Père. Père le disait souvent, de toute manière, dans cette vallée, ils sont tous envieux. Et Paule ? Et Jean ? Ils viennent avec nous ? Non, c'est juste Luc et toi, les petits resteront ici, ils sont trop jeunes, l'école ne les prendra pas. Marie-Pierre s'était mise à pleurer, Luc était parti en claquant la porte. Lorsqu'il était revenu, l'oncle Antoine avait voulu lui mettre une taloche pour lui faire comprendre le respect, la tante l'en avait empêché. Toute la semaine, des gens étaient passés leur expliquer que c'était mieux pour eux. Monsieur le curé, Étienne, le chef des guides, l'institutrice de Luc, le maître de Marie-Pierre. Ils répétaient tous la même chose. Marie-Pierre les laissait parler, les yeux dans le vague. Elle ne pensait pas pouvoir oublier.

Ce matin, Antoine les emmène au train. C'est la première fois qu'ils vont le prendre tout seuls. Une fois, ils sont descendus dans la vallée avec les parents, ils rendaient visite à une vieille tante, on leur avait dit qu'elle était malade, qu'il fallait se tenir sages. Quelques jours plus tard, les parents étaient allés à l'enterrement. Ils emportent chacun une valise et un petit sac. Tante Andrée leur a préparé un casse-croûte. Du pain et du fromage, un fruit. Je vous ai glissé des biscuits au fond, ceux aux myrtilles, a-t-elle murmuré comme pour se faire pardonner. Si la tante croit qu'il suffit de quelques gâteaux pour calmer la colère de sa nièce, elle se trompe.

Sa valise, Marie-Pierre a tenu à la faire elle-même. Elle ne voulait pas qu'Andrée voie qu'elle y mettait un foulard de maman, elle souhaitait prendre le jaune, celui que maman avait laissé avant de partir en montagne. Elle l'avait cherché partout, dans l'entrée, au milieu de toutes les vestes et de toutes les écharpes de la famille, elle en avait fait tomber plusieurs, elle les avait laissées par terre, elle ne l'avait pas retrouvé. Elle avait fouillé la chambre des parents. Tante Andrée l'avait grondée, dépêche-toi de sortir d'ici, tu n'as rien à y faire. Pas moyen de mettre la main dessus. Elle était pourtant sûre que maman ne l'avait pas pris, au dernier moment, elle l'avait enlevé et mis le rouge. Comme ça, vous me verrez de plus loin quand on sera partis, avait-elle ri. Marie-Pierre se souvenait que Paule l'avait trouvé le soir de la disparition. Mais depuis, il avait disparu. Elle en avait emporté un autre qui gardait bien l'odeur de maman.

Du côté de Père, elle avait pris un livre, *Robinson Crusoé*. Il insistait toujours pour qu'elle le lise. Elle ne l'aimait pas vraiment, elle l'avait commencé plusieurs fois et abandonné au bout de quelques pages. Cette fois, elle allait s'y tenir. Comme ça, quand Père reviendrait, il pourrait lui expliquer pourquoi il aimait tant ce roman, lui qui lisait si peu. Marie-Pierre voulait aussi emporter une courtepointe, une de celles que maman avait cousues elle-même.

Elle l'avait pliée autant que possible pour la faire rentrer dans la valise, chaque fois, un bout de tissu ressortait, elle avait tenté de la mettre dans un sac à part, un grand cabas qui servait à déplacer les bûches du cellier à la cheminée, tante Andrée avait refusé, tu n'as droit qu'à une valise, et puis de toute façon, ils ont des couvertures là-bas, je ne vois pas pourquoi tu t'embarrasses avec ça. Marie-Pierre avait pleuré, crié, fini par dire, maman m'aurait permis de l'emporter. Tante Andrée lui avait rétorqué, tu remarqueras que ta mère n'est pas là. Elle avait prononcé sa phrase tranquillement, comme une vérité incontestable. Soudain, l'absence des parents était devenue réelle, presque définitive. Marie-Pierre avait pensé à ce que maman répétait souvent, Andrée n'est pas méchante, c'est juste qu'elle ne se rend pas compte de ce qu'elle dit.

Luc est enfin sorti de son silence. Il n'arrête pas de poser des questions, quand est-ce qu'on reviendra ? S'il se passe quelque chose pour les parents, comment on le saura ? Et si je travaillais, vous me garderiez ? C'est quoi cette école où on va, y a beaucoup d'élèves ? Antoine répond comme il peut. Oui, non, je ne sais pas. Il a hâte d'arriver à la gare, ça s'entend. Il leur demande d'attendre dans la voiture, il va acheter les billets. Il leur en donne un à chacun, vous faites attention de ne pas les perdre, hein ? Le contrôleur voudra les voir. Un baiser rapide, des joues à peine effleurées, le train, la valise posée en haut des marches, un geste de la main, quelqu'un vous attendra à l'arrivée et il ne reste plus que Luc et elle.

Le train leur permet d'oublier un peu de leur colère. Ils se sentent grands, l'aventure prend le dessus sur les semaines passées. Ils remontent les wagons pour se choisir une place. Marie-Pierre est un peu déçue, il n'y a pas de compartiments, juste des rangées de sièges. Elle a beau faire la fière, elle a un peu peur de voyager juste avec Luc. Elle attrape la main de son frère, la serre fort, il fait une grimace, elle le lâche. Tiens, regarde, là, on sera bien, contre la fenêtre. Luc monte les valises dans le filet au-dessus des sièges. Faudra pas les oublier, hein. Luc ne lui répond pas, il s'installe dans le sens de la marche, mets-toi en face. Le train est déjà reparti, la crémaillère le retient dans la pente, il descend lentement vers la vallée. Marie-Pierre observe, fascinée, les voitures arrêtées au passage à niveau pour les laisser passer, les vaches dans les prés, la rivière minuscule. Regarde, Luc, regarde. Son frère lui répond à peine, il s'ennuie déjà. Et si on pique-niquait ? Ça fera passer le temps.

Ils ouvrent les sacs. Dis donc, ça pue. Normal, c'est le reblochon, ils rient de la grimace des autres passagers, ils avalent tout d'un coup, ils ont soif, la tante a oublié de mettre une gourde, tant pis, ils attendront d'être arrivés. Ils gardent les fruits pour plus tard, mais dévorent les biscuits. Luc s'endort, étendu sur deux sièges, Marie-Pierre lutte contre ses yeux qui se ferment. Elle ne veut pas s'assoupir, elle craint qu'on leur vole leurs valises, elle redoute de rater la station, elle surveille tout ce qui les entoure, cet homme là-bas qui fait des va-et-vient. La fumée des cigarettes lui chatouille le nez. En principe, ça ne la dérange pas, c'est l'odeur de Père ; maman rouspète toujours qu'il fume trop. Marie-Pierre aime bien, mais dans ce wagon aux fenêtres fermées, ça l'écœure. Elle se demande ce qui les attend, comment sera leur école, elle imagine une grande bâtisse, un peu sombre et froide. Combien seront-ils par chambre ? Arrivera-t-elle à se faire des amies ? Elle se sent si seule.

Lorsque le contrôleur annonce leur arrêt, elle réveille son frère en lui secouant doucement le bras. Ils s'habillent, récupèrent leurs valises, et patientent devant la porte que le train ralentisse. Ils se sont levés trop tôt, la gare est encore loin. Sur la plate-forme, le mouvement du train est accentué, il les ballotte d'un côté à l'autre, Marie-Pierre perd l'équilibre, son bras heurte une barre en métal, ça lui fait un mal de chien. Elle n'a pas le temps de se plaindre, la locomotive freine. Luc bataille un peu avec la poignée pour ouvrir, il n'a pas l'habitude, il faut la bouger de haut en bas, une femme l'aide, la porte finit par pivoter. Luc prend sa valise d'une main, sa sœur de l'autre. Il tremble, ou peut-être est-ce elle. Elle manque tomber en descendant les marches, il la rattrape en serrant sa main plus fort. Elle a mal, ne dit rien, elle est contente de l'avoir avec elle. Ils regardent autour d'eux. Au bout du quai, un homme et une femme les attendent. Le premier fait signe à Luc, la seconde à Marie-Pierre. Ils restent collés l'un à l'autre, ils ne veulent pas se lâcher, la femme met sa main entre les leurs pour les séparer. Marie-Pierre pleure. C'est trop. Personne ne leur a dit qu'ils n'allaient pas dans la même école.

*

25 septembre 1970

Lorsque Paule est retournée à l'école, Jean a voulu la suivre, il s'est engagé sur le chemin derrière elle, l'air sérieux. Il n'avait pas de cartable ni de blouse, il s'en fichait, il ne voulait pas quitter sa sœur. De la main, tante Andrée l'a retenu, il s'est débattu, sans succès, il pleurait à gros sanglots quand Paule s'est éloignée. Elle ne s'est pas retournée pour le regarder. Il a peur que, comme Luc et Marie-Pierre, elle ne revienne pas. Lorsque son frère et sa sœur étaient montés en voiture, il était avec les lapins, il leur donnait l'herbe qu'il avait ramassée le matin, tout le monde s'était dit que c'était mieux qu'il ne soit pas là pour les au revoir. Il avait dû sentir qu'il se passait quelque chose d'anormal, et il les avait rejoints.

Devant la maison, Paule pleurait, elle s'accrochait au gilet de Marie-Pierre, il avait fallu que tante Andrée lui déplie les doigts un par un tellement ils étaient serrés. La voiture avait fini par démarrer. Luc et Marie-Pierre leur avaient fait signe par la vitre arrière, Paule n'avait pas voulu répondre, puis elle s'était souvenue de maman à qui elle n'avait pas dit au revoir, alors elle avait levé la main, pendant que, de l'autre, elle avait essuyé le mélange de morve et de larmes qui, de son nez, coulait dans sa bouche. Tante Andrée lui avait posé une main sur l'épaule, viens, on va préparer le déjeuner. L'oncle avait répété qu'ils allaient dans une école pour les grands à la ville, que les parents seraient fiers d'eux, Paule savait qu'il mentait, que des grands, il y en avait à l'école du village, et que son frère et sa sœur auraient très bien pu rester. Elle avait passé le restant de la journée à renifler, Jean, à courir partout en cherchant Luc et Marie-Pierre. Il avait mis plusieurs jours à comprendre qu'il n'y avait plus qu'eux deux.

Depuis, Jean suit Paule partout en disant Po, Po. Dans la maison, il reste à côté d'elle, assis par terre, à jouer avec un rien, un bouchon de liège, un bout de bois. Ils n'ont rien apporté de l'ancienne maison, juste quelques habits, ils sont partis si vite, deux jours à peine après la disparition des parents. Jean n'a même pas sa vieille poupée, celle qui appartenait à Paule et avec laquelle il dormait, il ne l'avait pas retrouvée au moment d'emballer leurs affaires, et tante Andrée n'avait pas voulu la chercher, elle disait qu'ils reviendraient plus tard prendre le reste. Pour s'endormir, il s'était mis à sucer son pouce.

Paule essaie de veiller sur lui maintenant qu'ils ne sont plus que tous les deux. Hier, elle l'a grondé lorsqu'elle l'a trouvé en train de mâchouiller son feutre rouge, il avait la langue pleine d'encre. Il a passé l'après-midi à lui tirer la langue, il était content de la voir rire, alors il recommençait. Parfois, dans la cour, il se fait attaquer par les poules, il pousse un petit cri, il a peur de ces bêtes hargneuses, Paule les éparpille. Quand des gens viennent chez l'oncle et la tante, il se colle contre elle. Il sent sa chaleur contre son côté, puis met sa petite main dans la sienne, quand elle essaie de s'en dégager, il serre encore plus fort. Il ne dit bonjour à personne ; tante Andrée s'en agace, se fâche parfois, il n'y a pas moyen, Jean se referme sur lui-même, les invités finissent par se détourner de lui, le pauvre, avec ce qu'il a vécu.

Mais le pire, c'est la nuit. Jean vient se glisser dans le lit de Paule. Tante Andrée n'aime pas ça, elle rouspète, mais voyons, tu n'es plus un bébé, tu dois apprendre à dormir tout seul. Elle le force à se coucher dans une chambre à l'étage, celle de tout au bout du couloir, elle dit que c'est normal, que c'est la chambre des garçons. Il a peur, tout seul, là-haut. Chaque nuit, il emprunte le couloir pour rejoindre Paule. S'il marche sur une latte trop bruyante, tante Andrée crie, Jean, retourne te coucher. Lorsqu'il arrive jusqu'à sa sœur sans se faire pincer, elle lui fait une grande place, bien au creux du matelas, là où les couvertures et les duvets sont les plus chauds, quitte à rester les fesses en équilibre au bord du matelas. Elle ne proteste même pas quand il met ses pieds froids sur ses mollets le temps de les réchauffer. Ils se racontent des histoires, des histoires de familles, de papa et maman, et de frères et sœurs. Et quand un des deux se met à pleurer ou réclame maman, l'autre lui caresse les cheveux et lui chuchote à l'oreille, tu vas voir, ils vont revenir, et on sera de nouveau tous ensemble. Jean le dit d'une toute petite voix, encore zézayante, mais peu importe, ils y croient tous les deux et ils finissent par s'endormir.

La nuit, elle est comme lui, terrifiée. À la maison, elle dormait à côté de Marie-Pierre, Jean dans la même chambre que les parents. Chez l'oncle et la tante, ils entendent des bruits dans les murs, des grattements. Paule sait que ce ne sont que des mulots, qu'ils ne peuvent pas passer au travers des planches, mais quand même. Jean tapote contre le bois, et Paule pousse de petits cris pour les faire fuir. Ça ne fonctionne pas, ça réveille tante Andrée, elle débarque en colère, ça suffit maintenant, on vous a dit de ne pas dormir tous les deux, et, puis moi et l'oncle, on a besoin de repos et vous n'arrêtez pas de faire du chahut.

Les nuits d'après, Jean était resté dans son lit, silencieux, mais il a eu si peur qu'il s'est mis à faire pipi au lit. Au début, il ne l'a montré qu'à Paule. Une fois, deux, trois, elle n'a rien dit. Puis tante Andrée est montée, elle a senti l'odeur d'urine, elle a attrapé Jean par l'épaule, elle l'a serré si fort qu'il en a eu un bleu. Elle l'a fait descendre avec ses draps salis, elle a annoncé à l'oncle que le matelas était fichu. Regarde-moi, ce grand garçon qui salit son lit, corrige-le, qu'il ne recommence pas. L'oncle avait pris sa badine et l'avait fait siffler contre les fesses du petit. Paule avait essayé de l'arrêter, il avait continué jusqu'à dix, Jean n'avait pas pu s'asseoir pendant plusieurs jours. Il aurait aimé que Luc, leur frère, soit là. Lorsqu'ils étaient tous ensemble et que ça lui arrivait, il se moquait de lui en l'appelant le pisseur, mais, en cachette, il lui apportait des myrtilles qu'il était allé ramasser dans les chemins. Là, personne n'est venu le consoler. Pas même Paule, qui craignait de se faire corriger à son tour. Elle ne reconnaissait plus l'oncle et la tante chez qui elle aimait tant venir avant. On aurait dit qu'ils s'étaient transformés depuis la disparition des parents.

*

30 mai 1971

Paule ne sait pas ce qu'elle va bien pouvoir faire de cette boîte de «fête des Mères». Elle ne veut pas l'offrir à tante Andrée. Elle n'avait même pas envie de la créer, la maîtresse l'a obligée. Dès le mois d'avril, la prof a commencé à en parler. Elle leur a demandé de faire un dessin, des fleurs, des arbres, des personnages, ce qu'ils voulaient du moment que ça tenait dans un rectangle de quinze centimètres sur vingt. Pour ceux qui n'avaient pas d'idée, elle avait apporté des modèles. Paule en avait choisi un, quelques jolies fleurs bleues entourées de feuillage, la maîtresse lui avait suggéré de ne pas copier, de trouver elle-même son motif, elle sait si joliment dessiner. Les garçons râlaient, c'était une activité de filles. La fois d'après, la maîtresse était revenue avec les boîtes de madeleines en bois, il avait fallu reproduire le dessin, puis le marquer à l'encre noire. Paule avait fini avec le bout des doigts tout sombre, ça ne partait pas.

Le soir, au moment de souper, tante Andrée lui avait demandé deux fois d'aller se laver les mains avant de comprendre que c'était incrusté dans la peau, mais qu'est-ce que vous avez fichu à l'école aujourd'hui ? Paule n'avait pas répondu. Pas parce que la maîtresse leur avait recommandé de garder le secret, mais parce qu'elle ne savait pas trop ce qu'elle allait faire de ce cadeau de « fête des Mères ». Paule avait particulièrement aimé le moment où ils avaient verni la boîte. Avec un pinceau, elle avait étalé le produit qui ressemblait à du miel, le bois se fonçait et devenait brillant, elle trouvait ça joli, il avait fallu que l'enseignante l'arrête, Paule, tu en mets trop, c'est du gâchis. Elle aurait volontiers continué jusqu'à ce qu'il n'y ait plus rien dans le pot en verre.

Aujourd'hui, la maîtresse leur a dit, voilà, elles sont sèches, vous les emportez ce soir et vous n'oubliez pas de les offrir dimanche matin, je suis sûre que vos mères seront contentes. Paule avait failli pleurer quand la maîtresse avait parlé. Elle avait fait semblant d'oublier sa boîte sous son bureau, la maîtresse l'avait vue, elle l'avait rattrapée à la porte de l'école. Mais je ne sais même pas à qui je vais la donner, Paule geignait. À ta tante, peut-être ? Paule avait secoué rageusement la tête. Il faut que tu arrêtes de penser à ta mère, c'est fini.

Paule était partie en courant. Qu'est-ce qu'elle en savait, l'institutrice, de si ça faisait longtemps ou pas ? Si ça faisait encore mal ou pas ? Elle ignore tout de ces matins où elle se réveille, ayant oublié ce qui s'était passé, toute joyeuse à l'idée de rejoindre maman dans la cuisine et de s'asseoir à côté d'elle en attendant que le reste de la famille se réveille. Puis les sensations reviennent : la couleur des murs qui ne correspond pas à celle de sa chambre d'enfant, l'absence d'une autre respiration dans la pièce alors qu'elle a toujours entendu celle de Marie-Pierre, tout près de sa tête. Et la réalité. Il n'y a plus de maman, plus de Père, ni même de Luc et de Marie-Pierre. On les a envoyés loin. Quand ils reviennent de leur école, ils ne ressemblent plus à son frère et à sa sœur. Il ne reste que Jean. Et lui ne comprend toujours pas, il sent juste qu'il lui manque la chaleur de sa mère. Il pleure souvent, d'abord doucement, les larmes glissent le long de ses joues, puis les sanglots se font plus profonds, il finit dans de grands hoquets, il s'en étouffe. Lorsqu'elle est là, Paule le prend dans ses bras, le cajole le temps qu'il se calme, il sent bien que les bras ne sont pas aussi grands que ceux dans lesquels il a passé ses premières années, la poitrine n'est pas aussi tendre. La maîtresse ne sait rien de tout ça, personne ne sait rien de tout ça.

Paule est sur le chemin qui mène au chalet de la famille. L'habitude, ou peut-être parce qu'elle pensait à maman après la discussion avec la maîtresse. Elle ne s'en aperçoit qu'au dernier virage, juste avant d'arriver à la maison. Elle voit les volets fermés, les portes condamnées et le vide dans la cour, plus de poules en train de courir, plus de chien en train de les pourchasser, pas de bruit de bêtes ni d'odeur de vaches. Elle reste là un moment, elle ferme les yeux, espérant qu'elle les rouvrira et que la vie aura recommencé comme avant. Impossible. Elle songe à laisser sa boîte de fête des Mères sous le porche. Peut-être que maman reviendra dimanche, juste pour l'occasion ? C'est complètement idiot, cette idée.

Elle la récupère et repart. Elle n'a aucune envie de rentrer, elle s'arrête au bord de la rivière, il fait chaud pour un mois de mai, elle se baisse pour prendre de l'eau et se mouiller la nuque, la boîte glisse, elle pense bon débarras, mais tend quand même la main pour la rattraper. Lorsqu'elle arrive enfin chez la tante, l'heure du goûter est passée depuis longtemps, on ne lui a rien laissé, et quand elle demande si elle peut prendre un morceau de pain, on lui dit, non, c'est trop tard, tu n'auras plus faim ce soir. On l'envoie s'occuper des poules, elle pose la boîte sur la table de la cuisine avec son cartable. Au moment de sortir, elle change d'avis. La tante est déjà en train de regarder la boîte, Paule n'a pas, mais alors pas du tout envie de la lui donner, elle reprend ses affaires et les monte dans sa chambre. La tante a l'air surprise, Paule lui dit, pardon, je n'aurais pas dû laisser tout ce bazar sur la table, la tante n'ose pas poser de questions.

Paule sait ce qu'elle va faire de cette boîte. Depuis qu'elle habite ici, elle rédige des listes. C'est devenu une manie, une manière de se rassurer. Elle fait des listes des choses importantes qui se passent dans sa vie et qu'elle expliquera à maman quand elle reviendra. Elle raconte ses premières fois, comment elle a réussi à se faire une tresse toute seule, sans l'aide de personne, sa première vraie descente à ski, avec de vrais skis, des grands, pas les petits bouts de bois utilisés pour les enfants. Elle raconte les moments dont elle est fière, comme cette fois où elle a réussi à lire un livre en entier toute seule ou quand la maîtresse l'a félicitée pour un dessin qu'elle avait fait. Il y a aussi une liste des moments tristes, il y en a beaucoup, plus d'une page. Celle-là, elle a décidé qu'elle ne la donnerait pas à maman, mais elle a quand même eu besoin de l'écrire. Au début, elle a pris une feuille en bas, dans le tiroir de la cuisine où tante Andrée range les papiers importants, elle n'a pas osé retourner en prendre une autre de peur qu'on s'en aperçoive. Elle a déchiré quelques pages dans ses cahiers, la maîtresse l'a punie, elle s'en fiche.

Elle a fini par avoir beaucoup de petits bouts de papier un peu partout dans sa chambre, elle les avait mis sous son oreiller, ils avaient tendance à s'échapper quand elle bougeait la nuit, elle en retrouvait par terre, sous le lit, elle était sûre que tante Andrée en avait lu certains, Paule ne voulait pas qu'elle recommence. Il arrivait à Paule d'écrire des mots pas très gentils sur l'oncle et la tante. Avant tout ça, elle adorait venir chez eux. Depuis qu'elle habite ici, ils sont plus méchants, ils la grondent souvent, elle ne comprend pas pourquoi, elle a entendu la tante Andrée lâcher, c'est beaucoup de travail, les enfants. Pourtant, Paule fait tout ce qu'elle peut pour aider. Elle rassemble tous les bouts de papier, elle ouvre la boîte, c'est difficile, elle a mis trop de vernis, les bords sont collés. Elle réfléchit à l'endroit où cacher la boîte, il n'y en a pas beaucoup à part sous le lit, elle l'enfonce bien loin, presque contre le mur. Plus tard, elle cherchera une meilleure place.

*

Fin juin 1971

Depuis son départ du village, Luc ne veut plus être lié à quelqu'un comme il l'a été à sa famille. Ça fait trop mal. Il préfère rester seul. Dès les premiers jours, des garçons à l'école l'ont emmerdé, lui ôtant toute possibilité de se faire des copains. Le soir, ils lui glissaient des gants mouillés dans son lit, il dormait sur un matelas trempé que les frères ne manquaient pas de remarquer lors de l'inspection du matin, d'un venimeux, à ton âge, tu devrais te retenir, comme s'ils trouvaient du plaisir à l'humilier. Un seul secouait la tête en disant, le pauvre, c'est normal, il est encore bouleversé. Luc le détestait plus que les autres pour sa pitié. Cela faisait longtemps qu'il ne pissait plus au lit. Il aurait voulu qu'on le comprenne spontanément, que les frères punissent les autres garçons, mais ils ne posaient jamais de question, ils ne voulaient pas savoir. Pour eux, la cruauté entre pensionnaires semblait faire partie du quotidien.

Certains soirs, parce qu'il s'attardait sur un livre ou sur un devoir de mathématiques, la soupe était déjà servie lorsqu'il arrivait au réfectoire, il n'osait pas la manger, il soupçonnait les autres d'avoir craché dedans, ils les voyaient rire quand il approchait de sa place. Les frères de service l'obligeaient à rester assis jusqu'à ce qu'il vide son assiette. Et lorsque, de guerre lasse, ils le laissaient partir, les cloches de la dernière messe sonnaient. Il montait dans sa chambre le ventre vide, sans un mot. Le lendemain, il arrivait au petit déjeuner un peu fatigué, mais déterminé à ne pas céder, il se rattrapait sur le pain ; en principe, il n'avait droit qu'à un morceau, mais il s'arrangeait pour récupérer les quignons un peu durs dont personne ne voulait. Il s'étouffait parfois avec, il les faisait descendre avec le liquide clair qu'ils appelaient du café.

Il prenait sa revanche en classe. Là, il battait toujours ses camarades. Ils étaient paresseux, lui adorait apprendre, les maths, le français, rien ne le rebutait. Souvent, il pensait à Père, il avait envie qu'il soit fier de lui lorsqu'il reviendrait. Toutes les semaines, il finissait avec les meilleures notes, les professeurs le félicitaient et le montraient en exemple à ses camarades, ils ne l'en détestaient que plus et se vengeaient dans le dortoir ou lors des séances de sport. Il s'en fichait, il savourait sa victoire.

Depuis son arrivée au pensionnat, il avait pris ses distances avec Marie-Pierre. Les écoles n'étaient pas mixtes, mais il aurait pu la retrouver lors de leur moment de liberté du dimanche après-midi puisque personne ne venait leur rendre visite. Mais pendant que ses camarades partaient goûter avec leurs parents ou leur parrain, Luc préférait rester seul. Quand il faisait beau, il se couchait dans le parc du collège, le dos appuyé contre le mur d'une dépendance, et il lisait. La bibliothèque de l'école était remplie de livres que personne n'empruntait jamais. Il respirait après une semaine de promiscuité. Lorsqu'il habitait au village, il avait plein de copains, mais il les laissait derrière lui en rentrant à la maison. Là, tous les jours, il devait dormir, se laver, manger avec les autres garçons. Le dimanche, il savourait sa solitude.

Pour tenter de l'apercevoir, sa sœur venait à la messe du dimanche matin. Elle se mettait toujours au même endroit dans l'église pour ne pas le rater. Elle s'arrangeait pour se placer du côté des garçons, elle lui faisait passer son missel, elle y glissait des mots, comment vas-tu, pour moi, c'est dur, tu es avec des gars pas trop méchants ? Vivement les vacances qu'on retourne au village. Semaine après semaine, elle écrivait de son encre noire qui bavait, il ne répondait jamais. Elle l'implorait du regard, essayait de le coincer à la sortie, mais qu'est-ce qui t'arrive, parle, dis-moi, je vais t'aider, on va s'enfuir. Elle le pressait, elle était souvent interrompue par le frère qui accompagnait les garçons, allez, on rentre, le repas va être servi, ne perdons pas de temps. Marie-Pierre regardait Luc s'éloigner, l'air désespéré.

Il ne pouvait pas lui dire qu'il avait besoin de rompre avec elle pour tenir le coup.

Au fil des dimanches, il voyait Marie-Pierre de plus en plus sombre. Plus encore que les autres, parce qu'elle était l'aînée, Père devait lui manquer. Dans la pénombre de la chapelle, Luc devinait les larmes de sa sœur. Il se demandait si elles étaient liées aux parents, à sa vie d'aujourd'hui, à lui. Il ne lui posait jamais la question. Il ne voulait pas savoir si elle se sentait aussi seule que lui, il ne pouvait pas lui dire à quel point elle lui manquait. Il refusait de montrer une nouvelle faiblesse à ses camarades de chambre. Il les entendait déjà, tu l'as vu l'autre, avec sa sœur ? Une vraie fillette, hein, en train de pleurnicher en famille ! Ah, on comprend mieux maintenant. Il ne voulait pas qu'ils parlent de Marie-Pierre comme des autres filles, il refusait d'entendre à son propos, elle a des seins, tu crois ? Elle accepterait que j'y touche ? Elle n'a pas l'air si farouche. Il était dans un monde qu'il ne comprenait pas, auquel il ne souhaitait pas appartenir. Il se blindait pour survivre.

*

Été 1971

Depuis qu'elle est rentrée pour les vacances, Marie-Pierre dort tout en haut, dans une pièce sombre qui sent la poussière. Ils l'avaient déjà casée là les nuits qui avaient suivi la disparition des parents. Marie-Pierre et Luc étaient prêts à rester seuls au chalet, l'oncle et la tante n'avaient pas voulu, ils les avaient ramenés chez eux. La tante n'avait pas voulu non plus que Marie-Pierre dorme avec Paule comme elles en avaient l'habitude, elle avait gardé la petite dans la pièce à côté d'elle et envoyé Marie-Pierre en haut. Elle avait essayé de protester, la tante s'était fâchée, c'est pas possible, il faut toujours que tu fasses des histoires ! Tous les soirs, lorsqu'elle montait la dernière volée de marches qui menait aux combles, presque une échelle tant elle était raide, elle avait le sentiment d'être punie. L'hiver, il y faisait tellement froid que, dès que la température baissait, il lui fallait se glisser sous trois couvertures. Le matin, elle s'habillait sans même se laver et courait se coller au poêle de la cuisine. À l'inverse, l'été, la chaleur s'accumulait sous le toit, elle avait du mal à respirer.

Marie-Pierre se réveille en sursaut. La pièce est noire, ce doit être le cœur de la nuit. Il fait terriblement chaud, sa chemise de nuit lui colle dans le dos. Et ce bruit. Tout près de sa tête. Ses peurs d'enfant ressurgissent. Et personne n'est là pour la sauver des rats qui cavalent dans les murs, sur les poutres. Dans l'ancienne maison, quand elle se levait, elle racontait sa nuit à Père, qui se lançait dans une mémorable chasse aux nuisibles. Il disait que ce n'étaient pas vraiment des rats, mais des mulots des champs, ils étaient moins gros, Père les lui montrait lorsqu'il les avait attrapés. Parfois, quand la maison était vraiment trop envahie, il allait emprunter un chat chez les voisins. Pendant plusieurs jours, il restait là, les enfants le nourrissaient, ils retrouvaient des bêtes mortes un peu partout, le chat ronronnait de fierté. Avec Paule, elles se mettaient à hurler dès qu'elles apercevaient un cadavre, maman ronchonnait, vous êtes quand même assez grandes pour prendre une pelle et vous en débarrasser, mais elle le faisait à leur place. Cette nuit, il n'y a plus de Paule, plus de Père, plus de maman. Marie-Pierre se roule en boule sous le drap, comme si les bestioles pouvaient la mordre. Elle ne peut rien faire d'autre. Si elle descend, la tante Andrée va se fâcher.

Chaque fois qu'elle revient de l'internat, elle se sent plus seule qu'avant. Elle supporte mal le retour à une vie de famille qui n'en est plus vraiment une. La tante et l'oncle font de leur mieux, mais ça se voit qu'ils n'ont jamais eu d'enfants. Ils ne savent pas. Ils ne savent pas qu'il ne sert à rien de laisser Jean pleurer pendant des heures. Bien sûr, c'est facile, on se dit que lorsqu'il en aura assez, il s'arrêtera, mais en réalité, il continue jusqu'à l'épuisement. Ils ne savent pas qu'il ne sert à rien de crier sur Paule pour qu'elle finisse ses devoirs, elle n'en est pas capable, il faut que quelqu'un l'aide. Avant c'était maman ou Marie-Pierre. Maintenant, tout le monde s'énerve, il y a davantage de cris, de larmes, de gifles. Elle a voulu l'expliquer à sa tante, mais Andrée n'a pas voulu l'écouter. Elle-même n'a plus la patience d'autrefois. Lorsque les petits lui demandent, quand est-ce que les parents reviennent, quand est-ce qu'on retourne à la maison, quand est-ce que Luc vient nous rendre visite, elle fait comme si elle n'entendait pas. Et lorsqu'ils insistent, elle s'énerve ou leur tourne le dos. Elle le voit bien, ils ont appris à la craindre. Paule lui demande ce qui lui arrive. Elle ne sait pas quoi lui répondre.

Elle étouffe. Quand Marie-Pierre va aux poules, croyant être tranquille, Paule surgit, tu crois qu'on pourrait faire un gâteau avec les œufs cet après-midi, j'ai ramassé de bonnes pommes ? Quand elle se prépare pour aller au village, faire des courses ou voir Claudine, son ancienne copine, Paule se met à chouiner pour l'accompagner. Tante Andrée l'oblige à l'emmener, elle ne te voit pas souvent, elle a envie d'être avec toi. Marie-Pierre traîne sa sœur derrière elle, furieuse. Elle ne sait même pas pourquoi elle est tellement en colère. Avec Claudine, elles se fréquentent si peu depuis la disparition des parents qu'elles n'ont plus rien à se raconter.

Les premières fois où elles s'étaient retrouvées, elles se regardaient, gênées. Elles échangeaient des phrases laborieuses, tu fais quoi à l'école, bah, l'école, normal quoi, moi, j'ai commencé à aider les parents à la ferme, j'suis pas sûre de pouvoir faire le CAP coiffure qu'on avait parlé. Marie-Pierre ne reprend pas son ancienne amie sur la grammaire, elle mesure le fossé qui s'est creusé entre elles. Claudine parle déjà de se marier, elle va devenir comme ses parents, une paysanne. Marie-Pierre lui explique la ville, même si de l'internat, elle ne la voit que de loin, et une fois de temps en temps, lorsqu'elles ont droit à quelques minutes de liberté pour les fêtes. Elle rêve, demain, d'une plus grande ville encore, elle raconte ses projets, les études, l'université, mais cela n'intéresse pas Claudine, elle n'écoute pas. Très vite, elles se séparent. Cet été, elle l'a croisée au village au début des vacances, elles se sont promis de se voir, mais Marie-Pierre a sans cesse repoussé le moment et le retour à l'internat approche.

Elle s'en veut, elle se comporte avec les petits comme Luc avec elle. À l'école, il l'ignore. L'église est le seul endroit où elle a une chance de le croiser. Plusieurs fois, elle s'est assise du côté des garçons, une sœur l'a remarquée et l'a remise dans l'autre rangée. De toute manière, Luc fait comme si elle n'existait pas, elle attire son attention par des gestes de la main, la sœur qui les accompagne la gronde souvent, elle regarde Luc très fort, il finira bien par sentir ses yeux posés sur sa nuque et par se retourner. Ça n'arrive jamais. Il repart les yeux baissés juste après la fin de la messe, les garçons sortent toujours les premiers, les filles derrière, on fait tout pour qu'ils ne se croisent pas, Marie-Pierre en pleure de frustration.

Pour les grandes vacances, il a refusé de rentrer au village. Il a dit qu'il allait suivre un stage de remise à niveau avec les frères, vous comprenez, après l'école du village, j'ai quelques lacunes, surtout en mathématiques. Ni son oncle ni sa tante n'ont cherché plus loin, trop contents d'avoir un gosse de moins sur les bras. Marie-Pierre a trouvé l'explication étrange, elle a insisté pour que son frère vienne passer au moins quelques jours, allez Luc, tu verras, ça nous fera du bien, on ira faire des balades dans la montagne, ça nous changera. Il l'a envoyée promener, laisse-moi tranquille maintenant, je t'ai dit que je me suis inscrit à des cours de rattrapage. Elle savait qu'il mentait. Le jardinier qui travaillait pour les deux écoles le lui avait dit, il n'y avait pas de cours d'été, Luc avait proposé de l'aider à s'occuper du jardin, aux beaux jours, il y a toujours plus de travail, il était bien content. Elle imaginait son frère, passant ses journées à nettoyer le potager, les dîners avec les moines, tranquille tout au bout de la table. Et puis ses soirées à lire tant qu'il y avait de la lumière du jour.

Pour le 15 août, l'oncle Antoine l'a obligé à revenir, c'est la fête de ta sœur, et puis on donne une messe pour tes parents, c'est important que tu sois là. Il s'est pointé avec une toute petite valise, il n'a même pas voulu que l'oncle vienne le chercher au train. Il ne resterait qu'une nuit, un frère reviendrait le chercher à la gare le lendemain soir. Lorsque Luc est arrivé à la maison, il s'est installé à la table de la cuisine sans un mot. Paule le regardait de loin, avec crainte. La tante lui disait, quand même, tu aurais pu venir plus souvent, sur le ton de la désapprobation. Et Jean parlait,

parlait, toujours avec son léger zézaiement. Luc était surpris, en un an, Jean avait tellement changé. Plus tard, je serai guide et je grimperai tout, tout en haut. Luc l'avait coupé, c'est bon, Jean, on a compris, tu n'es pas obligé de faire le perroquet. Le petit s'était tu, il n'avait pas pleuré, mais c'était tout juste. L'oncle Antoine avait reproché à Luc de faire la loi, tu ne viens jamais et tu crois que tu peux parler comme ça à ton frère ? Luc avait claqué la porte, Marie-Pierre l'avait suivi de loin. Il était parti sur les chemins au-dessus de la maison, il marchait vite, trop vite pour Marie-Pierre. Elle l'avait perdu de vue et avait fait demi-tour. Il s'était absenté longtemps, bien au-delà de la nuit tombée. Lorsqu'il était rentré, ils avaient fini de dîner. Marie-Pierre ne dormait pas, elle avait entendu l'oncle et la tante se fâcher contre Luc, tu ne devrais pas faire ça, pas après ce qui s'est passé l'année dernière, tu imagines ce qu'on a pu ressentir en t'attendant. Luc ne s'était pas excusé, il était monté dans sa chambre sans un mot. Le lendemain, ils étaient allés à la messe tous ensemble. Et il était reparti sans que Marie-Pierre ait eu le temps de lui parler.

*

Hiver 1972

Dis, Paule, tu t'en souviens-toi, des parents ? La question de Jean l'a prise par surprise. Il ne parle jamais de Père et de maman. Plus depuis des mois en tout cas. Au début, il pleurait, il réclamait maman lorsqu'il tombait et se faisait mal, et puis un jour, plus rien. Paule avait trouvé ça étrange. Elle aurait aimé lui demander pourquoi, elle n'osait pas, elle craignait de réveiller le chagrin de son frère. Ce matin, il était en train de jouer par terre avec deux petites voitures quand il a posé sa question. Aucune raison de penser aux parents là, maintenant. Les voitures, c'est Luc qui les lui a rapportées de la ville. Jean continue à jouer sur le sol comme s'il n'avait rien dit, comme s'il n'espérait pas vraiment de réponse. Le moment de surprise passé, Paule s'est remise à ranger la vaisselle, elle attrape les assiettes encore humides avec un peu plus de précaution, elle a les mains qui tremblent, elle a peur de casser quelque chose.

La question de Jean remue chez Paule des angoisses profondes. Comme ce jour où elle s'est réveillée emplie de la terreur de ne plus se souvenir du visage des parents. C'était venu très vite après la disparition. Au bout de quelques semaines, Père et maman s'estompaient déjà dans sa mémoire. Elle avait essayé pourtant. Le matin, elle restait éveillée dans son lit et elle pensait à eux. Mais non, rien, les traits devenaient flous, même la couleur des yeux, elle n'était plus très sûre. Ceux de Père, c'était facile, on disait toujours qu'ils étaient bleus comme le glacier, mais ceux de maman ? Marrons ? Verts ? Elle avait essayé de se souvenir avec les yeux ouverts, fixés vers le plafond, puis fermés, aucune des deux techniques ne fonctionnait, les parents disparaissaient progressivement. Elle avait songé qu'elle ne devait plus voir personne, qu'elle ne devait plus mettre de nouveaux visages dans sa tête pour qu'ils ne prennent pas la place de ceux de Père et maman. Maman n'était pas toujours tendre avec Paule, mais elle la préservait de la brutalité de Père, comment pouvait-elle l'oublier aussi vite ?

Lorsqu'elle avait essayé d'en parler à tante Andrée, celle-ci lui avait rétorqué que c'étaient des bêtises, que nos têtes étaient suffisamment grandes pour y ranger plein de choses, mais Paule savait ce qui se passait, le vide qui gagnait. Elle avait beau essayer, elle se souvenait d'une silhouette, de quelques mots, de petites manies, de maman qui remettait sa mèche derrière l'oreille même lorsqu'elle cuisinait, ce qui faisait qu'elle avait toujours de la farine ou des traces d'huile dans le cou. Si Père ou maman revenaient, elle n'était pas certaine de les reconnaître. Elle se disait qu'elle pourrait les croiser dans les rues du village et passer à côté d'eux sans s'arrêter. Elle avait hésité à en parler à Marie-Pierre, sa sœur était dure avec elle ces derniers temps, mais elle l'avait réconfortée, bien sûr que si, petite Paule, tu saurais que ce sont eux, on n'oublie jamais ses parents. Elle n'était pas sûre de la croire, mais la réponse de sa sœur lui avait fait du bien.

Sans rien dire à personne, un après-midi où il n'y avait pas école, elle était montée au grenier, là où la tante Andrée avait entreposé les restes de leurs vies lorsqu'ils avaient emménagé ici. Ils avaient laissé beaucoup de choses au chalet, des meubles surtout, mais tante Andrée avait tenu à ce qu'ils mettent à l'abri les souvenirs les plus précieux. Ils avaient mis tous les papiers dans trois valises. Paule avait dû les ouvrir les unes après les autres, elle ne se souvenait plus de ce qu'ils avaient fait des photos, elle se rappelait juste qu'elles étaient dans une grande enveloppe, avec du papier cristal à l'intérieur. Il fallait qu'elle les retrouve avant que tante Andrée l'appelle, sinon, elle allait encore lui dire que c'étaient des bêtises. Il faut que tu passes à autre chose, ils sont partis, c'est fini. Elle avait fait glisser les photos hors de la pochette. Elles étaient déjà un peu jaunies, un peu plus pâles qu'à l'origine, les images s'estompaient, comme la mémoire.

Elle est d'abord tombée sur celles du jour de leur mariage, ils ont l'air si sérieux, Père dans son beau costume sombre, maman dans sa robe blanche, tante Andrée explique que c'est celle de leur propre mère, c'est une tradition, les robes de mariée se transmettent de génération en génération tant que c'est possible. Il a fallu la reprendre pour maman, surtout au niveau des hanches, l'élargir un peu, tante Andrée et maman pouffaient toujours quand elles racontaient ça, Paule ne saisissait pas ce qu'il y avait de drôle. Elle a compris l'été dernier lorsque Marie-Pierre a dit, de toute façon, moi, je suis née en six mois si j'en crois l'acte de mariage des parents. Elle avait regardé la photo, tenté d'apercevoir le ventre rond de maman. Elle scrutait les visages, on distinguait à peine les traits, la photo était trop petite, elle ne les reconnaissait pas, c'était terrible.

Elle a gardé les photos à côté d'elle dans sa chambre pour avoir un souvenir auquel se raccrocher. Elle les a cachées dans le tiroir de sa commode, là où tante André ne regarde jamais. De temps en temps, elle les sort, elle essaie d'imaginer leur vie, loin d'elle, loin d'eux, ils sont peut-être heureux. Aux dernières vacances, Marie-Pierre lui a demandé si elle savait où étaient les clichés. Elle aussi, sans doute, commençait à oublier. Elle a d'abord dit non, elle ne voulait pas partager. Sa sœur s'était énervée, elle avait dit qu'elle allait demander à tante Andrée. Paule avait pris peur, elle ne voulait pas se les faire confisquer, elle avait fini par lui donner une des photos du mariage. Elle avait été mesquine, elle lui avait passé celle où maman tournait la tête, quelque chose sur le côté avait attiré son attention, et l'image était floue. Quand elle avait regardé la photo, Marie-Pierre avait paru déçue, Paule s'attendait à ce qu'elle rouspète, comme d'habitude, mais elle n'avait rien dit. Comme si sa sœur savait que tout ça était vain.

Et maintenant, Jean. Il revient à la charge, Paule, tu te souviens de la tête des parents ? Elle ne veut pas lui mentir, mais que lui répondre ? Qu'elle s'en rappelle un peu, mais pas tant que ça ? Que cherche-t-il d'ailleurs, à être sûr qu'elle a des souvenirs et qu'elle peut les lui raconter ? Ou qu'elle est comme lui, avec un grand vide dans la tête ? Elle allume la radio. Julien Clerc chante *Ce n'est rien*, elle ne pouvait pas mieux tomber, elle attrape les doigts de Jean, elle les caresse, son frère est surpris, puis il sourit, « Tu le sais, le temps passe et ce n'est rien », elle chuchote, elle se dit que maman aurait pu la leur chanter. Et c'est comme une tourterelle, les paroles lui donnent envie de pleurer. Ces derniers temps, ça lui arrive souvent d'avoir les larmes aux yeux pour tout et n'importe quoi. Jean pose une main sur sa joue. Elle s'assied à côté de lui, le prend dans ses bras, ils restent là, par terre, à écouter la chanson, à se bercer l'un l'autre. La chanson est à peine finie que tante Andrée arrive, mais qu'est-ce que vous fichez à pleurnicher par terre tous les deux ? Allez, ouste, hors de ma cuisine, allez prendre l'air ! Jean se met à pleurer pour de bon, Paule l'attrape, viens, Jean, on va aller nourrir les lapins.

*

Noël 1972

Dans le train du retour, Marie-Pierre n'arrête pas de penser à ce qui s'est passé avec Paule. Elle regrette de lui avoir parlé si durement. Sa sœur l'a cherchée, aussi. Ça montait depuis que Marie-Pierre était rentrée pour les vacances. Elle était arrivée de mauvaise humeur, un peu triste d'avoir laissé ses deux meilleures copines derrière elle à l'internat, elle avait eu tant de mal à se lier avec elles, et voilà que, déjà, il fallait repartir au village pour deux semaines. Comme toujours, Jean et Paule n'arrêtaient pas de lui tourner autour. Marie-Pierre ne supportait pas cette attention soudaine alors qu'elle vivait loin de sa famille depuis des mois. Elle repoussait les petits par des gestes brusques, elle les faisait pleurer. Tante Andrée les défendait, ce qui avait le don d'énerver encore plus Marie-Pierre.

Le soir de Noël, personne n'avait prévu de cadeau pour elle, au prétexte qu'on n'en faisait pas aux grands, seulement aux enfants, tu comprends, on n'a pas les moyens. Luc avait pourtant reçu un piolet de la main de l'oncle Antoine. Sans doute que ce n'était pas pareil, une transmission de montagnard à montagnard. Paule lui avait fabriqué un bracelet, il n'était pas très joli, avec ses grosses billes de plastique, mais au moins, elle avait fait un effort. Marie-Pierre n'avait pas pu s'empêcher de comparer avec les Noëls d'avant, ceux avec les parents. Elle aimait ces soirs où ils allumaient toutes les lampes de la salle à manger, habituellement sombre et froide faute d'être utilisée. Maman sortait sa belle vaisselle, rangée tout au fond du buffet. Personne n'avait le droit d'y toucher, sauf elle, elle voulait être seule responsable s'il y avait de la casse. La dernière année, pour la première fois, Marie-Pierre avait eu le droit de manger avec les adultes ; jusque-là, elle restait avec les enfants, à la petite table à l'écart. Elle s'était sentie grande. Elle avait aimé le repas que maman avait préparé toute la journée avec tante Andrée. Elle avait avalé tellement de pommes de terre à l'ail, avec la sauce de la viande, que l'après-midi, elle ne pouvait plus bouger.

Elle s'était à moitié endormie sur sa chaise pendant que les adultes continuaient à parler, elle entendait leurs voix, elle ne comprenait pas leur conversation, de toute façon, c'était ennuyeux. Lorsqu'elle s'était réveillée, il n'y avait plus que les hommes autour d'elle, maman, tante Andrée et les autres étaient en train de laver la vaisselle dans la cuisine, bizarre que maman ne lui ait pas réclamé de l'aide, elle devait avoir peur que Marie-Pierre casse une pièce de la belle vaisselle. Elle était partie rejoindre son frère et ses cousins, ils mangeaient des châtaignes qu'ils faisaient griller dans la cheminée, ils étaient fiers que Père les ait autorisés à utiliser la grosse poêle. Elle s'était demandé comment ils pouvaient encore avaler quelque chose. Cette année, ils n'étaient qu'eux six, et tante Andrée n'avait rien fait de spécial à manger, rien que pour nous, ça ne vaut pas la peine. Ils avaient eu chacun trois papillotes en chocolat en guise de dessert. Ils avaient terminé la soirée en se racontant les blagues qui figuraient à l'intérieur. Une parenthèse. Dès le lendemain, elle s'était disputée avec Paule.

Sa sœur avait déchiré des pages de son journal intime, soi-disant qu'elle avait besoin de feuilles pour faire une liste. Mais une liste de quoi ? Une liste de choses que je dirai à maman quand elle reviendra. Marie-Pierre s'était mise en colère. Et c'est pour ça que tu as déchiré mon carnet ? Mais tu peux la mettre à la poubelle, ta liste, elle ne te servira jamais à rien. Pourquoi tu dis ça ? En voyant l'air peiné de Paule, elle s'était arrêtée juste à temps. L'après-midi, c'était vraiment parti en sucette. Marie-Pierre avait besoin de Paule pour faire le ménage, sa sœur avait refusé de l'aider, elle était agenouillée dans sa chambre, les coudes posés sur son lit. Laisse-moi, tu ne vois pas que je prie pour papa et maman. Marie-Pierre avait pris ça pour de la paresse. Elle avait attrapé Paule par le bras, l'avait serrée, serrée encore. Tu n'as donc pas compris que c'est fini, qu'ils ne reviendront pas ?

Paule s'était mise à sangloter, surprise par la violence de sa sœur. Elle avait crié, tu es si méchante, tu ne veux donc pas qu'on les retrouve ? Marie-Pierre l'avait lâchée, elle s'était sentie bête. Toute la journée, Paule et elle avaient agi mécaniquement, on leur parlait, elles répondaient à peine, elles n'avaient presque pas mangé, pas même Paule, alors que tante Andrée avait préparé des saucisses avec de la purée, un plat qu'elle adorait. Le soir, en passant devant la salle de bains, Marie-Pierre avait entendu Paule pleurer, elle n'était pas entrée, laissant sa sœur seule avec son chagrin.

La prière, ça a été trop. Elle détestait tellement les curés. Elle se souvient de celui du village. Toutes les semaines, au catéchisme, elle était obligée de l'écouter raconter la multiplication des pains et des poissons, comme si c'était vrai. Elle se souvient de Luc disant que ce n'était pas possible, que ça n'existait pas la multiplication des pains, et qu'aucun homme ne pouvait marcher sur l'eau. Elle se souvient du curé qui prenait sa fine tige de bois, et qui tapait sur les doigts de son frère parce qu'il avait osé remettre en question la parole de Dieu. Elle se souvient de Luc, les larmes aux yeux, qui se refusait à crier. Et dès que le curé avait les yeux tournés, il crachait par terre et lâchait, y a que les cons qui croivent qu'on marche sur l'eau. Marie-Pierre se retenait de corriger son frère sur la conjugaison, elle l'admirait de résister au prêtre.

Le lendemain du jour où les parents n'étaient pas rentrés, le curé les avait fait agenouiller sur le parquet du salon. On ne savait pas encore ce qui était arrivé à Père et à maman, les secours venaient à peine de se mettre en route. Il les avait obligés à joindre les mains et à fermer les yeux, il avait récité le «Notre Père». Il le faut, mes petits, cela aidera vos parents. Marie-Pierre sentait l'humidité de l'orage de la nuit s'insinuer sous ses vêtements, les nœuds du bois s'enfoncer dans ses genoux. Elle entendait le curé respirer lourdement à côté d'elle, il semblait s'étouffer à chaque inspiration et se dégonfler à chaque expiration. Il était trop gros, maman le disait souvent, il profite d'être invité dans une maison différente chaque dimanche et il mange comme quatre. Il ferait mieux d'aller faire des promenades dans la montagne. Père souriait, les curés, c'était pas trop son truc. On pouvait s'en moquer devant lui.

Marie-Pierre sentait l'odeur un peu rance du corps trop gras du bonhomme. Elle ne pouvait pas rester concentrée, elle se demandait ce que faisaient ses frères et sœur. Elle était surprise que le petit Jean ne bouge pas. Elle avait envie de se lever et de dire, bon, ça suffit maintenant, on va jouer. Elle se doutait que leur vie avait sans doute changé pour toujours, elle connaissait la montagne et ses risques, mais ça lui faisait si peur qu'elle ne voulait pas y penser. Elle avait entrouvert les yeux, juste pour une seconde. En face d'elle, Luc faisait pareil. Il lui avait adressé un clin d'œil, elle avait commencé à sourire.

À cet instant, Jean avait dit, j'ai faim. Le curé l'avait regardé horrifié, son frère et ses sœurs avaient ri. Le curé avait secoué la tête, penser à manger dans des moments pareils. Luc avait pris la défense de son petit frère, on n'a rien avalé depuis ce matin, personne ne lui a donné son lait, c'est normal qu'il ait faim. Il pourra manger quand vos parents seront là, pour l'instant, il faut prier. Luc était prêt à se fâcher. Heureusement, tante Andrée était arrivée. Finissons celle-là, s'était résigné le curé, nous reprendrons plus tard. Marie-Pierre s'était levée, soulagée. Paule ne disait rien, elle restait à genoux, toute à sa prière. Marie-Pierre s'était demandé si elle faisait semblant pour ne pas fâcher le prêtre. Peut-être croyait-elle vraiment que cela pourrait sauver leurs parents. Ensuite, Marie-Pierre l'avait surprise plusieurs fois en train de regarder la montagne et de marmonner. Ça l'agaçait de voir sa sœur croire à ce genre de bêtises.

Dimanche matin, elle avait entendu Paule parler de leur dispute à tante Andrée. La petite espérait sans doute du soutien, mais tante Andrée aussi avait tué l'espoir. Paule, arrête avec tes gamineries, Jean et toi, vous êtes bien assez grands pour comprendre. En l'écoutant, Marie-Pierre avait eu un pincement au cœur. Elle ne comprenait pas pourquoi les grands éprouvaient du plaisir à faire du mal aux enfants. Et voilà qu'elle se comportait de la même manière. Mais Paule refusait de se résigner. Plus tard, elle l'avait entendue parler avec Jean, elle lui chuchotait à l'oreille des histoires de quand les parents reviendraient. Elle disait, tu verras, on fera des choses fantastiques, tu verras, Père a l'air sévère comme ça, mais en vrai, il ne l'est pas vraiment, tu verras, maman fait les meilleurs gâteaux du monde, tu verras, avec Luc et Marie-Pierre, on fera plein de bêtises, Luc, il est très fort pour ça.

Marie-Pierre n'avait pas eu la cruauté d'interrompre leurs rêves. Elle se demande comment Jean imagine leurs parents à partir de toutes les histoires que Paule lui raconte, loin de la vérité en tout cas. Leur mère n'était pas gentille comme le croyait Paule, elle n'avait jamais le temps de rien, entre les quatre gamins, la ferme, les exigences de Père. Lui, c'était un ogre, il avait toujours besoin de quelque chose, et tout le monde devait être à son service.

Avec Paule, pendant les derniers jours de vacances, elles se sont évitées. Ce matin, quand Marie-Pierre est repartie à l'école, elles ne s'étaient toujours pas expliquées sur ce qui s'était passé. Dans le train qui la balance de droite à gauche, Marie-Pierre sent la tristesse et le regret monter. Trop tard. Elle ne reverra pas sa sœur avant de longues semaines.

***Le Dauphiné libéré*, 15 août 1974**

Le peloton de gendarmerie du Mont-Blanc a décidé de moderniser son suivi des disparus en haute montagne. Jusque-là, chaque cas était conservé dans un dossier individuel avec tous les éléments connus à la date de la disparition : lieux, dernières personnes rencontrées, habits, équipement, direction prise. Ensuite, ils étaient tous regroupés dans un registre par date de disparition. Le problème, c'est que les plus anciens ne figuraient pas dans ce registre. Le peloton a décidé de reprendre l'intégralité des dossiers pour constituer un registre unique et le plus complet possible, y compris en sollicitant les pays limitrophes ou d'origine des disparus.

Été 1976

Pour la première fois, Luc est content de passer l'été au village. Chaque jour, il se lève à l'aube, prépare son sac et part en montagne. Il devine l'envie dans le regard de Jean, l'admiration dans ceux de Marie-Pierre et de Paule, l'inquiétude chez l'oncle Antoine et la tante Andrée. Lui se sent simplement bien, à sa place, il a enfin l'impression d'agir. Au début, quand il est parti au foyer avec Marie-Pierre, il a préféré oublier, faire comme si les parents n'avaient jamais existé. Il a passé son bachot, il s'est inscrit en école d'ingénieur, ses professeurs le trouvaient brillant, il réussissait tout ce qu'il faisait. Il aimait ça, lui dont on avait toujours dit qu'il n'arriverait à rien. Père, surtout. Non, d'ailleurs, il ne le lui disait pas, il le lui faisait comprendre, d'un regard, d'une indifférence.

Luc ne se sentait jamais à la hauteur, cela remontait à cette course ratée en montagne où il avait eu le vertige. Père aurait voulu un fils grimpeur, Luc ne l'était pas. En tout cas, pas assez pour lui. Pourtant, il passait du temps au local des guides avec Père. À la veille des grandes courses, il l'observait préparer le matériel, les crampons, les piolets avec les autres. Père lui apprenait comment les choisir en fonction de la météo. Luc rêvait d'avoir les siens, Père lui expliquait qu'il était trop jeune, mais Luc demandait sans arrêt quand il pourrait grimper avec eux. Père le regardait avec satisfaction, il disait, mon fils sera comme moi, vous voyez les gars, je l'ai bien formé. Après les premières courses, il n'avait plus rien dit, Luc avait délaissé la maison des guides, il ne supportait plus le regard de Père et de ses amis.

À l'école, Luc était loin de tout ça, il faisait ses preuves, il recevait enfin des félicitations de gens qui ne l'avaient pas jugé nul depuis l'enfance. À distance de sa famille, il s'était assagi, lui qui passait sa vie à embêter ses sœurs et à désobéir à ses parents. Plus jamais il ne recevait de punition. Il pensait avoir trouvé son équilibre. Son copain Bernard a bousculé ses certitudes. Au début de l'école d'ingénieur, lorsqu'il avait fallu remplir les fiches de renseignements, Luc avait écrit à côté de profession des parents : éleveur, guide, mère au foyer (disparus). Bernard lui avait demandé ce que ça voulait dire, pourquoi il n'écrivait pas juste «décédés», Luc lui avait raconté. Et tu restes comme ça, sans savoir ce qu'ils sont devenus ? Si j'étais toi, je passerais mes journées en montagne à les chercher. Luc avait haussé les épaules. Mais les mots de Bernard faisaient leur chemin. De plus en plus, il se demandait ce qu'il faisait là quand il aurait pu être au village à grimper. Il avait fini par aller voir son professeur de mathématiques, celui qui le soutenait avec le plus d'énergie, pour lui expliquer qu'il allait quitter l'école, qu'une obligation familiale l'appelait. Tu ne vas pas arrêter maintenant ? De toute façon, pendant l'hiver, c'est quasiment impossible de les chercher, non ? Si tu veux, je viendrai avec toi aux vacances de printemps.

Luc avait accepté le marché. Cet homme qui n'avait jamais fait de montagne l'avait accompagné dans ses recherches. Luc voulait aller partout. Il n'avait que dix jours de congé. Pressé par le temps, il enchaînait les courses, le matin, l'après-midi, parfois, un dernier détour en fin de journée, juste pour être sûr de n'avoir rien raté. Son professeur peinait à le suivre, Luc refusait de le voir. Au bout de trois jours, tante Andrée l'avait attrapé, tu vas le faire courir longtemps comme ça, tu ne vois pas qu'il peut à peine marcher, hier, il m'a demandé de quoi soigner ses ampoules, et encore, si on peut appeler ça des ampoules, il a les pieds en sang. Luc avait eu honte de son impatience. Ce jour-là, il avait nettement ralenti l'allure. Malgré tout, son enseignant s'épuisait de plus en plus vite.

Désormais, Luc partait avant que le professeur se lève, il prenait un pique-nique, ne repassait pas au chalet le midi. Il retrouvait l'enseignant en fin d'après-midi, souvent en train de lire à l'ombre d'un arbre. Son prof lui reprochait de l'avoir abandonné, mais il était soulagé, Luc le sentait. De toute façon, il n'arrivait à rien, il arpentait la montagne dans tous les sens, mais il ne savait pas dans quelle direction partir, il était persuadé que ses parents étaient allés vers le nord, son oncle Antoine jurait qu'ils s'étaient orientés vers l'ouest. Il ne savait pas s'il devait rester au niveau des rochers ou aller plus haut, vers les glaciers ou vers les neiges d'été. Luc ne voulait rien demander aux guides. Il les trouvait méprisants. Ils n'aimaient pas les étrangers. Étrangers à la vallée s'entend, ou étrangers à la haute montagne. On en est ou on n'en est pas. Son père en faisait partie. Pas Luc.

Il s'était débrouillé seul. Il cherchait des bouts de tissu dans la montagne qui auraient indiqué une présence humaine. Dès qu'il apercevait une tache rouge, comme le foulard de maman, ou bleu, comme la chemise de Père, il se mettait à courir, les yeux écarquillés, il avait peur que cette vision disparaisse s'il la quittait des yeux, ne serait-ce qu'une seconde. Lorsqu'il arrivait à côté, il s'agissait souvent d'un papier, d'un sac que quelqu'un avait abandonné. Ce printemps-là, il perdit du poids et beaucoup d'espoir. Sa famille s'inquiétait pour lui. Son oncle lui disait, tu sais, Luc, ils peuvent être n'importe où. Il n'écoutait pas, déjà, il faisait des plans pour l'été. Il allait revenir, il allait s'organiser, préparer des itinéraires, baliser les endroits où il était déjà passé pour ne pas perdre de temps. Jean était encore petit, il commençait à lui tourner autour, il voulait faire comme son grand frère, Luc ne faisait pas trop attention, il lui disait oui, oui, pensant que son oncle et sa tante empêcheraient le petit de le suivre. Il était reparti à l'école sans enthousiasme. Il avait obtenu son année avec tout juste la moyenne, son professeur regrettait de l'avoir encouragé à chercher ses parents, il le mettait en garde, réussis tes études, c'est ce que ton père aurait voulu.

Aux beaux jours, Luc s'était préparé physiquement, il refusait de perdre une journée de l'été. Tous les matins avant le petit déjeuner, il courait dans le parc autour de l'école. Il avait obtenu du père supérieur l'autorisation qu'on lui ouvre la porte principale dès que le soleil se levait, il enfilait son short et des chaussures de randonnée, il n'avait rien d'autre. Au début, il parcourait la grande allée puis s'arrêtait à l'ombre des bois, deux kilomètres à peine, il n'était pas capable de faire plus. Il ne voulait pas que les autres le sachent, il revenait en courant dès qu'il avait retrouvé son souffle. Il avait progressé, à la fin, il courait presque une heure.

Lorsqu'il était arrivé au village, la tante lui avait dit, dis donc, tu as forci, et l'oncle Antoine, mais la crevette, c'est que tu serais devenu costaud. Il leur avait exposé son plan, une exploration par jour, méthodiquement, en partant du chalet. L'oncle Antoine avait fait la grimace, il le trouvait trop jeune pour se lancer là-dedans, tu sais, les guides, ils les ont cherchés tes parents, si eux ne les ont pas trouvés, tu crois que toi, tu vas y arriver. Cela ne le décourageait pas, au contraire, il était décidé à montrer à tous ces montagnards qu'il valait autant qu'eux. Il partait tôt le matin, comme la première fois, mais il savait mieux où il allait. Quand il faisait beau et que la sortie n'était pas trop longue, il entraînait Jean avec lui, ils ne disaient rien à l'oncle et la tante avant de partir, ils se faisaient gronder le soir en rentrant. Le petit adorait l'accompagner, il croyait que c'était une chasse au trésor, Luc lui disait ce qu'il fallait chercher, et Jean lui montrait ses trouvailles. Il était prêt à tout pour faire plaisir à son frère. Quand Luc croyait apercevoir quelque chose au fond d'une rivière, le petit retroussait son pantalon et glissait dans l'eau glacée. Il n'en ramenait souvent qu'un reflet dans l'eau, parfois un objet tombé, et dans tous les cas, un pantalon trempé qui le faisait claquer des dents jusqu'à leur retour à la maison. Luc ne mesurait pas le danger, jusqu'au jour où il avait dit avoir vu un corps au fond d'une crevasse ; en réalité, il n'avait aperçu qu'un bout de tissu bleu, il avait fait descendre Jean avec la corde qu'ils emportaient avec eux dès qu'ils s'aventuraient à une certaine altitude, il l'avait mal accrochée, le petit s'était retrouvé au fond, Luc n'arrivait pas à le remonter, il avait dû faire appel aux secours.

Jean souriait en sortant, mais l'oncle Antoine avait piqué une colère comme jamais. Il avait frappé Luc avec sa baguette, la même que celle de Père, il l'avait insulté – c'est parce qu'il a eu peur, l'avait défendu la tante Andrée. Luc n'avait plus dit un mot des vacances, il continuait de grimper, l'oncle Antoine le regardait partir, inquiet de cette obsession.

*

Printemps 1977

Marie-Pierre s'impatiente devant la rangée de téléphones de la résidence. La fille à droite papote depuis vingt minutes, et oui, tu me manques, et non, je ne peux pas venir ce week-end. Elle ne voit pas qu'elles sont plusieurs à attendre ? Dans ces cas-là, la règle tacite, c'est de faire court et de laisser la place. Pour le lui faire comprendre, Marie-Pierre se rapproche, soupire, tourne sur elle-même en faisant crisser ses chaussures sur le sol. La fille fait comme si elle n'existait pas. Heureusement que sur les deux autres postes, ça tourne plus vite. Marie-Pierre est inquiète, tante Andrée a laissé un message, rappelle-nous vite. Ce n'est pas dans ses habitudes, il se passe quelque chose.

Elle est sur le point d'arracher le combiné des mains de la bavarde, une amie qui passe dans le hall la distrait, comment vas-tu Marie-Pierre ? Tu passes l'oral quand ? Enfin, c'est son tour. Elle tourne le cadran, sept chiffres, elle espère qu'elle aura assez de monnaie, elle n'a presque plus de sous, elle a été obligée de quémander deux pièces à Sandrine, sa camarade de chambre. Une voix d'homme.

L'oncle Antoine ? Non, une erreur. Elle a voulu faire trop vite, l'appareil lui a gardé sa pièce. Elle recommence. Enfin, quelqu'un répond. Paule. Ça va, p'tite sœur ? Tout va bien ? Son angoisse perce dans sa voix. Oui, oui, je te passe tante Andrée, c'est elle qui veut te causer. Elle est vexée que Paule ne lui parle pas plus longtemps, elle ne l'a pas eue depuis des semaines et elle l'expédie en trois secondes. Avec tante Andrée, l'échange est plus long, pas plus agréable. Tu te rends compte que tu ne donnes jamais de nouvelles, ça fait plus d'un mois que tu n'as pas appelé, six que tu n'es pas venue. Je m'inquiète, ton frère et ta sœur s'inquiètent. Elle voudrait répondre, les examens qui approchent, le manque d'argent, le petit boulot le samedi, elle n'a pas le temps, elle n'a plus de monnaie, la conversation est coupée.

Elle remonte dans sa chambre. Elle manque une marche dans les escaliers, elle chute sur le genou droit, un éclair de douleur, une fille vient l'aider, elle l'accompagne jusqu'à sa porte, Marie-Pierre se laisse tomber sur son lit, elle pense à ce que la tante lui a reproché. C'est vrai, depuis qu'elle est à Lyon pour préparer le concours de professeur, elle s'est éloignée d'eux. C'est un peu leur faute, aussi. Les dernières fois qu'elle est montée au village, elle était pleine de tristesse. Elle aurait voulu qu'on s'occupe d'elle, qu'on la console, elle se sentait si seule. Ils l'avaient ignorée, aucun n'avait pris le temps de parler avec elle, de savoir comment elle allait vraiment.

À Lyon, les débuts n'avaient pas été faciles. La ville était grande, il avait fallu l'apprivoiser. Comprendre qu'à certaines heures, avec les embouteillages, il ne sert à rien de vouloir prendre le bus, il n'avance pas. Les premiers jours, il lui arrivait de courir sur les quais du Rhône pour être à l'heure à ses cours. Depuis, elle connaissait tous les raccourcis. Après l'internat, elle aurait aimé s'installer dans une petite chambre, être seule enfin, sa bourse ne le lui permettait pas ; elle avait essayé, visité des logements, elle faisait la queue dans les escaliers de service avec d'autres filles, quand c'était son tour, les propriétaires faisaient la grimace, pas de caution et juste une bourse, désolée, mademoiselle. Lorsqu'ils étaient prêts à la prendre comme locataire, c'est elle qui reculait, trop petit vraiment, des cafards qui se baladaient même la journée, un lavabo plein de calcaire, ou des toilettes sur le palier où elle n'aurait pas osé s'asseoir. Elle s'était résignée au foyer. Catholique, forcément.

Les sœurs qui gèrent le foyer n'étaient pas très exigeantes sur la religion, du moment que tu te comportais bien et que tu n'amenais pas de garçons. Marie-Pierre avait promis, les sœurs semblaient ignorer ce qui se déroulait dans les lieux dès qu'elles tournaient la tête. Marie-Pierre partage sa chambre avec Sandrine, une petite brune, à peine plus d'un mètre cinquante, toujours en mouvement. Elle n'avait pas posé sa valise que sa coturne l'entraînait, viens, il y a une fête ce soir chez un garçon que je connais, Marie-Pierre avait protesté, la valise à défaire, les cours à préparer. On aura bien le temps demain, et puis, si je rentre tard, je vais te réveiller, tant qu'à ne pas dormir, autant que tu t'amuses. Sandrine ne lui avait pas vraiment laissé le choix.

Lorsqu'elle était arrivée à la fête, Marie-Pierre s'était sentie scrutée, quelqu'un lui avait demandé, tu es invitée ? Elle s'était mise à bafouiller, Sandrine était venue la sauver. Depuis, elle est allée vingt fois dans des endroits sans y avoir été conviée, elle n'y prête même plus attention,

Sandrine en a fait sa spécialité. Ce jour-là, elle aurait pu dormir tranquillement dans la chambre, Sandrine avait découché, Marie-Pierre a découvert que Sandrine changeait souvent de garçon. Elle s'en fiche, simplement, elle n'a pas l'habitude. Sandrine était rentrée à midi en chantant *Où sont les femmes*… Marie-Pierre ne connaissait rien au hit-parade, mais en quelques semaines, elle est devenue incollable. Dès qu'elle était là, Sandrine allumait son petit transistor, elle ne se souciait pas vraiment de savoir si sa colocataire travaillait.

Quand ça devenait trop bruyant, Marie-Pierre quittait la chambre et s'installait à la bibliothèque ou dans les salles d'études du foyer. Elle ne veut pas rater son année, elle ne veut pas perdre sa bourse, elle a pris un petit travail de vendeuse aux Nouvelles Galeries, juste le samedi, ça lui permet de payer quelques livres et ses sorties. Sandrine continue à l'entraîner, cinéma, bar, boîte de nuit, ça coûte cher, Marie-Pierre a du mal à suivre, elle ne veut rien demander à l'oncle et à la tante. Elle a essayé une fois, elle avait besoin d'acheter tous les livres de la rentrée, une grosse sortie d'argent d'un coup, elle les aurait remboursés, elle a eu l'impression de les saigner, elle s'est juré de ne pas recommencer.

Elle se débrouille, elle mange au foyer, ce n'est pas cher si elle prend juste un plat, pas d'entrée ni de dessert et il y a du pain complet, ça remplit bien l'estomac. De temps en temps, avec Sandrine ou Nathalie, l'autre copine du foyer, elle s'autorise un sandwich. Il y a quelques semaines, elles sont allées dans ces nouveaux restaurants américains, les McDonalds. C'était chic d'avoir essayé, mais Marie-Pierre n'a pas trouvé ça très bon, et elle a été obligée de sauter deux repas la semaine d'après faute d'argent. Souvent, elle décline, trop de travail, prétexte-t-elle.

C'est vrai d'ailleurs, elle est étonnée qu'on lui en demande autant. Au lycée, elle passait d'une classe à l'autre sans même y penser, ce n'est plus la même chose, là, elle doit vraiment bûcher, elle avait oublié à quel point les mathématiques pouvaient être difficiles, surtout la géométrie, qu'elle n'a jamais beaucoup aimée. Désormais, elle bute sur chaque nouvelle notion. Heureusement, ses notes dans les autres matières, en histoire et en français notamment, lui permettent de rester au-dessus de la moyenne. En anglais aussi, elle souffre. Quand elle doit parler, son accent est ridicule, elle a le sentiment que tout le monde se moque d'elle, Sandrine lui assure que non, tu penses, tu as vu comment ils parlent, les autres, ils sont mal placés pour rigoler. Elle n'entend que cet accent savoyard qui déforme tout. Elle aimerait le perdre, elle se dit que ça viendra à force d'habiter loin du village. Elle se relève de son lit, elle a digéré les remontrances de tante Andrée. Elle aperçoit ses doigts. En songeant à tout ça, elle s'est rongé les ongles, dommage, elle venait juste de faire son vernis, il s'écaille déjà. Toujours impeccable, le vernis, lui répète Sandrine, c'est la base de la séduction ! Qu'elle est loin du village !

*

Mai 1977

Paule traîne dans la salle de classe, elle a quatorze ans et elle ne reviendra pas. Elle nettoie le tableau avec la grosse brosse, le tampon laisse de grandes traînées blanches sur l'ardoise, il faudrait de l'eau, elle n'en a pas, elle tapote le tampon sur le rebord métallique, de la poussière s'en échappe et vient se déposer sur son chemisier foncé, elle l'essuie avec les mains, ne fait que l'étaler davantage. Elle retourne à son bureau, rassemble les cahiers qu'elle a laissés dans le tiroir, récupère les stylos, ils feront toujours le bonheur de Jean ; elle se demande si elle doit détacher ses travaux encore exposés au mur, peut-être qu'elle peut les laisser jusqu'au mois de juin, on les enlèvera en même temps que ceux des autres. Elle aurait aimé finir l'année, mais l'oncle et la tante ne le lui ont pas permis, trop de travail à la ferme en ce moment, le printemps est une grosse période, pas assez d'argent. Ici, on s'en fiche que la loi ait changé, que l'école soit obligatoire jusqu'à seize ans quand c'est pour les besoins d'une exploitation.

Paule s'assied une nouvelle fois à sa place, elle passe la main sur la table en bois, elle en connaît le moindre relief, souvent des mots gravés par les élèves précédents, « mort à P » pour un professeur trop sévère, « E + D » pour une histoire d'amour en devenir. Elle hésite à graver son initiale juste pour laisser une trace dans ce collège qui ne veut plus d'elle. Elle cherche une pointe, son compas, elle ne le retrouve pas. Seulement un stylo alors, les Bic orange sont parfaits pour ça. L'enseignant d'arts plastiques l'interrompt, mais qu'est-ce qui t'arrive, Paule, tu n'es pas encore partie ? Elle en pleurerait. Pas un mot de regret, juste l'impatience de fermer l'établissement. Elle l'a peut-être cherché, elle n'a pas toujours été très sympa avec les profs. Les premières années, elle s'appliquait, elle faisait tout ce qu'on lui demandait, puis il y avait eu ces remarques, tu ne sais toujours pas écrire correctement, ou c'est quand même pas compliqué un « s » pour le pluriel. Et toutes ces fois où les enseignants la plaçaient au fond de la classe et faisaient semblant de ne pas voir qu'elle levait la main pour poser une question ou demander une explication. Elle avait perdu l'envie.

Elle ramasse son cartable et sort de la salle, elle emprunte le couloir vers la sortie, le professeur la rappelle, Paule, tu as oublié ton carton à dessins. Elle avait supplié tante Andrée de le lui acheter quand le prof l'avait mis sur la liste des fournitures, elle avait terriblement peur de se faire gronder si elle n'en avait pas; tante Andrée ne voyait pas l'intérêt de dépenser tant d'argent pour un malheureux bout de carton vert tacheté de noir, mais elle avait fini par céder, Paule se demande bien ce qu'elle va en faire maintenant. Elle descend les trois marches de l'entrée et se retrouve devant le portail.

Elle ne veut pas que son enfance s'arrête, pas comme ça. Elle ne va pas rentrer tout de suite. Elle s'engage vers le haut du village. Ici, elle connaît le nom de chaque famille. À droite, les Favre. À gauche, les Thievenaz. Cette drôle d'avancée sur le toit, c'est le père Chapuis qui l'a construite. Tout le village s'était moqué de lui, il avait répondu, c'est pour que je puisse fumer même l'hiver. Tous avaient ri de plus belle, fumer dans la neige, quelle absurdité, c'était un coup à y laisser un doigt, peut-être même plusieurs. Paule est surprise, la maison est fermée, plus personne n'a l'air d'y habiter. Il doit être mort, il a toujours fait vieux, sa femme aussi. Ils avaient des enfants, trois ou quatre, qui allaient à l'école avec Marie-Pierre et Luc, plus ou moins du même âge, on les appelait les pouilleux, parce qu'un jour, la plus jeune des filles était arrivée à l'école avec des poux sur la tête. Luc avait raconté qu'il y en avait tellement qu'on les voyait cavaler entre ses nattes à l'œil nu.

Le surnom ne les a pas quittés, on les a toujours regardés de travers dans le village. Ils en sont partis sans que personne n'y prête attention. Dans la tête des gens de la vallée, ils n'avaient pas leur place ici, eux qui n'y étaient pas nés et n'y avaient échoué que par le hasard du travail de leur père. Ça console Paule, elle au moins, elle fait partie de la communauté.

Elle continue à grimper, elle se retrouve au-dessus de la ferme de tante Andrée et de l'oncle Antoine. Elle est en colère contre eux. Ils ne lui ont pas demandé son avis. Un jour, ils lui ont dit, l'école pour toi, c'est fini. Si elle avait été un peu plus maligne, elle aurait dû comprendre depuis longtemps que ça se terminerait ainsi. Quelque temps après leur arrivée, à elle et Jean, elle avait surpris une conversation, tante Andrée s'inquiétait pour elle, il faut lui laisser de l'enfance à cette petite. L'oncle Antoine n'était pas d'accord, il va falloir qu'elle bosse, et dans pas longtemps, on ne va pas pouvoir se permettre de la garder à l'école. À l'époque, Paule n'y voyait que des avantages. Elle n'aimait pas étudier, et elle ne savait pas ce que signifiait se lever tous les matins pour travailler.

Elle avait commencé par donner des petits coups de main, tout le monde trouvait ça normal, ici, tous les enfants aidaient, sinon les adultes ne s'en sortiraient pas. Les premiers temps, ce n'était pas grand-chose, nourrir les bêtes, les sortir. Puis les tâches se sont multipliées. Tante Andrée travaillait aussi, mais il y avait tant de tâches à accomplir, ils avaient récupéré les bêtes des parents, il fallait produire le fromage, le vendre. Paule ratait de plus en plus souvent l'école. Tous les samedis, elle faisait le marché avec sa tante. Dès six heures du matin, il fallait se secouer pour que l'étalage soit prêt lorsque les premiers clients arriveraient.

Sans faire de bêtises. Un matin, Paule avait fait tomber trois tommes, elles s'étaient fendues, tante Andrée était furieuse, regarde un peu ce que tu fais.

Pour elle, la question ne s'est jamais posée de continuer sa scolarité. La seule fois où elle avait osé demander à l'oncle et à la tante si peut-être, un jour, elle pourrait, éventuellement, la réponse avait fusé : au lycée, toi ? Mais ma pauvre Paule, tu es bien trop bête pour ça ! Et quand bien même, on n'aurait pas les moyens. L'argent n'était pas un problème pour Marie-Pierre et Luc, mais c'en était un pour elle ? La vérité, c'est qu'ils l'avaient choisie pour faire le ménage et traire les vaches. Lorsque son frère et sa sœur étaient revenus pour les vacances, Paule avait lancé à l'un et à l'autre, de toute façon, toi, avec ta tête, tu pourras faire n'importe quoi comme métier, avec le secret espoir qu'ils lui répondent, mais qu'est-ce que tu racontes, toi aussi. Aucun des deux ne l'avait dit.

Paule fait le grand tour par le chemin qui surplombe le village, elle ne s'occupera pas des bêtes ce soir, tant pis l'oncle Antoine râlera, elle s'accorde un congé, elle est fière de sa formule. Elle a abandonné son carton à dessins un peu plus bas, derrière l'arrêt de bus, elle se dit qu'il servira peut-être à quelqu'un, elle a déchiré les peintures restées dedans. Il y en avait une qu'elle aimait vraiment, le prof leur avait demandé d'imaginer leur maison idéale, elle avait dessiné toute la famille, même l'oncle et la tante, autour d'un feu de joie. Aujourd'hui, elle a trouvé son dessin enfantin, elle l'a détruit. Et elle n'y mettrait peut-être plus l'oncle et la tante.

Sa colère contre eux est encore plus grande depuis qu'elle les a surpris il y a quelques semaines. Elle avait soif, elle était descendue dans la cuisine tard après le dîner.

Ils étaient là, tous les deux, en train de compter des billets. Oncle Antoine avait fait deux tas, il avait montré le premier, le plus gros à la tante, celui-là, je vais aller le donner à Favre demain, et toi, tu porteras l'autre à la coopérative ; le reste, on le garde pour ceux qui viendront nous réclamer. Paule avait regardé les billets, fascinée, elle ne comprenait pas d'où ils venaient, l'oncle et la tante n'arrêtaient pas de se plaindre qu'ils n'avaient rien, qu'il fallait surveiller le moindre sou, et voilà qu'ils comptaient les billets le soir dans la cuisine. Paule était remontée à l'étage sans faire de bruit. Dans son lit, elle avait tourné longtemps. Et si cet argent était celui des parents ? Dans la famille, on disait que Père cachait de l'argent quelque part dans la maison. Pour les coups durs, disait maman. L'oncle et la tante n'auraient pas fait ça. En plus, ils savaient bien que Père pouvait revenir. Mais alors, pourquoi se cachaient-ils pour compter les sous le soir dans la cuisine ? Dans la tête de Paule, ça tourne et ça tourne encore. Elle va en parler à quelqu'un, pas à Jean, il est trop petit. À Luc et Marie-Pierre, la prochaine fois qu'ils reviendront. Ou pas. Probable qu'ils ne la croiront pas, ils disent toujours qu'elle fait des histoires pour rien. Les billets, ils sont sûrement à tante Andrée et à oncle Antoine, de toute façon.

Dix ans plus tard

1980

Lorsqu'ils se sont connus, Luc a promis à Christine de ne plus grimper, de laisser les parents reposer en paix. Il a essayé, vraiment. Ils habitent loin de la montagne, dans la grande région parisienne. Christine a choisi l'endroit, faire grandir nos futurs enfants au vert, c'est mieux, disait-elle, et tant pis si on a un peu de trajet pour aller au travail. Ils bossent dans la même entreprise. Dans la journée, ils aiment se croiser, se sourire, échanger quelques mots. Plus tard, celui qui aura déposé le bébé chez la nounou racontera à l'autre les pleurs ou les sourires, celui qui l'aura emmené chez le médecin résumera les rhumes, les antibios, la fièvre. Il a vraiment essayé d'oublier les parents dans ces petits rituels. Sans succès.

Depuis quelque temps, il recommence à appeler au village pour savoir s'ils cherchent encore, s'ils ont fait des découvertes. Chaque semaine, parfois chaque jour, s'il est honnête. Au début, les gars du poste de secours lui répondaient patiemment, ils ont fini par ne plus décrocher. Christine se fâche quand elle l'entend faire à la maison, alors il a pris l'habitude de téléphoner du bureau. Lorsqu'il raccroche rageusement, ses collègues le regardent avec étonnement et un peu d'inquiétude. Il passe ses nuits à écrire des courriers à la mairie, aux secours, à la préfecture, au ministre de l'Intérieur, au Premier ministre, au président de la République, à tous, il hurle sa colère. De temps en temps, Christine se lève au milieu de la nuit, elle le trouve à la table de la cuisine, assis sous le plafonnier, à noircir des pages et des pages, elle lui crie que c'est inutile, elle déchire les feuilles, il en écrit d'autres, elle crie de plus belle, elle lui demande ce qu'il espère de tout ça, il ferait mieux de dormir, il a une tête de déterré, elle en a marre, oui, marre de ses obsessions, il ne s'intéresse plus à eux, plus à elle, il ne se souvient même plus de l'âge de son fils, si, ah, oui, ben, qu'il le dise alors, voilà, tu vois bien, tu n'en es pas capable. Il n'y a plus que des disputes et des mots qui blessent.

Elle ne comprend pas qu'il ne puisse pas laisser derrière lui sa famille, ses parents. Étudiant, il a passé ses étés à les chercher. Il revenait même certains week-ends quand il le pouvait. Il restait des nuits à camper dans la cabane, là-haut sur le glacier. Il n'avait pas le droit, elle était réservée aux urgences, il s'en moquait, il n'avait pas assez d'argent pour se payer un refuge. Sans doute qu'en mémoire de son père, les gardiens l'auraient laissé dormir gratuitement, lui auraient offert une assiette de soupe ou de ragoût de pommes de terre au lard, mais il ne voulait rien devoir à personne. Et il préférait être seul. Alors, quand il s'était trop éloigné, qu'il était trop tard pour redescendre, il se glissait dans la cabane, il sortait les couvertures du placard, elles sentaient la poussière ou le moisi lorsqu'il avait fait humide. Il mangeait le pain et le fromage qu'il avait emportés, il chauffait de l'eau pour un thé, puis il s'enroulait sur une couchette et sommeillait.

De temps en temps, d'autres alpinistes poussaient la porte, il leur faisait de la place, il avait beau ne pas aimer les gens, il connaissait les lois de la montagne. Parfois, les gendarmes venaient vérifier que personne ne s'installait en permanence dans la cabane. Il les entendait faire le tour, remarquer ses traces dans la neige. Au début, ils le sortaient en lui disant, tu sais, c'est interdit de camper là. Peu à peu, ils s'étaient habitués. Laisse, disaient-ils d'un air entendu, c'est le fils Cotraz. Il s'enfonçait dans ses couvertures dès qu'ils repartaient. Il ne dormait jamais vraiment, il repensait aux chemins qu'il avait parcourus dans la journée, il programmait ceux qu'il explorerait le lendemain, il se demandait ce qu'il ressentirait lorsqu'il trouverait enfin une trace. De la joie ? De la tristesse ? Il l'ignorait, il ne savait même plus vraiment ce qu'il cherchait. Il avait simplement besoin d'être là.

Chaque fois qu'il trouvait des objets dans la montagne, il allait voir Paule ou il appelait Marie-Pierre, tu sais si Père avait son couteau avec lui ce jour-là ? Bien sûr, il ne le quittait jamais, répondait inlassablement l'une ou l'autre. Et il était comment, quelle longueur, quelle couleur, le manche, en bois, en nacre, en métal bleu, comment vous ne vous en souvenez pas ? C'est impossible. Il leur faisait des reproches alors que lui-même était incapable de se le rappeler. Marie-Pierre avait fini par se lasser, Paule continuait à répondre, oui, ils avaient pris une bouteille de vin, si j'en suis sûre, je me souviens de la bosse dans le sac de Père. En réalité, elle n'était pas certaine. Elle ne savait plus très bien si elle avait encore des souvenirs ou si, à force de raconter, elle avait fini par s'en inventer de plausibles. Ils se mêlaient à ceux de Marie-Pierre et aux bruits du village.

Lorsque le temps était trop rude pour grimper, il passait son temps à la gendarmerie. À l'époque, ils avaient une petite pièce où s'entassaient les dossiers des disparus. À l'entrée, il y avait un gros registre, les dates, les noms, les circonstances. Il l'avait feuilleté si souvent qu'il avait laissé une trace grise à l'endroit où il posait ses doigts pour tourner les pages. Ses parents avaient droit à trois lignes, Claude et Marie Cotraz, 13 août 1970, lieu inconnu. Pas un détail, pas une description, pas de repère géographique, personne ne savait. Il avait dit sa surprise au capitaine de la gendarmerie, il lui avait répondu que c'était juste une première liste, qu'ensuite il fallait retrouver le dossier à partir du numéro, là, dans la marge. Il était si concentré sur les noms qu'il ne les avait pas remarqués, ces chiffres, 56, les parents étaient les 56e à n'avoir jamais été retrouvés. En réalité, certains corps avaient refait surface, pas beaucoup, on les reconnaissait au petit point à l'encre rouge au bout de la ligne. Luc avait compté, ils étaient moins d'une dizaine. Ce qui l'effrayait surtout, c'était le rythme auquel des noms s'ajoutaient. Tant d'hommes et de femmes que la montagne avait engloutis sans un mot. Qui se souvient encore d'eux, à part lui ?

Il a passé des après-midi entiers à lire les dossiers plus détaillés que les gendarmes bâtissaient à partir des récits des familles, des photos, des descriptions d'habits. Il trouvait celui de ses parents bien mince. Il ne comprenait pas pourquoi, ils étaient d'ici, tout le monde les connaissait, il aurait dû y avoir des dizaines de pages. Un gendarme lui avait raconté que le jour de l'orage, c'était la panique, au même moment, une cordée de touristes s'était égarée, il avait fallu aller les chercher, ils étaient sept ou huit, je ne me souviens pas bien, on ne pouvait pas les laisser. Tu veux dire que vous avez mis le paquet sur eux et que vous avez laissé tomber les parents ? Non, non, le gendarme bredouillait, c'est juste que ton père, tu comprends, on pensait qu'il saurait se débrouiller, il était guide, eux, ils étaient seuls, sans accompagnateur, qu'est-ce qu'on aurait dit si on avait choisi un local contre des touristes, la vallée ne s'en serait pas remise.

Il les cherche depuis si longtemps, la colère le porte. Renoncer, ne pas savoir, impossible. Il se refuse même à dire qu'il essaie de retrouver les corps, ce serait accepter qu'ils soient morts. Ils sont morts, il en est conscient, mais il ne peut pas s'empêcher d'espérer. Son oncle Antoine lui répète sans arrêt que c'est la loi de la montagne, il arrive qu'elle prenne ceux qu'on aime, il ne sert à rien de lutter contre, c'est le destin. Après tout, les parents sont sans doute plus heureux là-haut, c'est là qu'ils se sont connus, c'est ce qui les a rapprochés. Luc l'écoutait, il écoutait aussi sa tante raconter comment maman rêvait de pouvoir repartir en montagne après la naissance de Jean, elle voulait se rapprocher de ton père. C'est en guide qu'elle l'avait aimé, il était si beau quand il se préparait pour une course, je me souviens du moment où ils se sont rencontrés, ta mère, elle faisait exprès de passer devant le bureau des guides à l'heure du départ des courses. Elle leur proposait toujours un peu d'eau fraîche, ils acceptaient en riant. Au retour, ils ne buvaient pas d'eau, ils allaient à l'auberge siroter un verre de vin avant de rejoindre la maison, ça faisait partie du rituel de la course, un verre, hein, pas plus, pas question avec la fatigue, ta mère les suivait. Ton père a fini par la remarquer. Un jour, elle a eu le culot de lui demander de l'emmener, à l'époque, une femme en course, ça ne se faisait pas trop, surtout une femme du village, les Anglaises à la limite, mais pas les locales. Il a refusé, elle a tellement insisté qu'il a fini par la prendre, une course facile, pour débutante. Je l'avais entendu au café, il disait, j'ai choisi un trajet pour fille, il se moquait d'elle, il ne la prenait pas au sérieux. Quand ils sont redescendus, il ne rigolait plus, elle l'avait épaté. Après, il répétait tout le temps, ah, vous verriez, elle est plus agile que plein d'entre vous, les gars. Un an plus tard, ils se sont mariés.

Luc écoutait cette histoire sans vraiment y croire il ne retrouvait pas sa mère dans cette femme courageuse, il ne l'imaginait pas dormir comme lui sur une planche de bois, sans se laver ni manger correctement, elle passait tellement de temps à les houspiller pour ça à la maison. Il la voyait toujours avec un enfant dans les bras, d'abord Paule puis Jean. Luc n'arrive pas à croire qu'elle soit contente de rester là, dans le froid de la montagne, alors il cherche, il cherche encore. Et tant pis si Christine n'est pas d'accord.

*

1983

Au bureau des guides, Jean a trouvé les petits carnets de courses de Père. Il cherchait des infos sur une voie ouverte par les pionniers, il a feuilleté deux ou trois livres, les carnets de Père étaient juste derrière, dans la rangée du fond, avec les cahiers de Rebuffat, et ceux de Bonatti. Ils étaient si fins qu'ils avaient glissé, une légère couche de poussière les avait recouverts. Jean n'avait jamais pensé à regarder là. Pour lui, Père n'avait pas atteint leur niveau ni ouvert autant de voies. Tu te trompes, Jean, ton père était un grand de la montagne, un des plus grands même, lui avait murmuré Étienne, le chef des guides, lorsqu'il lui a parlé des carnets. Il a même fait partie des premiers guides brevetés. Pour toi, ça paraît rien, mais c'est une référence. Jean avait déjà entendu l'histoire, les alpinistes qui rejetaient ce diplôme au nom de la liberté, la bagarre avec ceux qui l'acceptaient. Ça lui semblait dépassé comme combat. Et ces carnets, c'est la même chose. Ton père, c'était une mine d'informations, il notait tout, le moindre mouvement de la montagne, la moindre faiblesse d'un client. Contrairement aux autres imbéciles, il ne gardait pas tout pour lui, il partageait son savoir.

Jean n'a pas ouvert les carnets tout de suite après les avoir trouvés, il n'en avait pas envie, pas devant les autres. Ceux qui ont connu Père s'empresseraient de faire des commentaires, de raconter le Claude qu'ils ont fréquenté, celui qu'ils imaginent parfois. Sans rien demander à personne, Jean a emporté les cahiers chez lui. Il avait envie d'être seul pour découvrir ce père dont il ne garde aucun souvenir. Lorsque Paule, Marie-Pierre et Luc en parlent, il est le seul à n'avoir rien à dire. Il boit les paroles de ses frères et sœurs, enregistre les détails les plus idiots, ils répètent souvent les mêmes histoires. Ils se souviennent que, le jour de la disparition, les parents avaient pris du pain, du saucisson et du chocolat, ça, c'est Paule qui le raconte, maman avait ajouté elle-même la grosse tablette dans le sac, une bouteille de vin aussi, ça c'est Marie-Pierre qui le sait, elle a vu la bosse caractéristique dans le sac à dos de Père.

Ils se disputent parfois. Paule imagine maman blessée et Père la consolant, Luc dit que ce doit être l'inverse. Père blessé, sinon il aurait essayé de rejoindre la vallée pour les sauver tous les deux, et puis, tu imagines Père réconforter quelqu'un ? Marie-Pierre ne répond rien. Depuis quelque temps, elle ne parle presque plus de ce jour-là, elle se contente de hocher doucement la tête lorsqu'elle pense que son frère ou sa sœur ont raison. Jean se sent exclu de ce qu'il perçoit comme les années de bonheur familial. Luc a beau expliquer que Père n'était pas facile, qu'il avait souvent la main leste, Marie-Pierre grogner que maman lui demandait tout le temps des corvées pendant que la petite Paule pouvait continuer à s'amuser tranquillement, il ressent le manque de cette vie en commun. Souvent, en montagne, il a envie de demander conseil à son père, dites, Père, comment vous aborderiez ce passage difficile, dites, Père, vous croyez que je suis prêt pour telle ou telle course ? C'est idiot de parler à un mort, mais c'est ainsi qu'il a construit un lien avec son père et son histoire.

Il a dévoré les carnets les jours de mauvais temps, quand la neige et le vent tourbillonnaient si fort qu'il était impossible de sortir. Il a d'abord passé les doigts sur les pages de garde, il avait l'impression de caresser la main de Père, il l'imagine rugueuse, crevassée par le froid, irrégulière comme ce carton grenelé. Père a collé dessus de petites étiquettes d'écolier et, sur la surface lisse, il y inscrivait d'une belle écriture son nom et la saison. Chaque année, il changeait de cahier, c'est un peu du gâchis, aucun n'est terminé. Étonnant, ses frères et sœurs disent toujours qu'à la maison, on ne gaspillait rien, on n'avait pas les moyens. Pour ses cahiers, Père se l'autorisait. Jean est plus surpris encore de voir Père écrire si bien, on lui a toujours dit qu'il avait arrêté l'école tôt, qu'il n'avait pas dépassé le niveau de l'école primaire. Peut-être était-ce maman qui avait pris la plume ? Il est convaincu qu'elle écrivait mieux, qu'elle était plus appliquée. Il imagine Marie-Pierre rétorquer en colère, parce que c'est une femme, c'est ça, quel cliché ! Lui n'y voit pas de malice, il a été éduqué comme ça. On n'aurait pas imaginé oncle Antoine se mettre à la cuisine ou tante Andrée commencer à moissonner le blé.

En réalité, vu ce qu'il sait de son caractère, Père ne devait laisser personne s'occuper de ses carnets. Il l'imagine s'installer le soir à la table de la cuisine, sortir l'encrier, peut-être celui de Luc ou de Marie-Pierre, et commencer à raconter sa dernière course. Sauf s'il rédigeait ça au bureau des guides, au calme, dans la salle du fond, assis au petit bureau du chef que personne n'utilise jamais. Jean le devine concentré, attentif à ne pas faire de fautes ni de taches d'encre. Là-bas, il n'y aurait pas eu d'enfants pour le distraire. Il demandera à Étienne s'il l'a vu faire. Ses textes démarrent toujours par des détails techniques, la course, sa difficulté, les caractéristiques des clients, le matériel emporté, il poursuit avec les différentes étapes, les passages délicats et les raisons des retards, le client pas assez en forme, les conditions climatiques. Il finit par un avis général. Sur la course elle-même, sur les clients. Parfois gentil : il aurait pu continuer des heures encore ; parfois cruel : a trop bu et trop mangé avant de démarrer, incapable d'avancer plus d'une demi-heure sans pause, abandon. Jean ne se lasse pas de lire ces notes, dès qu'il a fini, il recommence. Longtemps, il les a gardées dans sa chambre, personne ne les lui a réclamées. Pendant des années, au bureau des guides, les carnets sont restés là, à la vue de tous. Jean se demande si, avant lui, quelqu'un les a feuilletés, a lu les mises en garde, ou si tout ce travail a été inutile. Cette idée le désespère.

Jean en connaît des morceaux entiers par cœur. Lorsqu'il est en montagne, il essaie de se souvenir si, dans ses notes, Père a mentionné la meilleure manière d'affronter ce passage qu'il aborde pour la première fois ; souvent, des indications lui reviennent, comme si Père lui murmurait des conseils à l'oreille. Jean a déjà un bon niveau, il a commencé très jeune. Longtemps, Paule a essayé de le détourner. Quand ils étaient enfants, elle venait le chercher à la maison des guides, elle s'agaçait qu'il y passe toutes ses fins d'après-midi et ses mercredis, elle avait peur qu'il devienne comme Père, incapable de se détacher des sommets, malgré la famille et les enfants. Jean y revenait, parfois en cachette de Paule, il lui mentait, disait qu'il rejoignait des amis et filait directement à la vieille bicoque.

Pierre emmenait Jean partout avec lui, il lui parlait de Père, le petit le regardait avec admiration et lui demandait encore plus d'histoires de montagne. Quand elle débarquait, elle attrapait la main de son frère brutalement, allez, on rentre maintenant. Jean résistait. Au début, il pleurait. Plus tard, il plantait ses pieds dans le sol, Paule n'avait pas assez de force pour le faire avancer. Pierre disait à Paule, mais laisse-le, tu vois pas qu'il est bien avec moi, et puis moi, ça me fait de l'occupation. C'est lui qui a entraîné Jean pour ses premières courses, il lui a offert son équipement. Cette bataille-là, Paule l'a perdue très tôt, elle aurait dû le savoir, on ne change pas un homme qui aime la montagne.

Jean a fini par reposer les carnets sur l'étagère du fond, il s'est arrangé pour les bloquer en position verticale pour qu'ils soient bien visibles. C'est un très bon alpiniste, on le compare souvent à Père, il paraît qu'il lui ressemble, le corps trapu, dense, la tignasse de cheveux noirs et les yeux clairs, dont on ne sait pas s'ils sont bleus, verts ou gris, ils se modifient au gré de la météo. Il arrive que des gens partis s'installer en ville depuis longtemps s'arrêtent lorsqu'ils le croisent à leur retour au village, ils l'appellent Claude d'une voix hésitante, mesurent l'impossibilité de la rencontre, finissent dans un bonjour confus. Jean a l'habitude désormais. Les premières fois, il ne comprenait pas. Il avait fallu que Pierre le mette face à une photo de Père au bureau des guides pour qu'il prenne conscience de la ressemblance. Il paraît qu'elle est plus frappante encore dans le caractère. Tu abordes la montagne exactement comme lui, sérieusement, mais sans te prendre au sérieux, c'est la marque des meilleurs, lui répète Pierre. Les autres guides se moquent du vieux, arrête donc, tu vas nous le gâter à force de lui dire des choses gentilles. Au contraire, Jean se sent obligé d'être à la hauteur.

*

1984

Lorsque Marie-Pierre rentre au village, on lui demande souvent pourquoi elle s'est installée au Havre. Difficile à expliquer. Surtout à des gens qui n'ont jamais bougé de chez eux et qui n'en ont aucune envie. Les premières fois, elle est restée bête. Depuis, elle a élaboré une réponse type, un brin mensongère, à laquelle tout le monde a fini par croire. Les hasards du concours, une rencontre amoureuse et la mer. Pas la mer, l'océan. Au Havre, Marie-Pierre a découvert le réconfort qu'apportent le rythme des marées et la lumière changeante. Elle était habituée à l'élan brutal du torrent de montagne, à une eau qui ne cède pas aux remords, sans retour, ni va-et-vient, une eau qui dévale, emporte, s'enfuit dans un mouvement continu vers l'ailleurs. Désormais, elle se laisse hypnotiser par le mouvement des vagues, elle y enfouit ses douleurs, il suffit d'une promenade d'une heure ou deux pour qu'elles se dissolvent dans l'eau salée. Elle a découvert ce pouvoir magique lors d'un voyage scolaire en Loire-Atlantique. Ils étaient arrivés tard de Lyon, deux trains, un bus, il faisait nuit noire, ils s'étaient couchés à peine leur dîner avalé. Le lendemain matin, elle s'était levée avant les autres, elle était sortie sur la plage, et elle avait vu cette étendue d'eau devant elle. Elle était restée devant pendant si longtemps que sa classe avait failli partir sans elle pour les activités de la journée. Lors du choix des affectations, elle n'a demandé que des lieux à moins d'une heure de la mer. Le hasard l'a déposée au Havre.

Un jour, Paule le lui a reproché, on dirait que tu as pris le point le plus éloigné de nous sur la carte, comme si tu ne voulais pas qu'on vienne te voir. Marie-Pierre sait qu'au village, tout le monde la pense fâchée. La dernière fois qu'elle est montée, à l'épicerie, au café, ils chuchotaient dans son dos. Elle n'entendait pas leurs mots, elle sait ce qu'ils pensent d'elle. Souviens-toi, quand ils étaient petits, c'était toujours elle qui faisait du grabuge. Son frère, au moins, il s'est calmé, il paraît qu'il fait de belles études à Paris. Rappelle-toi, quand les parents ont disparu, elle ne l'a pas accepté, elle hurlait que les sauveteurs n'en avaient pas fait assez, elle avait même frappé leur chef, comment qu'il s'appelait à l'époque ? Étienne, oui, c'est ça. Il la serrait pour qu'elle arrête. C'était une vraie furie, cette Marie-Pierre.

C'est vrai. Elle est en colère contre son oncle et sa tante, contre ses frères et sa sœur, contre les gens du village. Le lendemain de la disparition, lorsqu'elle a su qu'ils n'avaient été que quelques-uns, et encore, pas les plus agiles, à partir à la recherche des parents, elle était devenue folle. Où sont les autres ? Pourquoi ils n'y vont pas ? Oncle Antoine avait commencé à lui répondre, tante Andrée l'avait fait taire. Marie-Pierre avait insisté. D'habitude, ils partent à six personnes ; avec ces bras cassés, ils ne vont jamais les retrouver. Tante Andrée l'avait prise contre elle pour l'apaiser. Ce jour-là, Marie-Pierre avait eu l'impression que tous ceux sur qui elle croyait pouvoir compter avaient choisi de laisser mourir ses parents. Elle leur en veut toujours.

Elle ne peut pas rester longtemps au village. À chaque virage, à chaque recoin, elle espère voir surgir Père et maman. Après avoir fini l'école et obtenu son premier poste, elle a laissé passer de longs mois sans y retourner. Elle mentait à Paule, tu comprends, je suis un peu juste au niveau argent. Elle essaie d'appeler sa sœur régulièrement pour compenser. Au Havre, elle a un métier qui lui plaît, un amoureux avec qui elle a envie de faire sa vie. Même sa maison est l'inverse d'un chalet de montagne. Elle est pleine de lumière, bordée de baies vitrées. Quand ils l'ont achetée, Jacques lui avait dit, tu es sûre, on risque d'avoir froid, et puis cette pluie qui va venir frapper aux carreaux, l'hiver, ça va être sinistre. Elle avait hoché la tête comme une petite fille têtue, il n'avait pas insisté. Elle aime cette vue sur l'océan, elle ne veut plus jamais voir l'horizon barré par un obstacle. Jacques lui demandait souvent si la montagne ne lui manquait pas, elle répondait systématiquement non. La seule chose qui lui manquait, c'était l'odeur, les odeurs. Là-haut, elles sont plus nettes, plus pures. Ici, tout est empreint d'une humidité qui dissout les senteurs, les rend moins perceptibles.

Elle s'est même habituée à la pluie. Au début, elle détestait les journées grises qui la laissaient transie, elle restait à la maison à la moindre averse. Elle avait appris à se protéger, imperméable, parapluie, cape ; maintenant, elle est la première à vouloir se promener, même quand le temps est couvert. Elle ne sait plus comment elle a pu aimer le froid. Petite, pourtant, elle sortait dans la neige avec juste un pull de laine, elle aspirait autant d'air qu'elle le pouvait, elle s'enivrait du souffle glacial qui lui brûlait les poumons, elle recommençait jusqu'à ne plus pouvoir respirer. Jamais elle n'avait les mains engourdies, même lorsqu'elle sortait sans gants. Maman lui disait, mets ton bonnet, c'est par la tête qu'on attrape mal. Elle en avait perdu tellement que sa mère avait fini par abandonner. Elle revenait avec les oreilles écarlates, elles lui faisaient mal quand elle s'installait près du poêle.

Au printemps, elle adorait aller jusqu'au torrent, en aval du village, à l'endroit où la pente se fait moins forte, quand les pâtures obligent l'eau à ralentir. Elle enlevait ses chaussures, ses chaussettes, elle soulevait sa jupe, posait un pied prudent sur un galet, elle laissait l'eau glacée s'enrouler autour de ses pieds. Elle sentait la morsure, la neige à peine fondue de la montagne l'attrapait par les chevilles, elle avait l'impression de revivre, elle adorait ces jours où la nature reprenait sa place. Bientôt, les myrtilles allaient émerger dans les buissons, les jours rallonger, l'herbe se faire de plus en plus grasse. Père pourrait recommencer à partir en montagne, il serait moins en colère, la maison retrouverait sa joie. Parfois, elle glissait sur les galets, sa jupe trempait dans l'eau, elle remontait au chalet en la rehaussant un peu pour qu'elle ne prenne pas la poussière, elle sentait le tissu lui coller à la peau, elle filait dans sa chambre en se cachant de maman, elle laissait le vêtement par terre, elle le nettoierait plus tard, fière d'avoir réussi à rentrer sans se faire attraper.

Ces moments ont disparu avec les parents. Elle a construit sa vie loin du village. Si elle est honnête, elle dirait même qu'elle l'a tenu à distance. Une fois, Paule lui a demandé, tu n'as jamais pensé à revenir par ici ? Après tout, prof, ça se pratique partout. Elle avait dû rassembler tout son courage pour poser cette question, elle qui ne demandait jamais rien ni n'osait faire la moindre remarque. Pas pour l'instant, tu sais, maintenant, toute ma vie est là-bas, mais tu es la bienvenue si tu veux nous rendre visite avec Jean, Jacques sera ravi, on vous fera découvrir le coin. Paule n'en avait jamais pris la peine, trop de trains, trop compliqué. Marie-Pierre la soupçonne d'avoir peur de sortir de la vallée. Elle pourrait facilement demander sa mutation dans les Alpes, les points s'accumuleraient et, un jour, elle recevrait un courrier, Madame, nous sommes heureux de vous annoncer… Jacques l'accompagnerait. Il l'avait parfois évoqué, il pourrait apprendre à faire du ski, lui, le Normand qui n'a presque jamais vu la neige. Il programmait déjà leur vie, le week-end, on grimpera, on se fera des pique-niques, juste nous deux, loin de tout. Elle le laisse rêver, sans l'encourager, sans jamais remplir le formulaire. Elle a trop peur d'obtenir sa mutation.

*

1985

Paule déteste quand sa sœur se comporte comme si elle était supérieure à tout le monde. Surtout un jour comme aujourd'hui. Elle avait tout prévu pour que le déjeuner se passe bien. Elle avait fait le tour des restaurants du coin pour choisir celui qui plairait à Marie-Pierre. Elle avait hésité entre deux, avant de s'arrêter sur celui-ci, chic, mais pas trop, pour que tout le monde se sente à l'aise. Elle avait accepté de décaler deux fois parce que sa sœur avait «des choses importantes à régler au Havre». Des excuses pour ne pas venir, Paule en était convaincue. Elle n'avait pas râlé, elle avait appelé le restaurant pour décommander en se confondant en excuses. Elle s'était acheté une nouvelle robe, bleue, c'est une des couleurs préférées de sa sœur, et René l'avait trouvée jolie. Elle avait prévenu René pour sa sœur et ses bizarreries, au point qu'il avait fini par lui demander d'arrêter, tout va bien se passer, tu vas voir. Elle avait invité Jean, lui, au moins, est toujours de bonne compagnie.

Malgré tous ses efforts, elle voit aux lèvres pincées de sa sœur qu'un truc ne va pas. Marie-Pierre n'a jamais été capable de cacher ce qu'elle pense, et encore moins à Paule, qui la connaît depuis l'enfance. À peine arrivée, Marie-Pierre a fait comprendre qu'elle n'avait aucune envie d'être là, tu ne trouves pas qu'il y a une odeur de bétail dans ce restaurant, quelqu'un a dû garder ses bottes de travail. Un instant, Paule a eu peur que ce soient les chaussures de René. Aussitôt, elle a eu honte de l'avoir pensé. Marie-Pierre a attrapé du bout des doigts la carte que lui tendait la serveuse, elle y a jeté un œil, l'a reposée brutalement sur la table, ce n'est pas avec ça qu'on va garder la ligne.

Elle a commandé juste un plat, du saumon à l'oseille, sans sauce, hein, s'il vous plaît, et cuit à la vapeur si c'est possible; la serveuse a répondu qu'elle allait se renseigner. Paule a suggéré qu'ils prennent tous le menu du chef, c'est elle qui invite, n'est-ce pas? Jean et René l'ont suivie, œuf en gelée et entrecôte pour chacun, avocat aux crevettes et escalope aux champignons pour elle, elle a hésité à la demander sans crème, puis s'est dit qu'elle n'allait pas se priver pour faire comme sa sœur. Marie-Pierre est restée sur le saumon, elle n'a pas voulu d'apéritif, les garçons ont décliné aussi, ils prendraient du vin avec leur repas. Ils ont commencé à manger leurs entrées sans Marie-Pierre, c'était gênant. Pour faire diversion, René pose des questions à sa future belle-sœur sur son métier et sa vie au Havre. Paule ne l'a jamais vu parler autant, il essaie de faire bonne impression. Sa sœur détourne la tête comme si René lui postillonnait dessus chaque fois qu'il ouvrait la bouche. Paule a de la peine pour son amoureux.

Déjà, Marie-Pierre s'est moquée d'elle la première fois qu'elle lui a parlé de René. Elle lui a raconté qu'ils se connaissaient de vue depuis longtemps, il était du village voisin, ils ne sont pas allés à l'école ensemble, mais ils ont participé aux mêmes fêtes de village lorsque le travail à la ferme le leur permettait. Au dernier 14 Juillet, elle a hésité à aller au bal, elle était épuisée. Tante Andrée vieillissait, elle effectuait de moins en moins de tâches, Paule était obligée de s'en occuper en plus de tout ce que lui demandait l'oncle Antoine. Par exemple, la tante n'avait plus la force d'étendre les grands draps pleins d'eau sur le fil, encore moins de les décrocher. Elle avait suggéré qu'ils ne changent plus les draps que tous les quinze jours au lieu de toutes les semaines, la tante l'avait regardée comme si elle disait une énormité. Pour le bal, elle s'était décidée au dernier moment, c'était Jean qui l'avait entraînée, il n'avait pas beaucoup d'amis de son âge dans le village, mais il adorait l'atmosphère de fête, il passait d'un groupe d'adultes à l'autre, il échangeait avec les guides sur les dernières courses et l'état de la montagne, il leur disait qu'il s'entraînait dur, qu'il espérait bien les rejoindre dans peu de temps, il faisait un peu le fanfaron, surtout après quelques verres, il buvait sans se rendre compte qu'avec la température estivale, l'alcool agissait beaucoup plus vite. Paule le laissait tranquille, elle se contentait de le surveiller du coin de l'œil pour être sûre qu'il ne se rendait pas malade, il y avait chez son petit frère une gaieté qu'elle lui enviait et qu'elle ne voulait pas brider.

Ce soir-là, elle a beaucoup dansé avec René, elle a aimé son corps solide contre le sien, elle avait l'impression qu'elle pouvait s'y appuyer, et qu'après, il ne se passerait jamais rien de mauvais dans sa vie. Ils s'étaient revus entre deux travaux à la ferme, pas assez souvent à leur goût, il y avait trop à faire. L'exploitation des parents de René était trop grande pour lui seul. Son père était mort depuis cinq ans déjà, et son frère avait décidé de quitter la région et de se faire embaucher dans les plaines céréalières de la Beauce. René ne s'en sortait pas, ce serait plus simple s'ils vivaient ensemble. Ils ont décidé de se marier le plus vite possible. Depuis, au village, les filles la regardent avec respect, peut-être avec envie, René est un beau gars, il est grand et solide, et, tout le monde le sait ici, il est sans doute celui des jeunes qui a le plus de biens. Personne ne sait exactement combien, c'est le genre de secret que l'on garde précieusement. Paule n'en tire aucune fierté, elle est juste heureuse lorsqu'elle est avec René. Elle ignore que des villageois n'ont pas tardé à médire d'elle, ils ont raconté qu'elle avait eu vite fait de lui mettre le grappin dessus, tu comprends, il faut qu'elle s'en aille de chez sa tante et son oncle, ils la poussent à s'installer en ménage pour ne plus avoir à l'entretenir, depuis le temps, ça leur a déjà coûté bonbon.

Quand elle a parlé de René à Marie-Pierre, sa sœur a ri, René, il y a encore des types qui portent un prénom pareil et il faut que tu tombes dessus. Puis elle l'a mise en garde, Paule, tu devrais sortir un peu, ce type, c'est un paysan, viens à la ville, jolie comme tu es, tu trouverais un amoureux sans difficulté. Marie-Pierre refusait de comprendre que Paule n'aimait pas les gars de la vallée, ils lui faisaient un peu peur. Avec eux, elle se sentait idiote, elle ne savait pas quoi leur dire. Elle ne va jamais au cinéma, elle n'écoute pas les dernières chansons à la mode, elle ne connaît rien à leurs manières. René a quitté l'école très jeune lui aussi, il ne rêve pas d'une femme plus brillante, plus intelligente. Marie-Pierre a le don de tout salir.

Paule regarde sa sœur, elle ne mange rien, elle est en train de massacrer son saumon. Elle étale des miettes de poisson dans son assiette, attrape du bout de la fourchette un peu d'oseille et quelques grains de riz, je leur avais dit pourtant que je ne voulais pas de féculents, hein, je leur ai bien dit, vous êtes témoins. Paule se demande si sa sœur se rend compte de ce que ce repas représente pour elle. Elle a mis de l'argent de côté pendant des mois pour que Marie-Pierre gaspille la nourriture et lui gâche son plaisir. Jean sent qu'elle s'énerve, il tente de la distraire, il parle de sa dernière descente en ski, la neige vraiment trop molle, de la soupe, dans les faux plats il n'arrivait même plus à avancer, ça freinait les skis, j'ai été obligé de pousser sur les bâtons comme un dingue, pendant trois jours, je ne sentais plus mes bras, je pouvais à peine tenir ma fourchette. René n'y connaît pas grand-chose, mais comme il veut à tout prix sauver le déjeuner, il répond à Jean.

Marie-Pierre se lève pour aller aux toilettes, elle n'a même pas attendu que René finisse sa phrase, vous me commanderez un café, j'aimerais qu'on y aille après, je suis épuisée. Paule est prête à lui faire une remarque cinglante sur ce qu'elle sait de la fatigue et du travail, René la retient de la main, immédiatement elle se calme, les mains de René ont cet effet magique sur elle. C'est une des premières choses qu'elle a remarquées chez lui, ces grandes pognes qui l'enveloppent et la rassurent. Laisse tomber, on s'en fiche de ce que pense ta sœur. Paule n'y arrive pas. Depuis toujours, elle a besoin de l'approbation de Marie-Pierre. René ne peut pas comprendre, il n'a pas partagé avec eux cette nuit du mois d'août, il ne les a pas connus avant, il n'a pas vu en quoi ça les a transformés les uns et les autres. Seul Jean peut-être n'a pas été bousculé autant qu'eux. Pour l'instant, il avale à toute vitesse une énorme part de tarte au citron, elle lui tend son assiette, si tu veux la mienne, vas-y, je ne la finirai pas. Pour lui faire plaisir, il l'attrape et l'engloutit. Marie-Pierre est de retour, elle reste debout, bon, on y va ? René et Jean sortent, Paule leur a dit que c'était elle qui payait. Lorsqu'elle demande l'addition, le patron lui répond, votre sœur a déjà réglé. Elle rattrape Marie-Pierre, pourquoi tu as fait ça, j'ai dit que je vous invitais ! Pour t'aider, tu crois que je ne sais pas que tu n'as pas les moyens de t'offrir un restaurant pareil ?

*

1986

Luc s'en souvient. C'est au moment de la naissance de Philippe que sa vie a commencé à mal tourner. Pourtant, il l'a désiré, cet enfant. Avec Christine, ils en parlaient depuis leur rencontre, ils voulaient une grande famille, peut-être pas aussi grande que celle de Luc, quatre, c'était beaucoup, mais trois au moins, de quoi former une vraie bande. Luc racontait à Christine les jeux, les blagues, oubliant les mauvais souvenirs, les disputes, les bagarres. Pendant neuf mois, il a choyé Christine, il s'allongeait à côté d'elle, la main sur son ventre pour sentir le bébé bouger, il promettait de passer du temps avec lui, de l'aider à grandir. Mais lorsqu'il l'a vu pour la première fois, juste après l'accouchement, si petit, si fragile, il s'est senti incapable de le protéger. Dans sa tête, il a entendu Père le houspiller, lui répéter qu'il n'était bon à rien, même tenir un bébé dans ses bras, il ne savait pas faire. Il aurait dû s'en moquer, son père n'avait jamais dû prendre un de ses enfants contre lui, au village, la famille, c'était une affaire de bonnes femmes, et puis Père, ça faisait belle lurette qu'il avait disparu, mais ça l'a fragilisé. À la maternité, il n'a pas voulu montrer à quel point il était terrifié, il a souri à sa femme pour ne pas l'inquiéter, il a senti la douceur de la peau de Philippe sur son bras, il n'était encore emmailloté que dans les tissus de la salle d'accouchement. Deux ou trois mois après le retour de son fils à la maison, il s'est mis à boire.

Le bébé pleurait en permanence, des coliques, des reflux gastriques, tout le monde avait une explication, personne ne parvenait à le calmer et lui ne supportait plus les pleurs. Il a éprouvé des envies de le frapper pour le faire taire. Pour oublier ces pulsions violentes, il a bu. À petites doses, croyait-il. Un pichet de vin le midi. Un verre avec les techniciens à la sortie du boulot. Ils étaient surpris, généralement les ingénieurs ne se mélangeaient pas à eux. Il prenait des Suze, le goût d'herbes amères lui rappelait la montagne. Il se croyait malin, plus malin que les autres, bien sûr que je garde le contrôle, disait-il à ceux qui le mettaient en garde.

Lorsqu'il a compris qu'il ne maîtrisait plus rien, il était déjà trop tard. Il avait fini par se mettre à la vodka, il avait lu que ça ne laissait pas d'odeur. Il buvait le soir à la maison, quand c'était tendu avec Christine, ils ne se parlaient quasiment plus. À midi, il avait pris l'habitude de faire un petit détour par sa voiture avant et après le repas, il la garait toujours au fond du parking, dans la partie la plus sombre, il s'asseyait côté passager, ouvrait la boîte à gants, et il buvait une gorgée, puis deux, il fermait les yeux, il sentait son corps se détendre. Il avait commencé à descendre au garage dans l'après-midi, puis le matin, au moment où les autres se retrouvaient pour une pause-café, il pensait que ses collègues ne s'en rendaient pas compte. Quel idiot ! Le regard fixe, l'élocution lente et appliquée, les mêmes phrases répétées en boucle, ils avaient tous compris. Tant qu'il continuait de faire son boulot, son patron ne lui disait rien, il avait de la chance. Il négligeait les avertissements que son patron lui envoyait lorsqu'ils déjeunaient ensemble. Une fois par semaine, toujours le vendredi. Luc buvait l'essentiel de la bouteille avant même qu'ils en arrivent au plat, il voulait en commander une autre, son chef déclinait, un pousse-café alors, son patron lui disait, non merci, on a du boulot cet après-midi, Luc faisait quand même signe au serveur et sifflait les deux liqueurs, la sienne et celle de son chef.

À la maison, Christine ne voulait pas l'accabler, elle le savait sous pression au travail. Le salaire était bon, mais un poste d'ingénieur, c'était difficile, les clients étaient exigeants, ils demandaient des prix de plus en plus serrés pour une qualité toujours supérieure. Lorsqu'il a commencé à rentrer tard, vingt heures, puis vingt et une, puis vingt-deux heures, elle n'a fait aucune remarque. Il lui a fallu du temps pour comprendre que quelque chose clochait vraiment. Quand elle a appelé ses anciennes collègues de la boîte, elle les a senties gênées. L'une d'elles lui a demandé, il a des soucis Luc en ce moment ? Elle a répondu pas plus qu'avant, un peu plus de boulot peut-être, et puis un enfant, tu sais, ça change la vie. Elle savait que quelque chose n'allait pas, elle avait continué de faire semblant. Elle avait organisé ses soirées sans tenir compte de Luc. Un soir par semaine, elle demandait à sa mère de garder Philippe, elle allait à la gym à l'autre bout de la ville, elle voulait retrouver son corps d'avant la grossesse, peut-être qu'elle intéresserait Luc de nouveau. De temps en temps, sa mère lui glissait, c'est pas normal que Luc soit si souvent absent, vous devriez peut-être avoir une petite discussion. Elle l'envoyait balader, sa mère a toujours été trop intrusive à son goût.

Christine s'est vraiment alarmée quand Luc a commencé à s'énerver pour rien. Elle faisait tout pour l'éviter, elle avait peur pour Philippe. Quand Luc n'était pas là, le coucher était un jeu. Elle grondait, si tu ne files pas au lit, tu n'auras pas de biscuits au chocolat pour ton goûter demain, on n'ira pas à l'anniversaire de ton copain samedi, privé de télé jusqu'à la fin de la semaine, mais elle ne mettait jamais ses menaces à exécution. En revanche, quand elle entendait le bruit de la clé de Luc dans la serrure, elle ne plaisantait plus, elle obligeait Philippe à disparaître dans le couloir, elle l'aidait à s'enfouir sous les draps, lui faisait un dernier baiser et quittait la chambre. Le petit avait à peine plus de deux ans, il avait déjà compris l'anormalité de la situation.

Souvent, Luc essayait d'entrer dans la chambre, Christine l'en empêchait, laisse-le, tu vois bien qu'il est dans son sommeil. Luc poussait quand même la porte. Christine sentait l'odeur de son mari dans la chambre de son fils, une odeur désagréable, celle de la transpiration des alcooliques. Il venait poser ses lèvres sèches sur la joue de Philippe, le petit faisait semblant de dormir, sans pouvoir retenir une grimace. Même Christine avait envie de vomir, Luc restait là, à regarder son enfant, il passait la main dans ses cheveux, le petit devenait tout rouge à force de se boucher le nez. Christine insistait, allez, viens, il a besoin de dormir, lui s'énervait, laisse-moi voir mon fils quand même. Elle répondait, voir ton fils dans cet état… Allons manger. Plus tard, Philippe prit l'habitude de tourner le dos quand il entendait son père approcher. Luc a d'abord cru au hasard du sommeil, il se penchait davantage pour l'embrasser, le petit a fini par mettre sa tête sous les couvertures, il les tenait serrées dans sa main pour que son père ne puisse pas les enlever. Christine s'est demandé quelle mère elle était pour laisser son fils subir ça. Un jour, elle avait aperçu Luc rester au milieu de la chambre et observer longtemps le lit de Philippe. Il était de dos, elle n'était pas totalement sûre, elle l'a vu faire un geste, il essuyait des larmes sur ses joues. Elle l'a appelé, Luc, viens, laisse-le. Il a répondu, j'arrive, d'une voix serrée. En sortant de la chambre, il a lâché, je ne comprends pas pourquoi il ne veut pas de moi.

Avec Christine, leur relation n'a cessé de se dégrader. Elle ne s'habituait pas à son regard qui se fixait sur elle sans la voir, à ses phrases qui s'étiraient en longueur et revenaient sans cesse. Le soir, il s'effondrait sur leur lit. De temps en temps, il faisait des tentatives pour se rapprocher d'elle. Au début, elle le laissait faire pour ne pas le contrarier, il ne l'avait pas entourée de ses bras que déjà il dormait. Ensuite, elle a pris le pli de regarder la télé jusque tard dans la soirée, elle se réveillait crevée, elle avait du mal à préparer Philippe pour la nourrice, mais elle préférait ça à ses assauts pitoyables.

Elle a vraiment craqué le soir de l'anniversaire de Philippe, Catherine n'avait que quelques mois. Luc avait promis à son fils de monter le garage en Lego que Marie-Pierre lui avait offert. Le petit était tout excité, il avait étalé les pièces sur la moquette du salon, ils ont commencé par le plus simple, le socle, puis ils ont voulu construire les murs et les équipements, Luc avait du mal, les pièces étaient minuscules, il les lâchait avant de les emboîter les unes dans les autres, c'était normal, il avait de trop grosses mains, Philippe l'excusait et faisait à sa place. Luc s'acharnait, il détruisait tout ce que son fils arrivait à monter en tentant de rajouter une pièce, le petit avait appelé sa mère pour qu'elle vienne l'aider, elle lui avait répondu qu'elle ne pouvait pas, qu'elle donnait le bain à Catherine, et puis elle s'était déjà bien occupée de lui pour cette fête d'anniversaire, il pouvait bien se débrouiller seul cinq minutes ?

Luc lui a dit, écoute, on le fera demain, ramasse les morceaux. L'enfant s'est mis à quatre pattes pour ranger. Luc a essayé de se lever, il n'y parvenait pas, il a essayé encore, il a perdu l'équilibre, il est tombé sur le peu qu'ils avaient construit du garage. Philippe a crié, Christine est arrivée en courant, Catherine toute mouillée dans les bras, elle l'a posée sur le canapé, c'est pas vrai, mais c'est pas vrai, Philippe, va dans ta chambre. Le petit n'a pas vraiment obéi, il est resté dans le couloir, Luc ne bougeait plus, elle l'a allongé sur la moquette, sur le côté, elle était furieuse contre lui, mais pas au point qu'il s'étouffe, elle l'a laissé dormir là toute la nuit. Un peu plus tard, Christine est venue voir Philippe, il a quoi, papa ? Rien mon chéri, il est fatigué, il a beaucoup de travail en ce moment, alors la journée d'anniversaire, c'était trop pour lui. Le lendemain, personne n'en a reparlé, Luc a râlé parce qu'il y avait une tache d'eau sur le canapé en cuir, la trace de Catherine à peine sortie du bain, Christine n'a rien dit, Luc ne se souvenait de rien.

*

1986

Deux heures après, Jean a encore mal à la joue. Jamais il n'avait pris une gifle pareille, l'oncle Antoine n'a pas contrôlé sa force. Jean a pourtant le cuir épais, il s'est souvent bagarré à l'école, il détestait les gros costauds qui trouvaient malin d'embêter les plus petits ou les plus faibles, il arrivait par-derrière, tapait sur l'épaule du gosse en question, puis il attendait que l'autre attaque avant de frapper, il avait des principes. Alors seulement, il mettait un coup ou deux au torse, sur les triceps. Il était souvent revenu avec les mains égratignées ou un bleu au visage, rien qui ne disparaissait en quelques jours. Tante Andrée le soignait à coups de mercurochrome et d'arnica, suivant la gravité des blessures. Elle lui glissait, tu devrais arrêter de te battre comme ça, un jour, ça va mal finir. Il promettait, recommençait, il n'avait jamais gardé un pantalon ou un pull neuf plus de quelques jours. À l'adolescence, il s'est battu avec des gosses du village pour d'autres raisons dont il ne voulait pas parler à la maison, pas même à Paule. Il faisait tout pour dissimuler ses bleus, il portait des manches longues même en été s'il le fallait, et il avait appris à esquiver les coups portés au visage. C'était son secret, et il le tenait bien serré contre lui. Aujourd'hui, tout a volé en éclats, il se demande ce que va lui dire tante Andrée, l'oncle lui a-t-il déjà raconté la raison de leur dispute ?

Son oncle l'a surpris avec son nouveau copain juste derrière l'arrêt de bus, une vilaine cahute de béton plantée à la sortie du village. Avec Baptiste, c'était la première fois que Jean se sentait amoureux. Il n'avait qu'une hâte, le retrouver une fois les cours terminés. Ils avaient choisi l'arrêt de bus, à cette heure, il n'y avait personne, aucun car ne passait, et il y faisait trop froid pour que les gens s'y attardent. À l'arrière, il y avait une petite butte en terre sur laquelle Jean et Baptiste pouvaient s'asseoir, leurs pantalons n'appréciaient pas trop, ils s'en fichaient, trop contents de profiter d'un moment seuls.

Jean est sûr que quelqu'un a prévenu l'oncle Antoine qu'ils se retrouvaient là. Il avait surgi sans bruit, comme s'il espérait les découvrir en mauvaise posture, il avait presque réussi, rien ne pouvait les trahir, mais ils s'étaient levés si brusquement et avec un air si coupable qu'il n'y avait guère de doute sur ce qui les liait. L'oncle Antoine s'était mis à crier contre Jean, tu n'as pas honte, tu devrais pourtant, qu'est-ce qu'on va penser de nous dans le village ? Jean s'était défendu, pas de nous, de moi, c'est ma vie, qu'est-ce que ça peut te faire ? Baptiste en avait profité pour s'éclipser, laissant Jean régler ses affaires en famille. Oncle Antoine s'était tu aussi soudainement qu'il était apparu, bon, tu rentres maintenant, on reparlera de tout ça à la maison. Jean avait refusé de le suivre. L'oncle Antoine avait essayé de le saisir, il avait oublié à quel point son neveu avait forci ces derniers mois. Jean n'avait pas bougé d'un centimètre, campé sur ses deux pieds. L'oncle Antoine n'avait pas insisté, un petit attroupement s'était formé devant l'abribus au bruit de la dispute, ces fichues mégères, toujours prêtes à cancaner, il ne voulait pas régler ses comptes devant ces bonnes femmes.

L'oncle Antoine parti, Jean s'était éloigné vers les hauteurs. Il aurait pu aller voir Baptiste, en parler avec lui, il préférait laisser passer du temps et marcher pour dissiper sa colère. Il avançait d'un pas rapide, il se concentrait sur la montée, sa respiration, les difficultés du chemin, les racines, les pierres, même s'il savait qu'il ne risquait pas grand-chose, il avait tellement de pratique qu'il avait acquis un équilibre naturel. Même lorsqu'il s'appuyait sur une pierre branlante ou qu'il glissait sur un chemin caillouteux, son corps trouvait de lui-même la parade d'un mouvement de balancier. Paule dit qu'il ressemble à un danseur lorsqu'il marche, malgré ses plus de 90 kg.

Il ralentit, retrouve son rythme. Il pense à Baptiste, il croyait pouvoir s'appuyer sur lui, il regrette de s'être trompé, il s'est retrouvé seul face à l'oncle, quelque chose d'irréparable s'est produit aujourd'hui. Paule lui conseillerait de ne pas être trop dur et de laisser une chance à son ami, tu ne peux pas l'éjecter de ta vie comme ça, tout le monde a le droit de commettre des erreurs. Jean se connaît, il ne pourra plus faire confiance à Baptiste. Il ne lui dira rien des raisons qui l'amènent à rompre, il disparaîtra purement et simplement de sa vie. Avec l'oncle Antoine, il ne pourra pas éviter la confrontation, Jean envisage déjà de quitter la maison, il lui faudra arrêter les études, trouver un travail, à moins qu'il arrive à faire assez de courses dès qu'il sera guide pour concilier les deux. Peut-être que c'est envisageable, il faut qu'il y réfléchisse, calmement. La seule qui pourrait être triste concernant ce départ, ce serait Paule, mais maintenant qu'elle a René, elle aussi va quitter la maison. Il fait presque nuit, il redescend vers le village. Plus il approche du chalet, plus il traîne des pieds.

Dès l'entrée, il entend des voix. Ou plutôt une seule, celle de l'oncle Antoine. Il est toujours en colère, tu le sais depuis combien de temps, pourquoi tu ne m'as rien dit, j'avais l'air malin moi quand cette andouille de Gérard m'a dit que je devrais mieux surveiller mon neveu, qu'il se raconte des histoires dans le village. Quand je lui ai demandé de s'expliquer, il m'a répondu, va voir derrière l'arrêt de bus, tu comprendras. Tante Andrée balbutiait, ça aurait changé quoi que tu te mettes en rogne, tu vas t'en prendre à qui, à lui, à moi, aux autres qui racontent des saletés ? N'écoute pas, on s'en portera mieux. N'écoute pas, n'écoute pas, facile à dire, je les ai surpris, je ne peux plus faire semblant. Paule rejoint Jean dans l'entrée, elle lui passe la main sur l'épaule, lui frôle les mèches de cheveux qui dépassent dans la nuque. Pour la première fois depuis la fin de l'après-midi, il laisse les larmes couler. Elle sait à quel point il est difficile ici de ne pas aimer comme les autres. Plutôt que de subir les rumeurs, Paule lui disait de ne pas se cacher, il lui répondait qu'elle ne comprenait pas, à la montagne, les pédés, on n'aimait pas trop ça, on préfère faire comme si ça n'existait pas. Elle aurait dû insister, lui dire de parler à l'oncle Antoine, il se serait évité l'humiliation de l'après-midi.

Il se dégage de l'étreinte de Paule et pénètre dans la cuisine, la tante Andrée s'est remise à la préparation du dîner, elle tourne le dos à l'oncle Antoine qui fulmine encore, tu te rends compte de la honte dans le village. Il se tait quelques secondes au moment où Jean entre, il reprend presque aussitôt avec une phrase qui enlève à Jean toute envie de se réconcilier avec lui, tu imagines ce qu'aurait pensé ton père de ton attitude ? Parce que lui, il aimait les hommes, les vrais. Paule trouve la question déloyale, brutale, méchante. Jean rétorque, oui, j'imagine, et tu sais quoi ? Je ne peux rien faire d'autre qu'imaginer leurs réactions, à lui et à maman. Peut-être qu'ils auraient accepté, mais on ne le saura jamais, puisqu'ils ne sont plus là, tu l'as remarqué, hein, qu'ils ne sont plus là ? Jean quitte la maison, il va se réfugier chez Pierre, pour cette nuit au moins. Le guide est plus tolérant que ces imbéciles, il ne peut plus supporter de vivre avec eux.

***Le Dauphiné libéré*, 18 juillet 1986**

Carnet rose

Nous avons le plaisir de vous annoncer le mariage de Mlle Paule Cotraz et de M. René Chabrier. Il sera célébré demain, samedi 19 juillet, à la mairie à 15 heures, suivi d'une messe à l'église Saint-Bernard à 16 h 30. À la demande de la mariée, un hommage particulier sera rendu à ses parents lors de la messe. Nul n'est besoin de rappeler la disparition des Cotraz survenue en 1970 et jamais expliquée.

19 juillet 1986

Paule s'était promis de ne pas pleurer de la journée, et voilà qu'elle recommence. Il est tard, presque deux heures du matin, elle se réfugie dans les toilettes de la salle polyvalente. Le sol est mouillé, il y a une drôle d'odeur, trop de monde y est passé dans la soirée, une légère envie de vomir lui vient, elle se bouche le nez, elle a sans doute trop bu, elle n'a pas l'habitude. Elle se regarde dans le miroir au-dessus du lavabo, elle ne se voit qu'en petits morceaux, la glace est si vieille qu'elle est toute piquée de taches, il manque même du verre dans un angle, elle aperçoit quand même sa sale tête et ses yeux rouges. Elle a le nez qui coule, elle se retourne pour attraper du papier dans la cabine des toilettes, elle n'a rien d'autre sous la main, elle se cogne contre Marie-Pierre.

Paule, ne te mets pas dans des états pareils le jour de ton mariage, tu devrais être heureuse, c'est tout, et oublier les imbéciles. Elle esquisse un sourire reconnaissant à sa sœur, ça fait longtemps que Marie-Pierre n'a pas été aussi gentille avec elle. C'est Luc, tu as vu dans quel état il est, pour une fois, tu ne crois pas qu'il aurait pu s'abstenir? Bien sûr que Marie-Pierre a assisté à la déchéance de leur frère depuis ce matin. Mais elle devine que ce n'est pas la seule raison qui attriste sa sœur. Il y a un immense vide dans cette fête de mariage, personne n'en parle, pas plus elles deux que le reste de la famille. Et puis ce n'est pas le moment, Marie-Pierre a envie que sa sœur se souvienne de ses noces comme d'un jour heureux. C'est super, une belle fête, lui a-t-elle glissé, tiens, un mouchoir, essuie-toi, on va y retourner.

Paule retrouve le sourire, elle est si contente de la remarque de sa sœur, elle avait peur qu'elle juge son mariage trop simple, les dernières fois qu'elle a vu Marie-Pierre, elle l'a trouvée snob, changée. En préparant la fête, elle pensait sans arrêt à sa sœur, est-ce qu'elle aimerait ça, est-ce qu'elle ne ferait pas la grimace face à ça. Avec René, ils n'avaient pas beaucoup de sous, il fallait tout calculer. Pour économiser, elle avait préparé le vin d'honneur elle-même, des voisines l'avaient aidée. Elles avaient cuit de grandes plaques de pizza, préparé des quiches et des gougères, la journée d'hier avait été folle, elles n'avaient pas de congélateur, il fallait tout cuire à la dernière minute. Le fils d'une voisine, en apprentissage chez un boulanger, avait proposé de faire des pains surprise. Elle s'était contentée d'acheter les boîtes de pâté pour les garnir. Elle avait pris de la mousse de foie, elle avait goûté, on aurait presque dit du foie gras. Le jeune avait découpé de belles tranches avec la machine de son patron, et il avait décoré les pains avec de petits tortillons blancs. C'était chic sur les grandes tables sous l'avant-toit de la mairie. Au vin d'honneur, quasiment tout le village était invité, monsieur le maire, le curé et tous les autres, l'ambiance était joyeuse, ils avaient préparé une sangria, un voisin d'origine espagnole en connaissait la recette, ils avaient laissé quelques bouteilles de vin pour ceux qui n'aimaient pas, le saladier s'était vidé très vite, ils avaient dû aller chercher d'autres bouteilles de vin.

Paule et René passaient d'un groupe d'invités à l'autre, ils souriaient et remerciaient. Paule avait l'air d'avoir oublié la tristesse qui l'avait étreinte en début d'après-midi dans la salle d'honneur de l'hôtel de ville. Lorsque le maire avait prononcé le nom de ses parents, elle s'était mise à pleurer, tout le village avait compris. Un peu plus tard, à l'entrée de l'église, elle s'était sentie seule, sans Père à ses côtés. Et ce soir, pendant que tout le monde se réjouit pour elle et la félicite, elle ne peut s'empêcher de toucher le foulard jaune de maman qu'elle a glissé ce matin au fond de son mini-sac. Le jour où ils étaient partis, maman l'avait sur la tête, elle craignait le soleil. Finalement, au dernier moment, elle avait changé pour un rouge. Le lendemain ou peut-être le jour d'après encore, Paule avait récupéré le jaune et l'avait caché dans ses affaires. Quand ils étaient enfants, elle le faisait respirer de temps en temps à Jean, pas trop souvent, elle avait peur que son frère le tache ou qu'il bave dessus. Elle ne l'a jamais lavé de peur d'effacer l'odeur de maman, même si, très vite, il n'a plus senti que la poussière.

Une fois, elle a vu tante Andrée porter un foulard jaune sur une robe noire, c'était joli, ça lui allait bien, ce devait être pour une occasion spéciale, il était rare que la tante s'habille. Elle n'avait pas percuté tout de suite, elle s'était demandé où Andrée avait bien pu dénicher un foulard pareil. Quand elle avait compris que la tante avait fouillé dans ses affaires et emprunté celui de sa mère, elle s'était jetée sur elle, où tu as trouvé ça, rends-le-moi. Jean était effrayé, l'oncle Antoine la regardait avec inquiétude, mais Paule, qu'est-ce qui te prend ? Elle n'avait pas répondu, elle avait récupéré le carré de tissu et était partie s'enfermer dans sa chambre. Plus tard, elle avait raconté, le foulard jaune, maman, elle qui boude au moment du départ, maman qui s'en va avec le foulard rouge et ce fichu couleur canari comme seule trace de son existence. Plus elle parlait, plus le silence se faisait épais autour d'elle, tante Andrée avait fini par la prendre dans ses bras en lui demandant pardon, ce fut l'une des rares fois où elle avait parlé de ses parents.

À vingt heures, ils avaient rentré toutes les bouteilles, le repas allait commencer, elle avait préparé un tableau où chacun pouvait repérer sa table, elle espérait qu'il n'y aurait pas trop de déçus, elle avait fait de son mieux pour regrouper les invités par âge et par affinités, il y a toujours des gens qu'on ne sait pas où placer, et d'autres qui font la tête parce qu'ils n'aiment pas leurs compagnons de table. Elle observe René en train d'orienter les gens. Elle voit le tissu de son costume briller au niveau des hanches, là où les bras frottent, il n'a pas voulu acheter un costume neuf, elle trouvait que c'était l'occasion, qu'il le garderait un moment, il a répondu que celui de l'enterrement de son père ferait l'affaire. Lorsqu'il se tourne, elle s'aperçoit qu'à droite, la doublure dépasse un peu, elle ne l'a pas vu ce matin lorsqu'il s'est habillé. Elle était trop occupée, la cuisine à terminer, les lits à refaire pour la famille, sa tenue à elle. Mais lui a bien dû s'en rendre compte, il aurait pu le dire, elle aurait mis un point, il aurait eu meilleure allure. René s'en fiche, il sait qu'il n'a pas la prestance des plus beaux hommes du village, il était déjà comme ça quand ils se sont connus. Il a grossi ces derniers temps, elle le voit à sa chemise qui tire. Elle devrait cuisiner moins riche, mais ça ne sert pas à grand-chose, quand elle réduit les repas, elle l'entend, tard dans la soirée, ouvrir le frigo. Le lendemain, elle retrouve le saucisson entamé ou la boîte du fromage mal refermée.

Elle ne va pas lui gâcher la fête avec des remarques sur sa tenue, elle est contente, les gens ont fait honneur au buffet d'entrées, elle y tenait beaucoup, c'est joliment présenté, et les invités peuvent goûter plein de nouveautés ; le plat a été servi à table, ça fait plus chic, lui avait dit le traiteur. Avant le fromage, il y a eu deux ou trois discours, quelques anciens avaient chanté ; au moment de la pièce montée, ils avaient sorti du mousseux, beaucoup avaient cru que c'était du champagne, elle n'avait pas démenti. Lorsque l'orchestre a joué la première valse, elle a cherché avec qui danser, personne n'y avait pensé, l'oncle Antoine n'aimait pas ça, il refusait de se lever de sa chaise. Heureusement, Jean a demandé à Étienne, le vieux guide, de lancer le bal avec Paule. Elle lui en est reconnaissante, une nouvelle fois le manque de Père se faisait sentir. En tournant, elle a eu de nouveau envie de pleurer, ça lui est passé en se glissant dans les bras de René. Marie-Pierre a raison, malgré l'absence des parents, malgré les imbécillités de Luc, ça a été une belle fête.

*

1988

Christine pensait que la montagne ferait du bien à Luc. Il y a un mois, elle lui a posé un ultimatum, tu montes au village, tu te reposes, tu profites de ta famille et tu ne bois pas. Elle avait honte de lui, les voisins, les collègues ne disaient rien, mais elle percevait leurs regards, certains de dégoût, d'autres de pitié, elle ne voulait plus les affronter, elle exigeait qu'il redevienne le Luc des premières années. Il avait accepté de quitter la maison. Elle l'avait accompagné chez Paule, puis l'avait laissé. Elle avait besoin de respirer, d'être seule, de ne plus avoir à le surveiller sans cesse. Elle ne voulait pas revivre les derniers séjours chez Paule lorsqu'il avait complètement sombré.

Le pire avait été le dernier Noël, ils étaient partis avant la fin des vacances, trop de bruit, trop de disputes, trop d'alcool. Christine passait ses journées à crier après les enfants à défaut de crier après lui. Ils avaient repris la voiture au matin du 25 décembre, ils n'avaient même pas assisté au déjeuner de Noël. Au moment du départ, René lui avait dit, Luc, tu devrais faire… Il ne l'avait pas écouté, il avait claqué la portière, il ne voulait pas de conseil, pas de leçon. Il savait que René et Paule retrouveraient des bouteilles vides cachées un peu partout, il devinait la discussion qu'ils auraient, l'inquiétude, la sollicitude. Christine voulait conduire, tu n'es pas en état, laisse-moi le volant. Ta gueule. Elle était sûre que les enfants à l'arrière l'avaient entendu. Quelques jours plus tard, Paule avait appelé, elle n'avait pas évoqué sa consommation d'alcool, juste un, alors, ça va ? Il avait répondu, ça va, ça va. Elle n'avait pas insisté, ils avaient raccroché.

Cette fois, Christine l'a laissé se débrouiller seul, Paule l'a rassurée, vas-y, ne t'inquiète pas, on va prendre soin de lui. Sa femme à peine partie, il avait replongé. Au bout de deux jours, il ne pensait plus qu'à se procurer à boire. Il s'était rendu à l'épicerie, il avait senti la patronne l'observer, tu ne te souviens pas de moi ? Il la connaissait, elle était à l'école avec lui, une Anne ou une Lise, non, Marie, comme sa sœur. Il avait bredouillé, c'est pour Paule, pour la cuisine, elle n'avait pas répondu, elle ne l'avait pas cru. Il avait fini par aller au café se saouler devant tout le monde. Il s'en moquait, il s'assoupissait au fond de la salle, le patron lui réservait toujours la dernière banquette, celle qui était à moitié cachée. Il lui arrivait parfois d'entendre un habitué dire à un moins familier, ne fais pas attention, c'est le grand Cotraz. Il pensait à Christine, à ce qu'elle dirait quand elle saurait, peut-être savait-elle déjà, Paule avait dû la prévenir, on peut toujours compter sur la petite sœur pour fayoter. Elle serait en colère ou totalement indifférente, il avait remarqué ça dernièrement, elle s'intéressait moins à lui, elle se détachait, c'est normal, il ne valait rien.

Certains soirs, lorsqu'il sortait du bistrot encore debout, il criait sa colère devant la gendarmerie. Il se mettait devant le bâtiment et il hurlait : assassins, vous avez laissé mourir mes parents, honte à vous ! Les premières fois, les gendarmes ouvraient les volets pour voir qui les insultait, ils essayaient de lui faire entendre raison, l'un d'eux proposait de le raccompagner chez lui, il les insultait de plus belle, il se débattait, laisse-moi, je ne veux pas que tu me touches. Ils avaient fini par le laisser brailler. Quand il s'écroulait dans la neige, épuisé, ils allaient prévenir René qui le prenait par le bras et le ramenait au chalet. René disait, je te préviens, Luc, au prochain incident, je te laisse. Il arrivait à peine à parler sous le poids de son beau-frère, mais la fois suivante, il était encore là. Paule, et Jean lorsqu'il était là, voyaient Luc rentrer à la maison et s'écrouler sur le lit. Le lendemain matin, sa chambre sentait l'alcool, Paule y entrait pour ouvrir les fenêtres et en ressortait très vite, dégoûtée.

À son tour, Jean avait essayé de l'aider. Il l'avait mis à la diète et avait proposé de grimper avec lui pour voir s'il n'était pas possible de retrouver des traces des parents. Luc prenait plaisir à marcher avec Jean, mais il n'arrivait pas à le suivre, son frère était devenu un sacré alpiniste en quelques années. Lorsqu'il le sentait faiblir, Jean ralentissait discrètement, pour ne pas le blesser. Luc était trop habitué à la montagne pour ne pas s'en rendre compte, mais il appréciait la délicatesse de son frère. Quelque chose les liait, cette volonté de savoir, de rompre cette incertitude. Ils s'entraînaient mutuellement. Toujours plus loin, plus haut. À tous les deux, ils parviendraient à savoir ce qui était arrivé aux parents, ils en étaient convaincus, mais ils rentraient toujours bredouilles. L'amertume avait fini par l'emporter. Au bureau des guides, où ils faisaient halte avant de partir ou au retour, Luc entendait les anciens parler de Jean, de ses exploits. Il aurait voulu être fier de son petit frère, il en était jaloux. C'était de lui qu'on aurait dû parler comme ça, c'était lui qui aurait dû chausser les crampons, prendre le piolet et partir en montagne. Il en voulait à Jean. En réalité, c'était Père qui avait tué le rêve de Luc avec cette phrase, tu ne grimperas plus avec moi, je ne peux pas emmener quelqu'un qui reste bloqué au milieu d'une traversée parce qu'il a le vertige.

La sentence venait de tomber quand Père avait disparu. Sa première course avait été un cauchemar. Père l'avait choisie en lui disant, tu verras, elle est un peu difficile, mais rien de trop. Luc avait fini en rage, les larmes gelées au bord des yeux. Père l'avait bousculé, la tempête menaçait, il fallait redescendre, Luc n'allait pas assez vite, allez, allez, accélère, ne reste pas planté là. Puis Luc était resté coincé dans un passage étroit. Ses jambes tremblaient, ses mains ne répondaient plus. Il ne sait toujours pas comment cette peur était venue, l'avait saisi, attrapé, retenu. Il ne pouvait plus regarder en bas, il ne pouvait plus bouger, il demeurait là, les yeux fermés, collé à la roche, sentant cette masse rassurante contre lui, à rebours du vide en dessous. Un moment, il avait cru que Père l'avait laissé, qu'il allait mourir là, il s'était mis à pleurer. Père était revenu vers lui, il l'avait guidé, pas à pas, jusqu'à ce qu'ils rejoignent les sentiers tracés dans la pente. Mais à peine en terrain sûr, Père s'était élancé vers la maison, laissant Luc marcher à son rythme. Il n'avait fait aucun reproche à son fils, son regard avait suffi. À la maison, maman avait demandé comment ça s'était passé. On n'en fera pas un montagnard, avait répondu Père. Luc avait mangé sa soupe, sans rien dire. Maman avait regardé Père comme une mise en garde, ne le blesse pas plus. C'était l'un des rares souvenirs qu'il gardait de Père. Ce jour-là, il l'a détesté. Il l'a admiré aussi, il aurait tellement voulu lui ressembler. Ils avaient fait encore deux ou trois courses ensemble. Il s'était forcé à réessayer pour dompter sa peur. Chaque fois, ça s'était mal terminé.

Père n'a jamais vu de quoi Jean était capable, il n'en a pas eu le temps, mais c'était comme s'il lui avait tout transmis par les gènes. Jean était le meilleur grimpeur de la région. Il ne se vantait jamais de ses exploits, les autres le faisaient pour lui. Pour ne pas alimenter le ressentiment de Luc, il essayait de s'intéresser à ce que faisait son frère, à son travail, il lui disait qu'il l'enviait, qu'il aurait aimé mener des études aussi brillantes. Luc avait l'impression qu'il se moquait de lui. Désormais, il détestait la montagne. Elle était sa souffrance physique, il le ressentait dans le moindre de ses muscles lorsqu'il redescendait d'une course, les mollets durs qui ne parvenaient plus à se détendre, le souffle court. Douleur morale, lorsqu'il pensait à ce que sa vie aurait pu être. Parfois, il se disait que Jean allait finir par découvrir les parents avant lui, ce serait tellement injuste. Il devenait une boule de jalousie qui ne se contrôlait plus.

Au bout de quelques jours, il avait renoncé à grimper avec son frère et recommencé à fréquenter le café. Paule avait fini par appeler Christine pour la prévenir que le séjour était un échec. Lorsque Christine était venue le récupérer, ils s'étaient disputés, violemment, Paule et René étaient sortis dans le village pour ne plus les entendre. Christine lui reprochait de consacrer trop de temps et d'énergie à tenter de retrouver ses parents, elle disait que ça le détruisait. Luc rétorquait qu'il ne pouvait pas les oublier quand même, Christine hurlait, mais tu ne vois pas que tu ne les retrouveras jamais, ça fait des années que ça dure. Ils ne se comprenaient plus.

*

1993

Marie-Pierre regarde la chambre d'hôtel où elle va passer sa nuit de noces. Ils auraient tout aussi bien pu rentrer à la maison, retrouver leur chambre, se coucher l'un à côté de l'autre comme d'habitude, et se réveiller demain matin comme si de rien n'était, avec une légère gueule de bois, trop de champagne, trop d'excitation, et une bague en or blanc à l'annulaire. Mais Jacques voulait que son mariage respecte les rituels. Il a réservé un hôtel sur la côte pour une nuit, un endroit où ils étaient déjà allés quand ils s'étaient connus, elle n'imaginait pas alors que leur histoire les mènerait jusque-là. Marie-Pierre ne voulait pas se marier, Jacques avait fini par la convaincre lorsqu'elle avait été enceinte de Louise, ce sera mieux pour elle, plus simple pour nous. Elle avait dit oui pour sa fille, les préparatifs avaient été réduits à presque rien.

Ils avaient échangé leurs vœux lors d'une cérémonie minimaliste à la mairie du Havre, pas la belle en centre-ville, celle des hauteurs, parce que c'était là qu'ils habitaient. Marie-Pierre avait eu un petit regret, elle aurait apprécié voir le maire présider la cérémonie, elle n'avait eu droit qu'à un adjoint agacé d'être de corvée un samedi après-midi. Il avait débité un discours sans âme, il s'était trompé deux fois sur le nom de Jacques, avait écorché le prénom d'un témoin. Leurs invités s'étaient ennuyés, les hommes remuaient sur les chaises instables de l'hôtel de ville, ses amies regardaient leurs montres, ils n'attendaient qu'une chose, que le supplice se termine. Heureusement que la petite Louise avait mis de l'animation en cavalant dans toute la salle et en poussant des cris joyeux qui obligeaient l'élu à s'interrompre régulièrement. À dix-huit mois, elle n'avait pas conscience de l'importance du moment. À la sortie, un copain élu d'une commune voisine leur avait raconté que l'adjoint au maire s'était trompé dans la lecture du code civil, ils s'étaient demandé en riant si le mariage était bien valide.

Le parvis de la mairie était tellement laid que le photographe n'avait pas voulu faire ses clichés à cet endroit, il les avait entraînés au bord de la mer, sur la jetée. Ils avaient posé presque une heure, Marie-Pierre avait la chair de poule, le vent l'avait décoiffée, elle avait eu peur de ne ressembler à rien sur les photos souvenirs. Pourtant, elle n'avait pas voulu faire de chichis, elle n'avait pas choisi une vraie robe de mariée, mais une tenue un peu habillée d'une créatrice de Rouen. Jacques en avait eu assez, il avait interrompu le photographe. Ils étaient allés boire un verre dans un bar en attendant l'heure du restaurant. Il était trop tôt, bien sûr. C'est toujours comme ça pour les cérémonies sans messe, avait glissé une de ses collègues, croyant que les mariés ne l'entendaient pas. Il n'aurait plus manqué qu'une messe, avait pensé Marie-Pierre. Cela fait des années qu'elle n'est pas retournée à l'église de son plein gré. Elle y va pour les mariages et les enterrements, et seulement quand elle ne peut pas faire autrement, mais aller devant un prêtre pour le sien, il n'en était pas question. Jacques avait compris, il n'avait pas insisté. Il n'avait pas fait de commentaire non plus lorsqu'elle avait dit qu'elle n'inviterait personne de sa famille, si on se marie, c'est en petit comité, juste quelques amis, un truc simple quoi.

Lorsqu'elle avait rencontré Jacques, elle ne lui avait pas parlé tout de suite de ses proches. Il demandait des détails sur ses parents, elle répondait qu'ils étaient morts en montagne. Point. Elle avait mis du temps à lui raconter la disparition, le trou dans sa vie, à narrer la séparation avec ses frères et sœurs, son adolescence solitaire. Elle avait fini par lui déclarer qu'elle voulait reconstruire une famille, qu'il était sa famille. Elle lui disait ces mots, mais elle n'arrivait pas à lui faire confiance, elle avait toujours peur qu'il parte et qu'il ne revienne pas. Elle ne le lui disait pas de crainte qu'il se moque. Peut-être qu'elle avait accepté de se marier en imaginant qu'avec ce bout de papier, il resterait près d'elle, elle sait à quel point c'est illusoire, elle connaît déjà tant de couples qui se séparent en dépit du mariage.

Avec leurs témoins, un ami de Jacques et une de ses collègues du lycée, et quelques connaissances du Havre, ils étaient allés manger au bord de la mer. Elle avait opté pour un menu simple, mais avec de bons produits, du tourteau en entrée, une rosace de homard et de courgettes en plat principal. Au moment de choisir, elle s'était félicitée que sa famille ne vienne pas, ils préféraient la viande, ils n'auraient pas apprécié. Le restaurateur lui avait proposé de préparer une pièce montée, elle avait hésité, elle trouvait ça trop traditionnel, elle avait fini par céder, elle adore la nougatine. Le repas était savoureux, elle n'avait pas mangé grand-chose, elle avait l'estomac un peu noué. Sauf des kilos de caramel et d'amandes, elle avait presque fini tout le socle de nougatine. Les invités étaient ravis, ils avaient félicité Jacques pour le choix du lieu, il avait eu la délicatesse d'avouer qu'il n'y était pour rien. Il faisait tout de même un peu frais, il y avait eu une averse peu après leur arrivée au restaurant, la température avait chuté d'un coup, l'étole que lui avait préparée la couturière pour poser sur ses épaules n'était pas suffisante pour la brise de la nuit, elle aurait dû glisser un gilet dans la voiture; Jacques lui avait prêté sa veste, ils étaient rentrés tôt après d'ultimes embrassades et vœux de bonheur.

Maintenant qu'elle est à l'hôtel, Jacques endormi à côté d'elle, elle a des regrets, elle aurait peut-être dû faire les choses en grand, inviter sa famille ou ce qu'il en restait, ç'aurait été l'occasion de se retrouver. Elle ne voyait presque jamais Jean et Paule. Elle les a invités à de nombreuses reprises. Ils n'ont jamais fait l'effort de venir. René, le mari de Paule, n'aime pas beaucoup bouger, il dépasse rarement les contours de la vallée. Sa sœur dit que c'est trop loin, Marie la soupçonne d'avoir peur de l'écart qui sépare leurs vies. Elles ne se voient que lorsqu'elle va au village. Elles restent à la maison à bavarder, elle s'assied dans la cuisine pendant que Paule travaille, elle propose d'aider, avec si peu de conviction que sa sœur lui répond, mais non, c'est bon, reste assise, je n'ai pas besoin. René est souvent à l'extérieur, il a l'air de la craindre, presque de l'éviter, Paule lui assure que non, René est un solitaire, il ne faut pas faire attention. Elle revient fréquemment de ces vacances avec la tristesse de celle qui n'a pas reconnu son enfance. Avec Jean, c'est plus simple, ils discutent de leurs vies, des choix qu'ils ont faits, sans se juger, mais il n'est pas souvent là, toujours sur le départ pour une course, elle sait aussi qu'elle ne l'arrachera jamais à la vallée, il n'imagine pas vivre loin de ses sommets. Quant à Luc, elle n'a pas aimé son comportement les dernières fois qu'elle l'a vu, elle n'aurait pas aimé qu'il vienne gâcher la fête comme il l'avait fait au mariage de Paule.

Elle ne sait pas encore comment elle va leur dire qu'elle s'est mariée sans les inviter, ils risquent de lui faire sacrément la tête. Elle ne voulait pas ressentir l'absence des parents aussi vivement que le jour des noces de Paule. À l'église, puis à la mairie du village, les deux sœurs avaient pleuré. Pas leurs frères, enfin pas devant elles. De toute façon, Luc était dans un drôle d'état, et Jean ne se souvient pas assez des parents pour qu'ils lui manquent. Pour Paule et Marie-Pierre, c'est très différent. Ce soir encore, dans sa chambre d'hôtel de luxe, elle ressent le vide. Elle tourne et retourne dans son lit. Elle a peur de réveiller Jacques avec ses mouvements incessants et le froissement des draps, elle se lève, ouvre la baie vitrée, elle sort sur le petit balcon, elle a vraiment froid dans la nuisette crème qu'elle a achetée pour ce soir, un ultime effort pour montrer qu'elle tenait à ce mariage. Tant pis pour elle, elle ne va pas faire du bruit en rouvrant la fenêtre. Elle n'a pas envie d'entendre Jacques lui murmurer, tu ne dors pas, elle a besoin d'être seule, elle reste là à regarder le va-et-vient de l'océan, elle se laisse hypnotiser par le bruit des vagues, elle ne pense plus à rien ni à personne, quelle bonne idée, finalement, cette chambre au bord de l'eau.

***Le Dauphiné libéré*, 15 août 1995**

À l'occasion de la traditionnelle journée des guides, cinq jeunes hommes de notre village vont être intronisés dans la compagnie. Après de longues années d'apprentissage, ils vont enfin avoir le droit d'accompagner des clients en montagne. Voilà trois ans qu'il n'y avait pas eu autant de guides accueillis dans la compagnie. La fête s'annonce grandiose, d'autant qu'à la messe et à l'hommage aux morts de l'année succédera un repas villageois, un après-midi dansant, et, à la nuit tombée, un feu d'artifice. Le programme complet est affiché à la mairie.

Jean réprime une envie de bâiller, il n'aurait pas dû faire la bringue aussi tard hier soir. Il avait prévu de passer une soirée tranquille à se remémorer les étapes importantes de la journée du lendemain, celle de son intronisation en tant que membre de la compagnie des guides. Cette fois, il n'est plus un simple villageois, c'est son jour. Il l'attend depuis si longtemps, il se doit d'être à la hauteur. Mais lorsque Charles et les copains étaient venus le chercher, il n'avait pas résisté, ça faisait une éternité qu'il n'était pas sorti, la tentation d'un verre dans la vallée avait été la plus forte. Ils avaient bu un verre, puis deux, puis trois, ils étaient allés manger, quelqu'un avait suggéré d'aller en boîte, Jean n'était pas très chaud, il n'aimait pas danser, les autres avaient insisté, allez, il faut bien qu'on fête ton succès, on est fiers de toi, mon gars, tu le mérites tellement. Il n'avait pas de moyen de transport pour rentrer, il les avait suivis, ils s'étaient couchés vers quatre heures du matin, pas aussi frais qu'ils auraient dû l'être. Il aperçoit les autres, la mine pâle, au milieu de la foule réunie sur le parvis de l'église.

Pierre ne sera pas content s'il se rend compte que Jean est encore à moitié saoul des excès de la veille. Il a tellement œuvré pour qu'il soit adoubé par ses pairs. Il lui a appris tout ce qu'il sait de la montagne. Il l'a pris avec lui, puis l'a laissé guider ses cordées. Il n'était jamais loin, il l'observait, il le décrivait aux autres comme l'aspirant guide idéal parce qu'il faisait toujours marche arrière quand il le fallait. Jean avait la réputation d'un gars calme, ne paniquant jamais. Pourtant, il n'a pas toujours des clients faciles, notamment des hommes qui se croient plus forts que la moyenne. Une fois, Pierre avait regardé Jean se débattre avec un client qui voulait continuer alors que la météo était mauvaise. Jean sentait venir le danger, il le percevait sur sa peau, dans ses os, le client ne voulait rien savoir, il continuait à grimper ; Jean l'avait rattrapé, il lui avait mis un coup de poing sur le gras du bras, pas fort, juste pour qu'il comprenne qui était le patron ; le client l'avait regardé, surpris, ça n'avait jamais dû lui arriver, et surtout pas de la part d'un gamin qui avait la moitié de son âge. Jean ne l'avait pas laissé parler, maintenant, ça suffit, si je vous dis qu'on redescend, c'est pas une suggestion, c'est un ordre. Le client l'avait suivi, Jean sentait la rage du type dans son dos, Pierre restait en retrait, attentif, il se méfiait du coup de colère. Le client ne leur avait pas adressé un mot de la soirée. Le lendemain, lorsqu'ils étaient redescendus dans la vallée, ils avaient su que les éclairs qu'ils avaient entendus depuis le refuge où ils avaient passé la nuit avaient fait deux morts dans une autre cordée. Le client les avait remerciés. Du bout des lèvres, mais c'était déjà ça.

Ils se sont déplacés de l'église à la maison des guides, Pierre a commencé son discours, il explique pourquoi

Jean est digne de rejoindre la confrérie de la haute montagne. Il détaille les qualités de son filleul, raconte comment il prend soin de tous, les casse-cou, les téméraires. Il s'amuse des bananes séchées que Jean glisse toujours dans son sac en guise de ravitaillement. Il les sort en cas de coup dur, les clients le regardent avec étonnement, parfois, ils n'en ont jamais vu. Il leur en donne, ça les requinque, il les fait boire et ils redescendent, lentement. Quelquefois, ils n'avancent pas à plus d'un ou deux kilomètres à l'heure, il leur faut une demi-journée pour rejoindre la vallée, pas à pas. Peu importe, Jean ne les abandonne pas.

Pierre évoque aussi les blessures et les moments difficiles qu'il a traversés, il sait que l'on apprend plus lors de ces épisodes-là que pendant des courses faciles. La première fois, Jean avait eu honte de sa faiblesse, des chutes de pierre l'avaient fait dévisser, il était tombé, il avait heurté la paroi, son genou avait sacrément morflé, il avait fallu le redescendre en traîneau, impossible de faire autrement, il n'avait plus de ligaments pour tenir sa jambe. À son arrivée au village, où l'attendait l'ambulance pour le descendre à l'hôpital, tous ses copains rigolaient. Il était resté quatre mois immobilisé avant de pouvoir entamer la rééducation, il enrageait, les camarades enchaînaient les sommets, lui restait dans la vallée en clopinant. Il en voulait à tous ceux qui venaient le voir en le plaignant, il en voulait à Paule qui lui disait, c'est rien, c'est qu'une saison de perdue, il y en aura plein d'autres. Sa sœur ne comprenait pas, il n'avait qu'un plaisir dans la vie : grimper.

Régulièrement, il a renoncé à des courses pour partir en solo à la poursuite d'une trace des parents, d'un bout de tissu, d'un indice qu'untel ou untel avait cru repérer dans le relief. Il fallait y aller tout de suite. Après, il serait trop tard dans la saison ; après, la montagne aurait bougé, il n'y aurait plus moyen de le retrouver. Chaque fois, il voulait y croire, il se préparait. Parfois, la météo était incertaine, il tentait malgré tout, il s'élançait, juste monter et redescendre, sans prévenir, n'alerter les autres qu'une fois revenu avec quelque chose de concret. Pas comme son frère qui les dérangeait tout le temps pour rien. Il lui est arrivé à plusieurs reprises d'être obligé de passer la nuit en montagne. Il se demandait si quelqu'un s'était aperçu qu'il n'était pas redescendu, le gardien du refuge sans doute, c'était son boulot. Souvent, il ne disait rien à personne, il n'assumait pas de partir en solo, c'était contraire à toutes les règles. En écoutant Pierre, Jean ne peut pas s'empêcher de penser à Père, il aurait aimé que ce dernier l'accompagne ce matin. S'il a choisi de devenir guide, c'est pour se rapprocher de lui.

Il distingue Paule au premier rang, elle a dû arriver en retard, comme souvent, elle est si occupée par la ferme, les enfants, le bébé, il se demande si René et Paule ont fait exprès de le mettre en route celui-là ou si c'est un accident, il n'y a vraiment pas beaucoup d'écart entre les deux derniers. Jean est content, ils ne se sont pas beaucoup vus avec Paule ces temps-ci. Quand il s'est fâché avec l'oncle Antoine, elle le jugeait trop jeune pour vivre seul. Il avait mis un point d'honneur à montrer qu'il se débrouillait, il refusait son aide pour le ménage, elle retrouvait les plats qu'elle lui avait préparés moisis dans le frigo dix jours après les avoir apportés. Elle avait essayé de le convaincre de revenir, l'oncle Antoine n'est plus très en forme, il tient à peine debout, franchement, il ne t'embêtera plus ; il refusait. Ils avaient décidé de mentir à Marie-Pierre et à Luc au début, il ne sait pas bien pourquoi. Paule avait peur que l'un d'eux réagisse mal en apprenant l'homosexualité de Jean. Paule avait raconté que c'était plus pratique pour Jean, pour qu'il poursuive son apprentissage de guide. Paule se souvient de la remarque de Marie-Pierre, tu es bien tranquille, du coup, tu as l'oncle et la tante pour toi toute seule. Elle avait trouvé ça minable. En vieillissant, ils lui donnaient tellement de boulot en plus, elle passait les voir tous les jours, elle faisait leur ménage, leurs courses.

Paule se sentait seule, Jean avait fait l'effort de venir plus souvent chez elle. Quand il arrivait, il envahissait l'espace, il était costaud, pas gros, il bougeait sans arrêt, dans la cuisine, il s'appuyait contre l'évier, s'asseyait à la table, se relevait, il agitait ses grandes mains dès qu'il se mettait à parler, elles n'étaient pas si grandes que ça d'ailleurs, c'était simplement une impression. Il ne fallait pas tenter de traverser la cuisine dans ces moments, on risquait de prendre un coup par inadvertance. Paule le regardait avec adoration, René l'écoutait raconter ses courses, il riait aux remarques un brin misogynes de son beau-frère, Paule faisait la grimace, elle ne disait rien, elle ne voulait pas fâcher Jean, elle était trop contente de l'avoir retrouvé après l'éloignement.

Quand Jean évoquait des clients trop pénibles, René lui demandait pourquoi il s'embêtait avec ces gens, tu pourrais travailler ici, à la ferme avec moi. Je le fais déjà. Oui, mais toute l'année, regarde, je suis obligé de prendre de l'aide dès qu'arrive la belle saison, c'est celle où j'ai le plus de travail et c'est celle où tu es le plus occupé. Jean ne répondait pas, tout le monde savait qu'il ne renoncerait pas à la montagne. Certains au village disaient que c'était à cause des parents, il voulait continuer de les chercher, lui répliquait qu'il aimait ça, cette sensation d'être seul là-haut, dans des espaces que la plupart des hommes ne pouvaient pas atteindre. Ce soir, il sera obligé de rester au village et de fêter son intronisation avec les copains, les autres ne comprendraient pas qu'il aille se coucher sitôt la cérémonie terminée, la tradition, c'est d'offrir au moins une tournée au bistrot. Mais demain, une fois les brumes de l'alcool dissipées, il pourra de nouveau s'y consacrer à plein temps.

*

1998

Marie-Pierre s'est installée dans la cuisine de Paule pour essayer de tirer quelque chose de ces papiers, elle a demandé qu'on la laisse tranquille, elle a besoin de calme pour s'y retrouver. René est parti s'occuper dans l'étable, il avait les stalles à nettoyer. Paule n'a pas pu s'empêcher de pointer son nez deux ou trois fois, tu veux une infusion ? Tu n'as besoin de rien ? Tu y comprends quelque chose ? Marie-Pierre a fini par se fâcher, Paule, j'en ai pour trois jours si tu continues. Sa sœur l'avait enfin laissée.

Elle regrette d'avoir dû lui parler brutalement, elles se sont déjà accrochées lorsqu'elles se sont retrouvées à la gare. Paule lui a tout de suite demandé pourquoi elle était venue seule à l'enterrement de l'oncle Antoine. Marie-Pierre vient de se séparer du père de Louise, elle n'a pas voulu dire la vérité, elle a prétexté que c'était trop compliqué, avec la petite, autant de train, et puis cette émotion, c'était mieux qu'elle reste avec son père. Elle ne sait pas que, quelques jours auparavant, au téléphone, Louise a lâché, papa et maman, ils ne vivent plus ensemble, papa, je le vois qu'un week-end sur deux. Paule avait regardé Marie-Pierre d'un air triste, tu sais Marie-Pierre, je suis au courant, c'est pas la peine de mentir. Parce qu'elle se sentait coupable, Marie-Pierre s'était fâchée, et alors, c'est ma vie, je te dis ce que je veux, quand je veux. Elle n'avait pas envie d'entendre les leçons de morale de sa sœur, fais un effort, reste avec lui. Ou tu as rencontré quelqu'un, c'est ça, hein, tu as quelqu'un ? Marie refusait de se justifier. Elle avait juste lâché, il arrive simplement qu'on ne s'aime plus, on va très bien s'en sortir Louise et moi, tu verras.

Elle est venue pour l'enterrement de l'oncle Antoine, un point c'est tout. Il a disparu si vite, elle a été si longtemps en colère contre lui. Elle ne l'avait revu qu'à l'occasion du baptême d'un enfant de Paule, elle ne se souvenait plus quand. Il était déjà très fatigué, il n'était sorti de chez lui que pour faire honneur à la nièce qu'il avait élevée, il avait tenu toute la soirée, mais au retour il avait presque fallu le porter jusque chez lui et le lendemain, il n'avait pas réussi à se lever. Avant de repartir au Havre, Marie-Pierre était passée lui rendre visite. Quand elle l'avait vu, toute petite silhouette dans son grand lit, le ressentiment qu'elle avait accumulé contre lui au fil des années s'était évanoui. Elle avait oublié la séparation d'avec ses frères et sœurs, l'internat, la solitude qu'il lui avait imposée à ce moment-là. Paule lui avait glissé, tu sais, il n'y était pour rien. Marie-Pierre n'y croyait pas, bien sûr que l'oncle Antoine avait décidé pour eux, il avait sans doute cru faire au mieux. Elle avait pris sa main frêle entre les siennes et l'avait serrée doucement, l'oncle Antoine lui avait souri en guise de remerciement, il n'était plus capable de s'exprimer autrement.

Il n'a pas eu le temps ni la force d'expliquer à Paule l'état des finances ni la situation administrative des biens de la famille. Du peu que Marie-Pierre comprend des papiers étalés devant elle, elle n'est guère brillante. On est loin des bruits qui ont longtemps couru dans le village, d'une famille riche, de la prétendue fortune des parents. On a parlé d'histoires de jalousies, Père et maman auraient eu les meilleures terres, ils réussissaient mieux que les autres, il n'y avait qu'à voir la taille de leur chalet par rapport à celui de la tante Andrée et de l'oncle Antoine. Les gens ne disaient rien de plus, mais tout le monde comprenait ce qu'il fallait comprendre, que les parents n'avaient peut-être pas disparu par hasard. Les gendarmes avaient exploré cette piste, après tout, on ne sait jamais de quoi sont capables les gens pour un peu d'argent ; ils avaient écarté cette idée. Ça n'a pas suffi à éteindre la rumeur, elle est restée dans la mémoire du village, il y a toujours quelqu'un pour en reparler, pas directement devant eux, les gens ne sont pas si bêtes, mais une petite phrase par-ci, une petite phrase par-là.

S'ils voyaient ces papiers ! Quel bazar ! Personne n'a pris la peine d'entamer les démarches pour que la disparition des parents soit officiellement reconnue et qu'ils soient déclarés morts. La succession n'a pas été faite, elle ne sait pas qui est propriétaire de quoi, du chalet, des terrains, des prés. Difficile même de savoir combien il y en a et ce qu'ils rapportent. L'oncle Antoine a utilisé les champs pour son propre élevage, il en a loué certains pour récupérer un peu d'argent, même s'il n'en avait pas le droit puisqu'ils ne lui appartenaient pas. Marie-Pierre ne va pas le lui reprocher. Elle découvre que ses parents ont accumulé beaucoup, beaucoup de dettes, Père avait emprunté pour acheter du fourrage pour les bêtes, et pas qu'un peu, les années avant sa disparition.

Elle trouve des courriers qui n'ont pas été ouverts et qui récapitulent toutes les sommes dues à la coopérative, Père ne remboursait rien, le montant augmentait d'année en année. Les gestionnaires de la coopérative ont été patients, ils se sont probablement dit qu'ils n'allaient pas accabler les enfants Cotraz après la disparition de leurs parents en montagne. Puis ils ont commencé à exiger le remboursement, l'oncle Antoine leur a versé de petites sommes. Pas assez. Marie-Pierre retrouve une lettre d'huissiers demandant la saisie d'un terrain. Ils n'ont pas dû aller jusqu'au bout sinon elle en aurait entendu parler dans le village. Peut-être que ce n'était pas possible tant que la situation des parents n'était pas éclaircie. Il faudra qu'elle passe à la coopérative pour poser la question.

Elle se demande comment Père a pu se retrouver aussi endetté ; elle n'a pas le souvenir qu'ils dépensaient beaucoup d'argent, au contraire, ils faisaient très attention. Maman s'arrangeait toujours pour que les habits passent de l'un à l'autre, et tant pis si, après Luc, Paule était souvent obligée de mettre des vêtements de garçon. Elle se souvient notamment d'un pantalon de velours marron que Luc adorait et qu'il avait mis jusqu'à l'usure, leur mère n'avait pas voulu le jeter. Tout un hiver, Paule avait dû le porter alors qu'il était trop court de cinq centimètres, le vent glacial s'engouffrait autour de ses chevilles. Paule rêvait de jolis chemisiers et de sweat-shirts à la mode, elle héritait des vieilles affaires de ses aînés. Pour les chaussures seulement, elle avait droit à des paires neuves, c'était toujours le modèle bon marché, mais c'était mieux que rien.

Ils mangeaient les produits de la ferme, il n'y avait guère que le pain qu'ils achetaient à l'extérieur, le potager de maman fournissait assez de légumes pour tenir toute l'année. À la belle saison, elle faisait des bocaux qu'elle rangeait au cellier et ressortait l'hiver, Marie-Pierre aimait particulièrement ceux de haricots, même si elle trouvait pénible de les équeuter par kilos avant de les laver et de les cuire. Les pommes étaient soigneusement rangées à la cave dans des caisses en bois, on les tournait régulièrement pour qu'elles ne s'abîment pas, elles se gardaient jusqu'au printemps. Ils ne mangeaient pas de la viande tous les jours, maman mettait un os dans la soupe pour lui donner du goût, et elle disait que le fromage, c'était bien assez bon pour leur croissance.

Père a été négligent, il a dû consacrer trop de temps à ses courses en montagne et pas assez à la gestion de la ferme. Marie-Pierre est incapable de savoir si ses clients lui assuraient un revenu ou si ce n'était qu'un plaisir, elle ne retrouve aucun carnet retraçant les comptes des parents. Elle ne sait pas si elle doit en parler à ses frères et à sa sœur. Ce serait mieux, mais Luc n'est pas là, il n'est pas venu à l'enterrement, Christine a dit qu'il avait trop de travail, il n'était sans doute pas en état. Ils ne peuvent pas régler ça à trois, Luc leur en voudrait. Elle devine la réaction de Paule, sa sœur va s'angoisser, comment va-t-on pouvoir rembourser, elle n'en dormira pas de la nuit ; Marie-Pierre a compris qu'avec René, ils avaient beaucoup investi dans leur exploitation et qu'ils n'avaient plus beaucoup de moyens. Quant à Jean, il lui dira, Marie-Pierre, je te fais confiance, fais au mieux, ce sera parfait, moi, tu sais, ces histoires de sous, je n'y comprends pas grand-chose.

Est-ce que l'un d'eux se demandera, comme elle, si ce désastre financier a un lien avec la disparition des parents ? Elle sait qu'au village, dès que l'on connaîtra le montant des dettes, le bruit va courir, même si, ici, on n'aime pas trop parler de suicide. Elle ne veut pas alimenter de nouvelles histoires, elle ne va rien dire à ses frères ni à sa sœur, elle refuse de détruire l'image qu'ils ont de Père et de maman, elle va dénouer la succession de l'oncle Antoine, ça leur procurera déjà un peu d'argent, et elle va prendre rendez-vous chez le notaire pour entamer la procédure de reconnaissance de décès des parents. Elle a du mal à s'engager dans cette voie, c'est comme un renoncement, mais il faut bien le faire.

Trente ans plus tard

Fin 2000

Cette année, Louise n'est pas venue. Elle passe Noël chez son père. Marie-Pierre est arrivée seule. Elle s'est plainte du voyage, si long, « surtout quand on n'a pas de compagnie ». Avant, elle râlait aussi contre le temps de trajet, « surtout avec une enfant ». Paule avait appris à ne pas relever. Comme toujours, elle s'est décarcassée pour accueillir sa sœur. Elle lui a donné la plus belle chambre, la sienne. Elle est plus grande, plus lumineuse, et il y a la salle de bains juste à côté. Ce matin, René a mal au dos, le canapé du salon est déglingué, Paule a pris un air compatissant, attends, je vais te chercher une aspirine, Marie-Pierre a fait semblant de ne pas comprendre.

Paule a préparé des tonnes de trucs à manger, surtout pour faire plaisir à Louise, elle ignorait que sa nièce ne venait pas. Avec Marie-Pierre, c'est moins facile, elle chipote pendant des heures ce qu'il y a dans son assiette. Puis elle débarque en plein milieu de l'après-midi avec une fringale énorme et, en quelques minutes, elle vide le frigo. Évidemment, le soir, elle ne mange plus rien. Paule s'inquiète de ces mauvaises habitudes alimentaires, elle en a touché deux mots à Marie-Pierre qui l'a envoyée balader, c'est juste que j'ai faim toute la journée, c'est comme ça. Marie-Pierre donne un mauvais exemple aux enfants; heureusement, elle n'est là que pour quelques jours. Elles se chicanent pour un rien, Marie-Pierre se moque beaucoup de sa sœur. Au moment de réfléchir au repas de Noël, quand Marie-Pierre a suggéré qu'elles fassent de la volaille, Paule a refusé, c'est déjà ce que j'ai servi l'an dernier à la famille de René. Et alors, à Noël, c'est normal. Marie-Pierre commençait à s'énerver, Paule n'en démordait pas. Ce que tu peux être bornée, parfois. Sa sœur était partie en claquant la porte.

Paule ne sait pas si elle aime cette Marie-Pierre devenue si lointaine. Sa sœur fait toujours des choses étranges. Comme cette histoire de prénom, elle se demande bien d'où ça lui est sorti. Paule venait juste d'annoncer à Marie-Pierre qu'avec René, ils avaient pensé à elle pour être la marraine de leur dernier enfant, quand sa sœur lui avait lâché, ah, au fait, il faut que je te dise, j'ai décidé d'abandonner le Pierre dans mon prénom; dorénavant, je m'appellerai Marie tout court. Le moment de stupeur passé, Paule avait demandé, mais pourquoi? Marie-Pierre avait aligné une foule d'arguments, jamais aimé ce Pierre, un prénom de garçon, celui du grand-père, d'accord, mais on ne l'a jamais connu, et puis un prénom composé, c'est trop compliqué, les gens se trompent, et puis, ça fait vieux, j'ai envie d'un truc qui sonne moderne. Paule ne croit à rien de tout ça, sa sœur lui raconte des histoires. Marie, c'était le prénom de leur mère, et sa sœur veut se l'approprier. Paule a du mal à expliquer ce qu'elle ressent. Pas de la jalousie, non, juste l'impression que sa sœur lui prend quelque chose qui leur appartient à toutes les deux. Elle est déçue, malheureuse. Sur le moment, elle ne le dit pas à Marie-Pierre.

Leur relation s'est dégradée depuis qu'elles sont devenues adultes, elles n'arrivent plus à se parler normalement. Quand elles étaient enfants, Paule admirait sa grande sœur, et Marie-Pierre la protégeait. Bien sûr, il lui arrivait de s'agacer contre Paule lorsque celle-ci la collait trop, mais sa sœur savait qu'elle pouvait compter sur elle. Même au début, lorsque les parents ont disparu et que Marie est allée dans cette drôle d'école dans la vallée, elles ont gardé un lien fort. Jean n'est pas d'accord, il lui dit souvent que, déjà, lorsqu'ils habitaient tous les deux chez l'oncle Antoine, Marie-Pierre ne s'intéressait plus tellement à eux. Paule en garde un souvenir différent : pour elle, le lien s'est distendu plus tard, quand Marie-Pierre a quitté la région, quand Paule a été obligée d'arrêter l'école pour gagner de l'argent. Aujourd'hui, dès qu'elles se retrouvent, c'est électrique. Même René le remarque, lui qui se fiche toujours de tout, tu sais, Paule, toi qui ne t'emportes jamais, avec Marie, on a l'impression que tu ne te maîtrises pas, tu lui parles mal. Elle n'arrive pas à faire autrement. Comme si elle lui en voulait. De quoi ? D'avoir mieux connu les parents qu'elle ? D'avoir une meilleure vie ?

Le coup du prénom, c'est trop pour Paule. Elle s'est promis de continuer d'appeler sa sœur par son vrai prénom. Toute la journée, elle s'y est tenue, Marie-Pierre la reprenait, et elle recommençait. René trouvait ça puéril, mais il a appris à ne pas se mêler des affaires de la famille. Le soir, une fois de plus, Paule a utilisé le Marie-Pierre ; elles se tournaient le dos et sa sœur a fait semblant de ne pas l'entendre. Paule l'a répété, une fois, deux fois, trois fois,

Marie-Pierre ne bougeait pas, elle écossait des petits pois. On entendait le bruit des légumes qui tombaient dans la passoire métallique, *ploc*, *ploc*. Au bout de la table, René affûtait ses couteaux, il attendait, il était convaincu que Paule allait laisser tomber. Non, elle s'est approchée de sa sœur, elle s'est mise juste derrière son oreille et a crié, Marie-Pierre ; elle s'est reculée, et a lâché, comme ça au moins tu ne pourras pas dire que tu n'as pas entendu. René était pétrifié. La dispute est partie très vite, elles se hurlaient dessus, elles ne se sont arrêtées qu'au moment où Jean est arrivé pour le dîner, mais qu'est-ce qui se passe là-dedans ? Marie-Pierre pleurait, Paule la regardait avec méchanceté, pour une fois, les rôles étaient inversés. Marie-Pierre a dit quelque chose, personne n'a compris, elle pleurait vraiment, elle avait de la morve qui lui coulait du nez, elle l'essuyait avec sa main, ce n'était pas son genre, elle était toujours si classe, même René en était gêné pour elle. Elle pleurait et répétait, vous m'avez tout volé, mes parents, le chalet, la vie à la montagne, tu peux bien me laisser le prénom de maman, non ?

*

2002

Pierre ne suit pas, Jean s'en rend compte assez vite. Il le pensait remis de ses blessures, le kiné avait fait des miracles et lui avait dit qu'il pouvait reprendre doucement la montagne. Il a été optimiste. Aujourd'hui, c'est leur première sortie ensemble depuis l'accident. Jean a choisi une course facile, une de celles qu'ils ont déjà exécutées mille fois, Jean avance à son rythme habituel. Trop vite, il distance Pierre.

Il ralentit, ils attaquent la partie enneigée, Jean ralentit encore pour se caler sur le rythme du vieux. Ils font bien plus de pauses que d'habitude. Après l'une d'elles, Pierre dit à Jean, vas-y toi, moi, je n'y arriverai pas, je vais redescendre. Jean le regarde sans comprendre, il insiste, mais si, tu vas voir, je vais t'aider, Pierre secoue la tête sans ajouter un mot. Jean perçoit tout son désarroi, il ramasse son sac et poursuit son ascension, il sent les larmes couler sur ses joues, il se demande s'il a bien fait de laisser Pierre seul, il aurait peut-être dû l'accompagner. Il ne voulait pas voir la lassitude dans les yeux de son mentor. Il ne supporte pas de ne plus pouvoir s'appuyer sur lui comme il l'a fait toute sa vie.

Lorsque Jean était enfant, Pierre l'avait protégé de la méchanceté du village et de l'histoire de sa famille. Dans le coin, on parlait tout le temps des parents, tout le monde avait un avis. Le chemin qu'ils avaient pris, les hypothèses sur leur destin. Quand Jean est arrivé à l'école, les instituteurs lançaient à toute la classe comme si c'était un titre de gloire : ah, voici le petit Jean, le dernier des Cotraz ! Les enfants n'avaient pas besoin qu'on leur dise, ils le savaient déjà, l'histoire avait occupé les soirées de toutes les familles. C'était pareil chez les médecins ou les patrons de la vallée, ils le regardaient tous avec un air de pitié. Au début, il croyait que c'était la faute de tante Andrée, elle parlait facilement, mais quand Jean est allé à des rendez-vous sans elle, c'était pire, partout, on l'accueillait avec « Ah, c'est un môme Cotraz ! » d'un ton empli de compassion. Les relations devenaient moins naturelles. Pierre, lui, l'avait traité comme un gosse normal.

Lorsqu'il a quitté la maison de l'oncle Antoine après leur dispute, Jean s'est installé chez Pierre, le guide se sentait seul, il avait perdu sa femme d'un cancer quelques mois plus tôt, et il n'avait rien contre les garçons qui aimaient les garçons. À cette époque, Jean était prêt à tout lâcher, la vallée, la montagne, Paule, il ne se voyait pas supporter le regard des autres. Il se mettait en danger, il skiait dans les coins les plus dangereux même lorsqu'il savait que la neige était instable et que les risques d'avalanche étaient grands, il conduisait sa moto à une vitesse folle sur les routes à peine déneigées, il prenait au plus serré les virages juste pour sentir ce frisson, que se passerait-il s'il ne maîtrisait plus la machine ? La chute, le ravin, la paroi. Il partait pour grimper à mains nues sans prévenir personne ; quand un autre guide l'apercevait, il le mettait en garde, Jean ne l'écoutait pas. Il enchaînait les aventures, passait d'un garçon à l'autre, il allait loin dans la vallée pour les rencontrer, il aimait les boîtes de nuit un peu ringardes et les bars obscurs, il ne se souvenait pas des prénoms des gars avec qui il couchait, il s'en fichait, il n'utilisait pas toujours de préservatif.

Pierre a été le seul à lui faire entendre raison. Jean admirait trop le montagnard en lui pour ne pas l'écouter. Pierre lui avait parlé de son père, et l'avait pris comme aspirant guide. Petit, avec Luc, Jean avait découvert le plaisir de grimper et sa capacité à se tirer des pires situations ; son frère l'envoyait descendre des pitons abrupts parce qu'il croyait avoir vu un bout de tissu au fond d'une ravine. Ce n'était pas encore de l'escalade, juste des acrobaties, ils n'avaient aucune conscience du danger. Avec Pierre, il a appris les règles essentielles. Ils ont passé des heures, l'un derrière l'autre, à respirer l'air glacé des hauteurs, ils ont bivouaqué côte à côte, enfouis dans leur duvet au fond des hamacs, suspendus au-dessus de pas grand-chose. Ils se passaient des bouts de chocolat, se racontaient des histoires, attendant que les heures filent. Ils se tapaient les chaussures avec leurs piolets pour que leurs pieds ne gèlent pas jusqu'à ce que le soleil se lève enfin derrière le sommet, signe qu'ils pouvaient bouger et que le temps se mettait de leur côté. Paule était convaincue que c'était à cause de lui que Jean voulait sans cesse aller plus loin. Elle avait peur. Plusieurs fois, elle était allée voir Pierre, le guide lui avait dit qu'il n'y pouvait rien, que c'était le choix de son frère. Jean lui-même ne savait pas expliquer ce qu'il cherchait en grimpant. Le plus simple aurait été de dire qu'il courait après son père. C'était sans doute plus complexe, son père, l'adrénaline, l'oubli, l'exploit. La seule certitude qu'il avait, c'était qu'il ne pouvait pas s'en passer.

Le jour où Pierre avait fait une chute, il avait veillé sur lui, il lui parlait doucement pour qu'il ne s'endorme pas, il avait mal au genou et un bras cassé, mais Jean craignait une commotion cérébrale, il ne voulait pas le laisser sombrer, alors il lui parlait encore et encore, il lui rappelait leurs premières courses ensemble, les erreurs qu'il faisait alors, ses chevilles pas assez souples pour se tordre et se caler dans n'importe quelle position, Pierre lui avait appris à manipuler le matériel de ses deux mains, Jean croyait que c'était pour pouvoir avancer quoi qu'il arrive en cas de blessure, il s'était rapidement rendu compte que le but était de pouvoir travailler dans tous les sens quelles que soient les fantaisies de la montagne. Lorsque les secours étaient arrivés, Jean était épuisé, il avait laissé Pierre partir dans l'hélico sans rien dire, il ne savait pas encore qu'ils ne feraient plus jamais de haute montagne ensemble.

En redescendant vers la vallée, Jean trouve Pierre attablé au refuge où ils se sont arrêtés le matin pour prendre un café, le vieux guide est là depuis un moment, il n'a pas eu trop de difficultés à redescendre, un autre groupe l'a doublé en chemin, le guide a ralenti le rythme pour qu'il puisse les suivre. Jean voit le gars attablé un peu plus loin avec ses deux touristes. Vu leur allure, ils n'ont pas dû aller bien loin, madame a le nez brûlé, elle n'a pas mis assez de crème solaire pour sa peau de blonde, elle a cru qu'elle ne risquait rien parce que l'air est frais. Il n'aime pas trop l'idée que ce guide ait pris soin de Pierre. Ils ne se sont jamais aimés, Jean l'a toujours trouvé trop sûr de lui, il est plus habile à raconter ses exploits au bistrot le soir qu'au milieu des parois difficiles.

Lorsqu'il va au comptoir pour payer, l'autre l'aborde, ben dis donc, il n'est plus très vaillant le vieux, il devrait arrêter, tu ne crois pas ? Un jour on va le retrouver mort au bord du chemin. Jean appelle souvent Pierre « le Vieux », c'est un surnom qu'il lui a donné au tout début, il n'avait pas encore les cheveux blancs. Pour lui, c'était une manière de montrer son respect, il ne supporte pas que d'autres l'utilisent à la légère. Surtout pas cette espèce d'abruti. Il s'apprête à répliquer, il se retient, il ne ferait qu'aggraver sa réputation de bagarreur au village. Et il a peur que Pierre l'entende, il ne veut pas le blesser. Pour se laisser le temps de retrouver son calme, il commande une part de tarte aux myrtilles, il la rapporte à Pierre, tiens, je t'ai pris ça, ça te requinquera. Le vieux guide le regarde, surpris, il ne dit rien, Jean sait pourtant qu'il a commis une erreur, cette phrase, c'est comme de dire à Pierre qu'il n'est plus à la hauteur. Il voit dans les yeux de Pierre toute la tristesse de celui qui se sent vieillir et ignore comment l'éviter. Jean sait qu'il perdra bientôt celui qu'il s'est choisi comme maître.

Le Dauphiné libéré, **août 2002**

Surprenante découverte sur le glacier

N'en déplaise à ceux qui doutent du réchauffement climatique, nous sommes bien placés dans la vallée pour nous rendre compte des effets de la montée des températures. Hier encore, un guide a signalé des objets qu'il a retrouvés à la surface d'un glacier dans une zone auparavant inaccessible. Les gendarmes se sont aussitôt rendus sur place. Ils ont prélevé les éléments et vont les analyser. S'il s'agit d'objets appartenant à des personnes ayant été officiellement déclarées disparues, ils approfondiront les recherches. Ils enverront une équipe de secours en montagne s'ils pensent qu'il est possible de retrouver des corps.

Septembre 2002

La cure, ça a commencé par une histoire idiote avec ma sœur Catherine. Papa ne s'est même pas rendu compte qu'il se comportait mal, il est tombé sur elle à la sortie du gymnase où elle faisait du basket. Elle était avec une de ses copines, enfin, une fille qu'elle connaissait à peine, mais qu'elle aimait bien, une de ces stars du collège que tous les garçons regardent en se demandant s'ils ont une chance avec elle. Bref, Catherine rêvait d'en faire sa copine. Quand elles ont croisé papa, il leur a parlé en bafouillant, Catherine a essayé de le couper, il a attrapé sa copine par l'épaule, mais c'est qu'elle est bien jolie l'amie de ma fille, voulez-vous danser mademoiselle ? Catherine l'avait frappé, lâche-la, et les deux filles étaient parties en courant.

Ma sœur était rentrée à la maison, elle pleurait, il m'a fait tellement honte, t'imagines, mon père bourré en train de tripoter ma meilleure copine. Je ne sais pas comment elle s'est débrouillée, mais elle a réussi à bloquer la porte d'entrée. Papa n'a pas pu rentrer, il a essayé de la convaincre, gentiment, puis en criant. Maman nous a trouvés comme ça, les enfants barricadés à l'intérieur, papa allongé devant la porte, elle a fini par raisonner Catherine. Notre petit frère Laurent pleurait, il ne comprenait pas ce qui se passait, il était trop jeune. Maman a couché papa, je lui en voulais de ne pas nous protéger, je me suis juré de ne plus lui parler tant qu'elle ne faisait rien. Ce soir-là, elle a longuement discuté au téléphone avec tante Marie, je l'entendais chuchoter dans le couloir, elle s'était assise sur la moquette avec l'appareil sur les genoux. Catherine regardait un film dans le salon. Exceptionnellement, après ce qui s'était passé, elle en avait eu le droit.

Le lendemain, quand je me suis réveillé, les parents discutaient dans la cuisine, j'ai cru qu'ils se disputaient, maman parlait d'une voix forte. Elle lui posait un ultimatum, tu te fais soigner ou c'est fini, on ne peut plus continuer comme ça. Il a promis de prendre rendez-vous, mais qu'est-ce que je vais dire au travail ? Que vont penser les gens ? Maman ne lâchait pas, je m'en fiche, tu te soignes ou on s'en va. Dans le couloir, je souriais. Catherine faisait la tête, elle pensait à la fille du collège qui allait raconter l'histoire aux autres, l'humiliation, tu imagines ! On a pris le petit déjeuner en silence, papa était là, il a bu plusieurs bols de café, il n'a rien mangé, il fumait, ça me gênait, je n'osais pas lui dire de peur qu'il se mette en colère. Catherine était assise à côté de lui, elle remuait des céréales qui flottaient dans du lait sans jamais porter la cuillère à sa bouche, papa lui a posé la main sur les cheveux et lui a demandé, alors, comment va ma petite fille chérie ? Catherine a dégagé sa tête, elle s'est levée, a jeté le reste de son bol dans l'évier, papa a dit, mais qu'est-ce que tu as ? Catherine n'a pas répondu, maman a fait signe à papa de ne pas insister, elle n'a même pas râlé pour les céréales qui allaient boucher l'évier, elle a juste houspillé Laurent. Qu'il était lent, il lui fallait des heures pour manger sa tartine, chaque fois, il mettait tout le monde en retard ! On n'a plus reparlé de ce qui s'était passé. Le lundi d'après, papa commençait sa première cure.

Les premières semaines, on n'avait pas de nouvelles, il paraît que c'était interdit. Dans son centre, il n'avait pas le droit de téléphoner, on nous préviendrait s'il se passait quelque chose de grave. C'était bizarre, on s'est retrouvés tous les quatre à la maison, on osait à peine parler. Même absent, papa prenait toute la place. Heureusement, il y avait Laurent, il avait toujours une histoire à raconter, une bagarre à l'école, la tortue de sa classe qui s'était échappée, il essayait de nous faire rire. Un soir, Catherine m'a dit, tu crois qu'ils lui font quoi ? On n'avait pas osé demander de peur qu'on nous réponde que c'étaient des affaires de grands. On s'est imaginé des choses : sans doute qu'ils l'attachent pour l'empêcher de boire, peut-être qu'ils lui donnent des médicaments. Le mercredi d'après, je suis allé à la bibliothèque, j'ai trouvé le livre d'un ancien alcoolique, il racontait son sevrage. L'enfermement dans une pièce, les médicaments pour l'aider à supporter l'arrêt de l'alcool, le manque, la soif, la faim, les vomissements, les cris, les hurlements pour qu'on le délivre, personne ne venait, juste les infirmières pour lui donner un sédatif, elles étaient si distantes, si professionnelles, il aurait voulu qu'on le réchauffe, il avait si froid tout le temps. Je me demandais si papa, comme cet homme, attendait sa femme ou espérait sa mère, s'il comprenait pourquoi il ne les voyait pas, oubliant que l'une n'en avait pas le droit, que l'autre était perdue depuis longtemps.

Quelques jours plus tard, on nous a dit que papa avait droit à une première visite. Ce serait dimanche. Toute la soirée du samedi, maman a tourné en rond. À neuf heures du soir, elle était encore en train de faire les poussières sur les bibelots de la salle à manger. Elle venait de s'énerver contre Laurent qui ne voulait pas prendre son bain ; il ne voulait jamais, de toute façon. Elle l'a attrapé et plongé dans la baignoire, il a hurlé. Si tu continues, tu ne viendras pas voir papa avec nous demain. Il a hurlé encore plus fort.

Presque toute la nuit, je suis resté éveillé dans mon lit, regardant vers le mur, me demandant dans quel état on allait le retrouver. J'essayais de me souvenir de comment il était avant de boire, je n'y arrivais pas. J'avais chaud, à force de tourner et tourner, mes draps étaient tout en boule, j'étendais mes jambes le plus loin possible pour trouver un peu de frais, j'avais soif, je me suis levé, je n'ai pas voulu aller dans la salle de bains pour ne pas réveiller tout le monde. Je me suis dirigé vers l'escalier. Catherine m'a entendu, elle n'avait pas fermé sa porte, Philippe, tu vas où ? Chut, tu vas réveiller maman, boire. Je l'ai entendue se lever, je viens avec toi, on a essayé de descendre sans bruit, évidemment, on prenait tellement de précautions qu'une marche a craqué, on a ri, c'est ça qui a réveillé maman, retournez vous coucher, vous avez vu l'heure ? Maman, je vais boire et je remonte. Je me suis dépêché, j'ai ouvert le robinet de l'évier, j'ai attrapé un verre, Catherine a dit, tu crois qu'on le reconnaîtra ? Tu crois qu'il sera gentil avec nous ? J'ai lâché le verre, il ne s'est pas cassé, mais le bruit a agacé maman, mais qu'est-ce que vous faites ? Vous allez réveiller Laurent. J'ai fini, je remonte. On est retournés vers nos chambres, j'ai serré la main de Catherine avant qu'elle se recouche.

Le lendemain matin, on avait mauvaise mine. On y va à quelle heure? a demandé Catherine. Maman a jeté un œil vers Laurent, elle ne voulait pas l'emmener, je ne sais pas, il faut que je trouve quelqu'un pour garder le petit. J'y vais pas, moi? Laurent s'est remis à pleurer, mais je veux voir papa, moi aussi. Maman ne savait plus quoi dire, ce n'est pas un endroit pour les enfants, la prochaine fois peut-être. Ça n'avait aucun sens, Laurent ne serait pas plus grand la prochaine fois, je me rendais compte qu'elle ne savait pas plus que nous à quoi s'attendre. J'enviais Laurent, qui avait le droit de ne pas y aller, et le trouvais un peu idiot de ne pas en profiter. On n'a qu'à l'emmener, et s'il ne peut pas rentrer, je resterai dehors avec lui. Catherine avait été plus maligne que moi en se ménageant une porte de sortie, maman a hoché la tête, tu as raison, on va faire comme ça, bon, allez finir vos devoirs, comme ça, ce soir, on n'aura rien à faire en rentrant. J'ai déjà tout fait, s'est empressée de répondre Catherine, un peu trop vite pour que ce soit vrai. Tu crois qu'on pourra acheter des gâteaux pour les apporter à papa? a demandé Laurent. On avait l'impression qu'on allait en visite chez des cousins.

Le midi, on a mangé vite fait, maman nous a dit d'aller nous habiller, je crois qu'elle voulait qu'on fasse bonne impression, qu'on montre qu'on s'en sortait malgré tout, j'ai gardé mon jean, j'ai juste changé de pull, je savais que papa n'aimait pas mon sweat de basket, il est trop grand pour toi, tu flottes dedans, disait-il tout le temps, j'ai remis mes baskets, maman m'a demandé de mettre des chaussures en cuir, j'ai refusé, je savais qu'elle n'aurait pas l'énergie de se battre contre moi. Elle s'est occupée de Laurent. Quand il a quitté sa chambre, il avait l'air d'aller à la messe, on s'est moqué un peu de lui, il s'est vexé, je vous parle plus. Tant mieux, pour une fois, au moins, on aura la paix dans la voiture, a dit Catherine. Ma sœur était habillée normalement, elle avait mis sa jupe porte-bonheur, celle qu'elle avait mise le jour de son entrée au collège, papa la trouvait un peu courte, je me demande si elle l'avait fait exprès pour l'énerver. Elle s'était maquillée, du rouge à lèvres surtout, maman l'a remarqué, elle a hésité à dire quelque chose, finalement, elle a attrapé son sac et elle est montée dans la voiture. Je me suis assis derrière avec mon frère et ma sœur. Tu ne passes pas devant? Maman avait l'air étonnée. Non, ça va, j'aime mieux comme ça. Je me sentais rassuré d'être là, entre eux deux.

On a roulé une demi-heure, trois quarts d'heure, maman s'est un peu perdue dans la campagne, elle a baissé sa vitre pour demander son chemin à quelqu'un, une odeur de merde de vache est entrée dans la voiture, on a tous éclaté de rire, pouah, ça pue! C'est sûr que papa, avec ça, il doit pas avoir trop envie de boire. Maman nous a demandé de faire moins de bruit, elle n'entendait pas les indications du monsieur, suis l'odeur, on a crié en hurlant de rire, ça suffit, a dit maman, mais quand on est repartis, on a bien vu qu'elle était contente, qu'elle nous trouvait trop sérieux jusque-là.

On n'avait pas dit un mot depuis qu'on avait quitté la maison, Catherine se rongeait les ongles, elle bousillait le vernis qu'elle avait mis tant de temps à appliquer ce matin, elle faisait tomber des petits copeaux rouges sur le siège entre ses jambes, de temps à autre, elle les balayait, on les voyait s'envoler avant qu'ils tombent par terre. Laurent serrait son lapin fort dans une main, il lui tordait les oreilles, mais Pinpin en avait vu d'autres. De l'autre main, il explorait son nez, il n'en tirait aucune crotte, ça devait le rassurer, je lui ai donné une petite tape une fois, deux fois, trois fois pour qu'il arrête, j'ai vu que ça ne servait à rien, je l'ai laissé faire, après tout… J'ai regardé la route, je trouvais que maman roulait bizarrement, elle accélérait, puis quand elle croyait voir un obstacle ou un croisement, elle se mettait quasiment à l'arrêt. À un moment, un tracteur nous suivait, j'ai bien cru qu'il allait nous rentrer dedans. Maman s'est garée sur le bord de la route, elle l'a laissé passer. Faut pas faire des trucs pareils, lui a dit le conducteur, un tracteur, ça ne freine pas comme une voiture. Elle ne redémarrait pas, on restait silencieux, on avait peur de parler, que ça déclenche un drame, il n'y a que Laurent qui a dit, on est arrivés, maman ? Ça l'a réveillée, non, mon chéri, pas encore, elle avait la voix pleine de larmes, elle a remis la voiture en marche et on est partis.

Lorsqu'on a tourné dans l'allée qui menait à l'hôpital, elle semblait avoir retrouvé sa tranquillité. Avec Catherine, on s'est collés aux fenêtres pour essayer d'apercevoir papa, il y avait quelques personnes qui se promenaient dans le parc, elles portaient toutes des blouses un peu bleutées. Au début, j'ai cru que c'était pour les médecins et les infirmiers ; en fait non, ça se voyait que c'étaient des patients, ils marchaient au ralenti, comme s'ils avaient perdu le rythme de la vie, sur certains visages, on distinguait les traces de l'alcool passé, ces veines un peu éclatées, ces nez trop rouges, ils avaient l'air tristes, je commençais à m'inquiéter pour papa. Maman s'est garée sur le côté du bâtiment, on aurait dit un petit château, Catherine a trouvé que c'était le grand luxe ici. Maman a lâché un bon, faut y aller. Je pense que si l'un de nous lui avait proposé, faisons demi-tour, allons passer notre dimanche ailleurs, elle l'aurait écouté.

On est descendus de la voiture, mes baskets crissaient sur le gravier du parking, c'est pour que les docteurs entendent si quelqu'un essaie de s'enfuir, a dit Catherine, j'ai vu ça dans un film. N'importe quoi, je lui ai répondu. Maman nous a demandé de nous calmer, vous êtes dans un hôpital quand même, papa ne sera pas content s'il vous entend vous disputer. On s'est présentés à la porte, il fallait sonner et dire qui on était pour entrer. C'est pour éviter les fugues, Catherine sait toujours tout sur tout, elle peut vraiment être agaçante, je n'ai pas relevé, ce n'était pas le moment. La dame à l'accueil nous a donné le numéro de chambre et nous a expliqué comment y aller : passer cette porte, prendre le couloir, traverser le petit jardin, le bâtiment C, l'escalier, le premier étage, chambre 112. On marchait tout doucement, Laurent tenait la main de maman si fort qu'elle en était toute blanche, Catherine regardait partout autour d'elle, j'avais mal au ventre, on est arrivés devant la porte, je vais y aller la première, a dit maman, elle a frappé, personne n'a réagi, elle a recommencé, puis elle a tourné la poignée, elle est entrée, on ne voyait rien, la porte se refermait automatiquement. Deux minutes après, elle est ressortie, votre père dort, il va falloir attendre, elle paraissait soulagée, allez jouer dans le parc, je vais rester avec lui, dès qu'il se réveille, on vous rejoint.

On s'est éloignés, trop contents de repousser les retrouvailles, vous faites attention à Laurent, hein. On est descendus sur la pelouse juste en bas du bâtiment, on ne savait pas trop quoi faire, on n'avait même pas un ballon pour jouer au foot, Laurent voulait que j'aille en demander un à l'accueil, pas question, je me suis mis dans un recoin pour allumer une cigarette, si jamais maman te voit, a dit Catherine. Elle a d'autres choses à penser, je lui ai lâché.

On s'est assis dans l'herbe, on observait les gens passer, surtout des hommes, on aurait dit des zombies. C'est parce qu'ils leur donnent des médicaments, a affirmé Catherine, elle avait sans doute raison, les femmes, c'était encore plus triste, ça se remarquait tout de suite qu'elles buvaient trop, sur leur peau, et puis elles avaient toutes de gros ventres alors qu'elles étaient maigres du reste du corps, je ne sais pas pourquoi ça faisait ça, mais ça donnait des silhouettes étranges, Laurent avait un peu peur, il se tenait serré contre Catherine, tu crois qu'on va attendre combien de temps ?

Papa et maman ont fini par arriver, papa flottait dans son pantalon, il était obligé de serrer la ceinture au maximum, et encore, ça ne tenait pas grand-chose ; maman le surveillait comme si elle avait peur qu'il tombe à chaque pas, il avait le visage fatigué, pourtant, il paraît qu'il avait passé son temps à dormir, il a pris Catherine dans ses bras, elle est restée raide contre lui, on aurait dit qu'elle ne lui faisait pas confiance, il a dû le sentir, il s'est écarté et s'est approché de moi, je lui ai fait deux bises, il m'a lâché, toi, tu as fumé, j'ai vite regardé vers maman, par chance, elle n'avait pas entendu, elle était occupée avec Laurent. Papa m'a fait un sourire, genre je t'ai bien eu, je lui ai fait le même, je ne voulais pas me fâcher avec lui, ça rendrait triste maman. Puis il a soulevé Laurent pour l'embrasser, et le petit s'est mis à pleurer, il ne s'arrêtait plus, papa ne savait pas quoi faire, maman l'a attrapé, elle lui a demandé ce qu'il avait, il était incapable de répondre, elle l'a pris dans ses bras, elle s'est assise dans l'herbe et elle l'a bercé, comme un bébé.

Avec Catherine, on restait debout à côté d'eux, un peu bêtes, on ne savait pas quoi se dire, on avait la sensation que papa était parti depuis des mois, on mourait d'envie de lui poser des questions, mais on n'osait pas, on n'était pas sûrs d'avoir le droit, si ça ne risquait pas de le mettre en colère, comme avant. Il a essayé de nous demander comment étaient nos vies, comment ça allait à l'école, Catherine lui a répondu bien, ça va, pas de quoi entretenir la conversation. Heureusement, Laurent s'est calmé, maman s'est relevée, la pelouse avait laissé une trace verte sur sa jupe bleue, on n'a rien dit, ça lui gâcherait la journée, c'était sa jupe préférée, elle l'avait spécialement choisie pour l'occasion. Elle nous a dit, allons faire une petite promenade dans le parc. Il y a un lac par là, je crois, a lâché papa, je l'aperçois depuis la fenêtre de ma chambre, il faut traverser le bois. Tu es sûr que tu as le droit, Laurent s'inquiétait. Évidemment, je ne suis pas en prison. Papa était incapable de marcher plus de quelques minutes, on n'est pas allés jusqu'au lac. On s'est installés à l'ombre pour goûter, je me suis trouvé une pierre, pas question que je bousille mon jean tout neuf, un 501 offert par tante Marie pour mon anniversaire. Catherine est restée debout, elle ne voulait pas dire pourquoi, mais moi, je sais, sa jupe était beaucoup trop courte, dès qu'elle s'asseyait, on voyait tout, elle avait peur que papa lui fasse une remarque.

Elle avait tort, il ne s'intéressait déjà plus à nous, il demandait à maman si on avait des nouvelles du village. Maman a résumé le dernier coup de fil avec tante Paule, elle s'inquiète pour toi. Papa ne l'écoutait plus, mais tu sais s'ils continuent à mettre la pression sur le bataillon de recherche, ils doivent poursuivre mon travail. Tu crois vraiment que Paule n'a que ça à faire ? Maman se doutait que papa ne serait pas content, mais elle ne voulait pas lui mentir. Papa allait bientôt exploser, je le voyais à ses mains qui s'ouvraient et se fermaient. Bon, il faut que j'aille aux toilettes, c'est dans le bâtiment principal? Maman m'a lancé un regard de soulagement, Laurent m'a dit, attends, attends, je viens avec toi, Catherine nous a suivis, on a laissé les parents derrière nous, j'ai vu maman parler à papa, arrête avec ça, tu ne te rends pas compte que tu nous gâches la vie, tu ne peux pas juste profiter de nous, voilà ce qu'elle devait lui dire. Ils nous ont rejoints dans le hall d'accueil, dites au revoir à votre père, il doit nous laisser, il a des soins à faire, ça sonnait comme un mensonge. Ça nous allait bien, on n'avait pas envie de rester plus longtemps, on a obéi, on l'a embrassé et on est remontés dans la voiture, vous reviendrez hein? a-t-il demandé juste avant qu'on parte. Aucun de nous n'a répondu. Dans la voiture, Laurent a quand même posé la question, on reviendra, hein, maman, on ne va pas l'abandonner là? Bien sûr que non, a rétorqué maman. Papa est sorti un mois plus tard. Maman est allée le chercher à la clinique, on l'attendait à la maison. Les premières semaines, tout allait bien, il était un peu mal à l'aise, mais il ne criait plus et il ne buvait plus.

*

2003

À vendre

Chalet familial à la sortie du village, beau terrain de 4000 mètres carrés, dépendance pour les animaux, source.

Le chalet : une grande cuisine, une salle à manger, un salon, quatre chambres, cave et garde-manger, rénovation à prévoir et salle de bains à créer.

Prix : nous consulter.

*

Été 2003

Marie a pris la décision seule. Pour la forme, elle a réclamé leur accord à ses frères et à sa sœur, mais ils n'ont pas eu vraiment le choix quand ils ont découvert la situation financière de la famille. Elle n'est pas entrée dans le détail, les grandes lignes suffisaient à comprendre qu'il était urgent de prendre des mesures s'ils ne voulaient pas se retrouver avec une montagne de dettes à payer. Paule avait demandé s'il n'y avait pas d'autre solution que la vente du chalet, peut-être qu'avec toutes leurs économies, ils pourraient… Jean avait secoué la tête, moi, je n'ai rien, Luc avait lâché, si j'exige ça de Christine, c'est fini, Paule s'était tournée vers Marie, et toi, tu as pas mal d'argent, tu dis toujours que tes manuels scolaires, ça t'assure de bons revenus. Hors de question, avait répondu sa sœur. Paule l'avait trouvée égoïste, comme souvent. Elle ne savait pas que Marie payait les dettes familiales depuis des années et qu'elle arrivait au bout de ses possibilités. Ils avaient mis le chalet sur le marché, et il n'avait pas fallu longtemps pour qu'un acheteur se manifeste, un gars originaire du village parti travailler dans la vallée. Paule avait accepté de vendre parce que c'était un local. Ils ont rendez-vous chez le notaire dans moins d'un mois, il faut finir de débarrasser la maison.

Marie ignorait qu'il restait tant d'affaires, elle pensait que tout avait été jeté depuis des années. Elle n'avait jamais posé la question, un « oui, c'est vide » aurait été trop définitif à ses oreilles. Jusque-là, elle n'avait rien voulu garder des parents, à part une ou deux photos qu'elle conservait précieusement dans son portefeuille. Quand le chalet a été vendu, elle a hésité à revenir au village pour débarrasser la maison, elle aurait pu laisser cette tâche à sa sœur. Paule a insisté pour qu'elles le fassent à deux, c'est important de tourner la page, a-t-elle plaidé, je te laisserai choisir en premier ce que tu veux garder. Marie se demandait s'il y avait un objet qui lui ferait plaisir. Les bracelets de maman, peut-être. Elle ne les mettait pas souvent, les jours de fête uniquement, elle trouvait que ça la gênait pour le travail dans la maison, elle avait peur de les perdre, de les abîmer, de les accrocher. De temps en temps, elle laissait Marie les essayer, à condition qu'elle les range bien dans leur boîte ensuite. Marie faisait très attention, elle aimait particulièrement le bleu, elle ne sait pas ce qu'il est devenu, elle était tellement en colère lorsqu'elle a quitté la maison dans les jours qui ont suivi la disparition, elle n'a pas pensé à le chercher. Elle ne l'a jamais revu, ni sur tante Andrée ni sur Paule. Elle aurait aimé l'offrir à Louise, pour son anniversaire, tiens, c'est un bijou qui vient de ta grand-mère, ce serait un geste de réconciliation. Louise le trouvera sans doute laid, elle ne le mettra pas. Marie lui pardonnera, comme toujours, l'essentiel, c'est que Louise le garde en souvenir.

Si elles le retrouvent aujourd'hui, elle demandera à Paule si elle peut le conserver, Paule préférera sûrement autre chose, la croix que maman portait sans arrêt autour du cou, au bout d'une chaîne fine. Elle la rangeait dans son décolleté ou sous son pull, de temps en temps, elle la touchait pour vérifier qu'elle était bien là. Lorsqu'elle était nerveuse ou qu'elle avait besoin de se concentrer, elle la glissait entre ses lèvres, Père la grondait, tu n'es plus une enfant, c'est dégoûtant de mettre ce truc à la bouche.

Aussitôt, elle laissait la croix retomber. C'est idiot, maman doit toujours l'avoir sur elle. Marie se sent mal à l'aise de penser à ce qu'elle pourra récupérer. Sa sœur essaie simplement de lui faire plaisir, mais elle lui en veut de lui avoir mis cette idée dans la tête.

C'est son truc à Paule, les objets. Déjà, elle en a entassé plein qu'elle veut récupérer sur la table de la cuisine. Des tasses à café, des draps brodés, les tableaux du mur du salon, de vieux cadres dans lesquels reposaient des broderies au point de croix pleines de poussière. Marie se demande ce que Paule va en faire, elle ne va pas mettre ça chez elle. Sans doute espère-t-elle pouvoir les rendre aux parents un jour. Jean est passé un peu plus tôt, il s'est contenté de récupérer le matériel d'alpinisme encore en bon état, les piolets, les mousquetons et les cordes. Il n'a rien voulu d'autre. Il n'a pas beaucoup de souvenirs de cette maison et de la vie qu'ils y menaient. Luc n'a pas souhaité faire le déplacement. Par téléphone, Paule lui a décrit ce qui restait de sa jeunesse dans sa chambre, les images de footballeurs découpées dans les journaux, elles sont toutes jaunes, friables même, les livres qu'il a laissés sur les étagères et quelques pulls. Il lui a dit de tout jeter, que voulait-elle qu'il fasse de toutes ces vieilleries ? Elle l'a mis en garde, ne tourne pas la page comme ça, la même expression qu'avec Marie. Une trace de Père et de maman, peut-être ? Il lui a crié dessus, à quoi ça servirait ? Ça ne les fera pas revenir. À les avoir près de toi, lui a murmuré Paule avec ce ton qui a le don de le mettre hors de lui.

En l'entendant, Marie a haussé les épaules, elle a conseillé à Paule de ne plus s'en préoccuper, elle soupçonne sa sœur d'avoir quand même mis deux ou trois choses de côté pour Luc. Marie est repartie les mains vides, se demandant ce qu'elle était venue faire là, si ce n'est dire adieu définitivement à son enfance. Elle pensait détester ce chalet, elle s'y est promenée avec nostalgie, laissant ses mains glisser sur le lambris. Elle connaît chaque centimètre de cette maison, elle peut y circuler dans le noir sans risquer de tomber ou de se faire mal. Elle sait la petite hauteur à franchir à l'entrée de la cuisine, elle devine l'emplacement des portes, descend l'escalier sans hésitation. Étrange familiarité avec un lieu quitté depuis des années.

Paule a insisté pour que Marie emporte quelque chose, Marie a refusé, elle l'a laissée seule pour continuer le tri, tu devrais appeler quelqu'un pour te débarrasser de tout ça. Paule en est incapable, elle a déjà vidé la maison de tante Andrée et de l'oncle Antoine après leur décès, et emporté un tas d'objets qu'elle a entassés dans son grenier, René a fait la grimace, tu sais très bien qu'on n'y retouchera plus jamais. Dans le chalet familial, elle cherche les livres de leur mère, elle est convaincue qu'ils sont restés là tout ce temps, entre la cuisine et le salon. Il n'y en a plus trace, elle fouille partout, Marie a raison, pour les gros meubles, elle va devoir faire appel à quelqu'un. René n'acceptera jamais qu'ils les stockent chez eux. Il le lui a répété hier soir, tu sais très bien que dans la grange, ça va s'abîmer, il vaut mieux que ça profite à des gens. Il faut qu'elle s'habitue à l'idée. Elle redescend, rouvre les cartons que Marie a préparés, de la vaisselle encore, des papiers, sur l'un d'eux, elle a écrit « ne pas jeter » au feutre noir et en lettres majuscules, Paule le déplace pour qu'il ne parte pas avec les autres. Celui-là, juste à côté, est lourd, elle déchire le scotch, ah, voilà !

Lorsqu'elle rentre chez elle en fin de matinée, elle est chargée d'un gros sac. Marie lit sur le banc devant la maison, c'est la meilleure heure, même si Paule n'a que rarement l'occasion d'en profiter, les enfants vont bien ? Oui, ils s'occupent entre eux. Paule lâche son sac, tu es inconsciente, ils sont encore petits, on ne peut pas les laisser seuls, mais non, ils savaient que j'étais là en cas de problème, et puis, tu n'avais qu'à les surveiller au lieu d'aller fouiller dans ces trucs poussiéreux. Paule rentre, Marie part pour une grande balade. À son retour, Paule lui tend un cahier bleu dont la tranche se casse, tiens, je t'ai apporté ça.

Marie attrape le cahier, elle monte dans sa chambre, elle sait ce que c'est et pourquoi Paule l'a rapporté pour elle. Maman y collectionnait des recettes de fêtes, celles qu'elle ne faisait que pour les grandes occasions, elle les découpait dans des magazines que lui donnait la coiffeuse et les collait quand elles lui plaisaient. Il y a la recette du canard à l'orange, c'était terriblement à la mode à l'époque, Marie se souvient de la première fois où maman en a préparé un. Avant même de goûter, Père était furieux, il trouvait ça idiot de mettre autant d'argent dans de la viande, je n'en chasse pas assez, que tu as besoin d'en acheter à d'autres ? Mais quand il avait goûté, la tête qu'il avait faite ! Sur le moment, il n'avait rien dit, monsieur le curé était là, c'était pour la petite communion de Luc. Après le repas, il s'était mis tellement en colère qu'ils avaient tous tremblé pour maman, c'est quoi ce truc de gâcher de la viande avec du sirop, ils s'étaient demandé s'il n'allait pas la frapper, Luc répétait, je te préviens, s'il la touche, je m'en mêle. C'était une époque où Père se fâchait très souvent, la plupart du temps pour des questions d'argent. Les enfants n'y comprenaient rien, et maman disait à Père de ne pas parler de ça devant eux. Marie continue à feuilleter le cahier, chaque page lui évoque un souvenir, une invitation, des repas en grand nombre. Lorsqu'elle redescend, elle remercie Paule, ce serait mieux que ce soit toi qui le gardes, elle lui a rendu le cahier. Paule n'a pas protesté, Marie sera contente de le voir dans la cuisine chaque fois qu'elle viendra, même si Paule ne l'utilise pas.

*

2004

Jean monte le son de la télévision pour ne pas entendre Luc tambouriner à la porte, allez, ouvre, Jean, je m'excuse, je ne voulais pas dire ça. À l'intérieur, Jean reste immobile, cette fois, il n'ouvrira pas. La dispute a commencé un peu plus tôt, au café. Luc le titillait depuis un moment, il insistait pour grimper, quelqu'un lui avait parlé d'une faille, là, en montant vers l'aiguille verte, il voulait y aller le lendemain. Jean avait refusé, il avait prévu une sortie avec d'autres guides. Était-ce l'alcool ? Luc l'avait traité d'égoïste. Jean avait disjoncté. Toi, tu passes ton temps à me juger, à me dire que je ne pense qu'à moi, avait-il lâché à Luc. Je ne te dis rien, moi, de ta vie, de l'alcool que tu ingurgites pour oublier que tu n'es pas capable de grimper comme Père, pas capable d'aimer ta famille. Luc s'était mis à trembler. Dans le bar, un autre guide avait surenchéri : c'est sûr, ton frère, c'est un homme, un vrai, pas comme toi. Luc s'était levé, il tenait à peine debout et s'était mis à crier : mon frère, un vrai mec ? Mais tu sais donc pas que c'est une lopette, non, pas une lopette, c'est pas comme ça qu'on dit, les gens comme lui, ce sont des tapettes, qu'on les appelle, vous ne savez pas qu'il va dans la vallée se faire enfiler par des… Il n'avait pas fini sa phrase, Jean était face à lui, le visage fermé, la mâchoire serrée. Un autre guide avait attrapé Luc par le bras, il est temps que tu rentres te coucher. Étrangement, Luc avait obéi. Jean avait bu encore un verre, puis il était parti à son tour.

Cette fois, il s'est juré de ne pas pardonner à Luc. Demain, s'il le croise dans la rue, il l'ignorera, il évitera de passer chez Paule tant que son frère sera là. Il n'en peut plus. Il lui avait déjà fait le coup de la blague sur les pédés, Jean s'était fâché. L'oncle Antoine vivait encore, Luc était allé pleurnicher chez lui, il pensait que l'oncle le soutiendrait. Antoine avait défendu Jean, tu sais, Luc, tant que tu ne te débarrasseras pas de la colère qu'il y a en toi, et Dieu sait s'il y en a, tu n'y arriveras pas.

Luc n'est pas le seul à avoir eu du mal à accepter son amour des garçons, mais c'est à lui que Jean en veut le plus. Paule n'aime pas trop non plus, mais il comprend sa réaction, elle n'a jamais quitté le village, elle a gardé des idées toutes faites sur le couple et la famille. Elle ne peut pas s'empêcher de faire des réflexions à Marie sur sa drôle de manière de vivre. Lui, elle ne le juge pas ouvertement, mais elle a eu des gestes, des phrases qui blessent. Comme ce baptême du plus jeune fils de Paule, Jean était le parrain, invité bien sûr, mais personne n'avait pensé à lui proposer de venir avec François, son compagnon dont ils connaissaient pourtant l'existence. Et puis, ces remarques sur les enfants qu'il ne pourrait jamais avoir – c'est quand même dommage. Il n'est pas sûr qu'il aurait été un bon père de toute façon. Il aurait sans doute été trop exigeant, en demandant toujours plus, la perfection ou quelque chose d'approchant. Son fils en aurait eu la vie impossible. S'il avait eu une fille, ç'aurait été pire, il aurait eu peur qu'il lui arrive un truc, tout le temps, il se connaît. N'empêche, les remarques de Paule l'avaient meurtri, il s'en était souvent ouvert à Marie, elle lui avait dit de ne pas faire attention, que c'était de la bêtise, rien de plus. À deux, ils avaient choisi d'en rire, bon, Jean, quand est-ce que tu te maries ? Bon, Jean, il faudrait revenir dans le droit chemin. Une seule fois, Marie l'avait entendu pleurer à l'autre bout du fil. C'était à propos du baptême et de l'absence d'invitation pour François.

Luc continue de tambouriner à la porte, il va réveiller toute la rue. Jean hésite, il ne veut plus de ce frère qui se bagarre sans arrêt. Ils lui ont tous trouvé des excuses. Paule disait qu'il avait voulu devenir guide pour suivre les traces de leur père, et qu'il ne s'était pas remis d'en être incapable. Elle sous-entendait parfois que c'était à cause de Jean que Luc buvait, enfin, pas vraiment à cause de lui, mais parce qu'il était jaloux de Jean, de ses talents de grimpeur. Paule en avait parlé à Pierre un jour, Jean l'avait entendue. Pierre trouvait que Paule protégeait trop Luc, qu'elle ne lui rendait pas service en croyant qu'il n'y avait que l'histoire des parents pour expliquer son alcoolisme et en lui pardonnant tous ses excès.

C'est la seconde fois en peu de temps que Luc fait des siennes. Dimanche dernier, par sa faute, le déjeuner de retrouvailles a tourné à la dispute. Jean s'était absenté quelques minutes pour se laver les mains. Lorsqu'il était redescendu à la salle à manger, Luc était le seul à parler. Il n'était même pas deux heures de l'après-midi, et il était déjà dans un sale état. Son frère parlait, parlait, il parlait de ses dettes, de la voiture qu'il aurait besoin de changer, et qu'il allait garder parce qu'il n'avait pas d'argent, ce n'est pas comme vous, hein, avec votre énorme bagnole familiale toute neuve, comment vous l'avez payée, avec l'argent de l'oncle et de la tante ? Jean l'avait mis en garde, Luc, tu vas trop loin. Contrairement aux autres, il n'avait pas peur de son frère.

Luc lui avait lâché, toi, tu ne dis rien, parce que tu en as fait quoi, toi, de l'argent ? Tu as acheté du matériel ? Tu es parti en vacances avec tes petits copains pédés ? Luc, ça suffit, cette fois, c'est Marie qui l'avait coupé, moi non plus je n'ai rien eu, et je m'en fiche. Tu t'en fiches parce que tu es pleine à craquer de fric. Marie était restée imperturbable, tout ça ne te regarde pas. Mais si, ça me regarde, je n'ai plus d'argent, et vous, vous êtes tous là, tranquilles, j'en ai marre, marre. Il hurlait, certains enfants commençaient à pleurer, il n'y a que les siens qui ne bougeaient pas, ils avaient l'habitude, leur mère les observait comme pour les supplier de ne rien dire. Jean s'était approché, il lui avait pris le bras, viens, on va prendre l'air. Luc s'était retourné et lui avait mis un coup au visage assez fort pour que son nez saigne. Paule s'était levée, elle avait attrapé Jean, elle avait repoussé Luc qui cherchait encore la bagarre, il lui avait jeté un : toi, la sainte-nitouche, ça va, et il est parti de la maison. Ce soir, Jean n'a aucune envie de revivre une de ces scènes, il espère que Luc va aller se coucher. Il secoue la poignée de la porte, hurle, Jean, ouvre-moi, il gèle. Jean résiste encore un peu, si peu, il tourne le verrou, entrebâille la porte, pas trop pour se laisser une chance de la refermer, Luc a plus de force qu'il ne pensait, il le bouscule et s'installe dans son canapé.

*

Automne 2004

Pour les vacances de Toussaint, on part toujours à la montagne, chez tonton René et tata Paule. Cette année, maman hésite, papa est encore en cure, c'est la seconde fois, la première, ça n'a pas fonctionné, apparemment, c'est souvent qu'il faut recommencer. Sans lui ce sera bizarre, non ? Elle nous demande ce qu'on en pense, je suis pour y aller quand même, Catherine est contre, elle veut rester avec ses copines qui ne s'en vont jamais à cette période ; Laurent, lui, est impatient de voir ses cousins. Maman décide de partir quelques jours, de toute façon, elle a déjà posé ses congés, et ce sera moins triste qu'à la maison. C'est ce qu'elle a dit à tata Paule quand elle l'a appelée pour la prévenir de notre arrivée. Tata Paule lui a répondu qu'on faisait bien, tante Marie viendra aussi, oncle Jean sera disponible, ce n'est pas la pleine saison des courses, il aura du temps pour les enfants. Exceptionnellement, on est partis en train, maman ne se sentait pas d'effectuer tout le trajet en voiture, elle a payé un taxi pour la gare de Lyon, on avait pas mal de bagages, René viendrait nous chercher dans la vallée pour qu'on ne soit pas obligés de prendre le bus jusqu'au village, tant mieux ça tournera moins, on sera moins malades. Quand on est arrivés, tout le monde était là, il y avait une ambiance assez joyeuse, je trouvais ça bizarre, je crois qu'ils essayaient de nous faire oublier papa.

Maman restait souvent avec Marie, elles discutaient à voix basse, j'imagine qu'elle parlait de lui, maman pleurait beaucoup, Marie disait, tu as eu raison, il n'y avait pas d'autre solution, elles devaient parler du fait que maman avait quasiment obligé papa à repartir en cure. Ça faisait du bien à maman, elle mangeait avec plus d'appétit, elle recommençait à sourire. Nous, les enfants, on passait beaucoup de temps avec tonton Jean et tonton René. Ils nous ont accompagnés sur un névé un peu haut dans la montagne, pour qu'on fasse de la luge avec les cousins. Tata Paule n'était pas trop d'accord, le soir d'avant, je l'ai entendue demander à René, tu es sûr que ça ne risque rien, parce qu'on n'a pas besoin d'un nouveau drame. Il a ri, évidemment, que veux-tu qu'il leur arrive, il y a dix centimètres de neige ! D'ailleurs quand on est arrivés là-haut, on a bien vu qu'il n'y avait rien à craindre, c'était une petite plaque de glace, les petits se sont bien amusés, nous, les grands, on s'est ennuyés, on s'est dit qu'on avait traîné nos luges jusque-là pour pas grand-chose, avec les cousins, on a fini par s'asseoir sur les rochers pour discuter. Catherine n'arrêtait pas de nous couper la parole, elle s'embêtait, je l'ai ignorée un moment, puis je lui ai lancé, le premier aux sapins, et je suis parti en courant, elle m'a suivi, on avait laissé nos luges derrière nous, oncle René les a ramassées sans rien dire. Il n'était pas fâché quand il nous a rattrapés. De toute façon, il n'est jamais fâché.

Louise, la fille de tante Marie, n'était pas venue avec nous. Quand on est rentrés, on lui a demandé ce qu'elle avait fait. C'était pénible, nous a-t-elle dit, ma mère et les vôtres n'ont pas arrêté de s'inquiéter pour vous, mais comment ça se fait qu'ils ne sont pas rentrés, ça prend pas tant de temps que ça d'habitude, il a dû se passer quelque chose. Louise riait, vous imaginez, tout ça pour une balade en luge. Nous, ça ne nous étonnait plus, les parents avaient toujours été comme ça. C'est à cause de grand-père et de grand-mère, a soupiré Catherine, de l'air de celle qui sait. Elle faisait la maligne comme si elle seule détenait le secret. En vrai, on l'avait tous les deux découvert aux vacances d'avant.

Un soir, les adultes se sont engueulés. Bien fort pour un truc qui nous paraissait dérisoire. Ils parlaient de la direction dans laquelle les grands-parents étaient partis. Marie, papa et Paule, ils étaient tous sûrs d'avoir raison, aucun ne disait la même chose. Tonton Jean restait silencieux, René aussi, papa et Marie ont fini par quitter la table, il faut toujours que tu aies raison de toute façon, et toi, tu n'écoutes jamais personne. Tata Paule était restée à table, elle a essuyé ses yeux, on voyait tous qu'elle pleurait, elle est partie chercher le dessert. Le soir, j'ai demandé à maman pourquoi tout le monde criait dès qu'on parlait des grands-parents, elle a dû penser que j'étais assez grand pour comprendre, elle m'a raconté, j'ai enfin compris les disputes entre papa et elle depuis des années. Je me suis dit que ce n'était pas si grave de ne pas avoir de père, le mien me collait si souvent la honte. Maman m'a fait promettre de ne rien dire à Catherine et Laurent. Elle ne savait pas que ma sœur avait entendu l'engueulade, je l'ai pas caftée.

La semaine est vite passée, c'était vraiment chouette, ça nous a fait oublier toutes les crises avec papa. Quand on est partis, tante Paule a dit à maman, revenez vite avec Luc, il me manque, maman a hoché la tête, on est remontés dans le train, aucun de nous ne parlait, pas même Laurent le jacasseur, maman paraissait triste, je ne sais pas si c'était à cause de ce qui nous attendait à la maison ou de la fin des vacances. On est restés silencieux un bon moment dans le train, je regardais le paysage changer par la fenêtre, les montagnes ont disparu, laissant la place à des collines, puis ça a été la plaine, puis Paris. Laurent croyait que papa nous attendrait à la gare, il s'est mis à pleurer quand il a vu que personne n'était là, maman a dû lui acheter une sucette pour qu'il arrête, je crois qu'elle était à bout. Comment on va rentrer, j'ai demandé, on va prendre un taxi, a répondu maman. Je savais qu'on n'avait plus beaucoup d'argent, c'était un sujet fréquent de dispute entre papa et maman, elle trouvait qu'il dépensait trop, qu'il ne faisait attention à rien, et puis, je l'avais entendue, la cure, c'est pas gratuit, c'est ce qu'elle avait dit à tante Marie un matin dans la cuisine. Marie lui avait proposé de l'aide, c'est gentil, mais on n'en est pas là. Sa réponse m'avait soulagé, mais quand même, un taxi…

Je regardais le compteur tourner, il me semblait que les euros défilaient trop vite, je vérifiais sans cesse, j'étais sûr que le chauffeur avait choisi la mauvaise tarification, pourquoi en C, c'est pas un aller-retour, il nous dépose juste à la maison. Maman avait l'air de trouver ça normal, elle a sorti trois billets quand on est arrivés, ça me paraissait énorme, même pour mon anniversaire, j'en avais pas autant. J'ai pensé que j'allais peut-être faire chauffeur de taxi, conduire et gagner beaucoup d'argent, ça avait l'air chouette. Je n'ai pas dit que Laurent avait laissé sa sucette collée sur le siège arrière, le taxi ne serait pas content, il valait mieux qu'il le découvre par lui-même ; Catherine est sortie de l'autre côté pour ne pas avoir à passer dessus. Quand on est rentrés dans la maison, ça sentait le renfermé, le vieux. J'ai filé dans ma chambre pour ne pas voir l'absence de papa, je ne sais pas si je la regrettais, maman m'a rappelé, et les valises, alors, elles vont rentrer toutes seules ? Catherine et Laurent étaient trop petits pour les prendre, il faut dire qu'on avait emporté un sacré barda, on n'avait pas eu besoin de la moitié des choses. Je les ai montées devant les chambres, espérant avoir un peu la paix, maman était d'humeur active, on va aller faire les courses, ce sera fait, je lui ai suggéré d'y aller demain, elle n'a rien voulu entendre, on est partis au supermarché.

*

Hiver 2004

Le téléphone a sonné au milieu de la nuit, c'est maman qui a décroché, oui, c'est Paule, qu'est-ce qui se passe ? Je la revois en bas, dans l'entrée du chalet, le combiné à la main. Elle était pieds nus, je m'en souviens parce que ça ne lui arrive jamais, elle porte toujours d'affreux chaussons en laine avec de la fausse fourrure à l'intérieur, je me disais qu'elle devait avoir froid. Papa m'a écarté du haut des escaliers pour pouvoir descendre, il marchait tout doucement comme s'il pressentait le malheur et voulait l'éviter, il se tenait au mur comme un petit vieux, un truc qu'on ne faisait jamais, maman ne supportait pas, elle disait toujours que ça laissait des traces sur le papier peint.

Cette nuit-là, elle ne lui a rien dit, elle a remercié dans le téléphone, elle a raccroché et s'est tournée vers papa, lentement. Il a juste prononcé : c'est Jérôme ? Puis deux mots : il est ? Je ne sais pas comment il a su qu'il s'agissait de mon frère. Maman a secoué la tête, non, René, il n'est pas, mais c'est grave. Papa n'a pas eu l'air étonné. Ça faisait des semaines qu'il prévenait Jérôme qu'il allait lui arriver des ennuis vu la manière dont il conduisait sa mobylette. Il menaçait de la lui supprimer. Ce n'était pas possible, mon frère en avait besoin pour travailler. Maintenant, papa devait bien regretter de ne pas l'avoir puni. Avec les filles, on attendait à l'étage. Maman a dit, je vais m'habiller, il faut qu'on y aille, papa a ajouté, je vais dégeler la voiture, les enfants, il va falloir rester sages, quelqu'un viendra s'occuper de vous demain matin, je vais prévenir un voisin. Maman a secoué la tête, non, je ne les laisse pas seuls. Paule, tu exagères ! Non, a répété maman, pas question.

On n'a pas compris pourquoi elle disait ça, on se sentait capables de rester sages quelques heures, papa a tout de suite changé d'avis, d'accord, allez, les enfants, des anoraks, des chaussettes, des bottes et on file. Papa n'a pas réussi à faire démarrer la voiture, il a dû s'y reprendre à plusieurs fois, derrière on avait envie de rire, mais ce n'était pas le moment, alors on se retenait. René, je vais conduire, papa a répondu, mais non, ça va aller. Il roulait très doucement, il prenait ses virages comme les Parisiens, bien réguliers, sans déborder sur la voie d'en face ; maman s'impatientait, elle voulait voir Jérôme le plus vite possible. On a fini par arriver à l'hôpital, papa avait laissé sa vitre entrouverte, nous on était gelés, maman n'y a même pas fait attention.

Ils nous ont laissés dans une salle d'attente, il y avait quelques jeux et de vieux livres, j'ai essayé d'en lire un à Cécile, elle l'a trouvé nul, elle était fatiguée, je lui ai proposé de s'allonger sur une banquette, elle n'a pas voulu, elle trouvait qu'elle était sale, pas question de poser sa tête dessus, elle avait envie d'aller aux toilettes, je lui ai dit d'attendre maman. C'était pressé, Cécile s'est mise à pleurer, elle avait tellement mal au ventre, je lui ai ordonné d'y aller toute seule, elle avait peur, Lucie a fini par sortir de son sommeil et l'accompagner.

Je pensais à Jérôme et à toutes les fois où papa l'avait engueulé. Le plus drôle, c'était au cimetière, pour la

Toussaint. Chez nous, la Toussaint, c'est un jour spécial. Tata Marie et tonton Luc ne viennent pas toujours, c'est un peu loin, mais s'ils sont là, on se retrouve à la maison, on prend un café, puis on part pour une tournée de tous les cimetières où il y a des membres de la famille. Et il y en a un paquet. Je déteste ça, on passe de la voiture aux allées de tombes, il fait souvent très froid, on n'a pas le droit de s'amuser, ce n'est pas le lieu, maman nous le répète toute la journée. La dernière fois, avec Jérôme, on s'était pris une bonne gifle parce qu'on avait trempé nos pantalons et nos chaussures en allant remplir l'arrosoir, c'est malin avec le froid qu'il fait, vous allez attraper la mort. On nous avait envoyés dans la voiture, on les avait attendus longtemps, les parents, l'odeur de plastique me donnait envie de vomir. J'avais prévenu Jérôme, s'ils ne se dépêchent pas, je vais vomir. C'est tout ce que t'as trouvé pour sortir de la bagnole, papa nous a dit de ne pas bouger et tu as vu comme il était énervé, m'avait lancé Jérôme. Je n'avais pas eu le temps de lui répondre, le reste de mon petit déjeuner avait fini sur la moquette entre les sièges. Jérôme avait couru dans le cimetière en criant, papa était furieux, c'était rare de le voir comme ça, ça va pas non, un jour de Toussaint en plus, tu peux pas respecter les morts un peu ? Jérôme s'était pris une taloche, papa l'avait poussé dans la voiture, et maintenant, vous vous tenez tranquilles. Il n'avait pas fini sa phrase, il avait compris dès qu'il avait senti l'odeur, manquait plus que ça, allez, descends et va dire à ta mère de te nettoyer. On était rentrés vite fait à la maison, maman avait dit qu'elle irait plus tard fleurir les autres tombes. Dans la voiture, Alain, mon autre frère, avait failli être malade, je le voyais, il rotait sans arrêt. L'odeur était affreuse, papa roulait les fenêtres ouvertes, on claquait des dents. Jérôme nous faisait des grimaces, c'était ça que j'aimais chez mon frère, il se moquait toujours de tout.

À l'hôpital, la nuit n'en finit pas. Enfin, papa est ressorti de je ne sais où, il était tout blanc, j'ai eu peur. Bon, il a fallu l'opérer toute la nuit, mais ça va. Jérôme est tout cassé de partout, maman va rester avec lui, nous, on rentre à la maison. Papa avait l'air un peu mieux, il conduisait moins bizarrement. Dans les jours qui ont suivi, il s'est mis à fumer énormément, il partait de longues journées marcher en forêt, il revenait le paquet de cigarettes vide, il avait l'air de ne plus dormir tellement il était pâle. Maman s'énervait souvent. Contre les gens du village. Au début, ils ont tous appelé, elle croyait que c'était pour la réconforter ; en réalité, ils s'apitoyaient sur leur sort, ils ne parlaient que d'eux. L'un d'eux a raconté cette chute qu'il avait faite à deux-roues dans un ravin, tu te souviens, j'ai bien failli y passer, je suis resté trois mois à l'hôpital. Un autre, la mort d'un père, d'un grand-père, d'un neveu dans de la tôle froissée.

Lorsqu'elle nous pensait occupés, maman disait à papa, personne ne me demande ce que je ressens. Elle lui racontait la peur de perdre son fils, la perspective qu'il ne puisse pas remarcher, ce bras, tellement brûlé par l'asphalte qu'il avait fallu le greffer. Tout le monde disait à maman, Paule, tu es si forte, tu encaisses sans te plaindre. On la trouvait courageuse, tu te rends compte, elle continue de s'occuper des six enfants malgré tout. Et elle fait la navette tous les jours jusqu'à l'hôpital, elle ne veut pas laisser son petit seul trop longtemps. Personne ne proposait de l'aide. Ou peut-être l'avaient-ils fait et maman avait refusé. Elle ne mangeait pratiquement plus, elle ne se mettait même plus à table avec nous. Elle perdait patience, elle nous criait dessus dès qu'on n'obéissait pas, mais vous ne voyez pas toute la peine qu'on a, il faut que vous en rajoutiez. Papa nous emmenait en promenade pour nous éloigner d'elle, il nous donnait de petits travaux pour nous occuper, couper des légumes pour la soupe, ramasser les mauvaises herbes devant le chalet, rassembler les poules à la tombée du jour.

Une fois, maman nous a abandonnés toute une semaine pour accompagner Jérôme dans un centre de rééducation, le temps qu'il s'habitue, elle ne pourrait pas y retourner tout de suite, c'était trop loin de la maison. Papa était d'accord, mais oui, on va se débrouiller, ne t'inquiète pas, les enfants m'aideront. Il n'avait pas bien mesuré l'ampleur de la tâche, on était encore tous les cinq à la maison, il fallait nous nourrir, surtout nous, les garçons. Les premiers jours, ça allait, maman avait laissé de quoi manger, mais dès le lundi, ça a commencé à être la pagaille, il a fait des pâtes, beurre et fromage, on lui a dit que c'était super, il avait juste oublié de mettre du sel dans l'eau et de vérifier la cuisson, on s'est tous retrouvés avec des petits bouts de pâtes dures dans le creux des dents. Cette semaine-là, on a aussi mangé de la viande crue, du steak carbonisé, des légumes bouillis. Le midi, on était contents de rester à la cantine, histoire d'avaler un truc correct, les filles chouinaient parce que personne ne faisait la lessive et qu'elles n'avaient pas leurs affaires de sport le jour où elles en avaient besoin, papa s'est approché de la machine à laver, il l'a regardée, s'est tourné vers nous, il va falloir attendre que maman revienne. Tonton Jean nous donnait un coup de main. Dès qu'il voyait qu'il manquait quelque chose, il s'en occupait. Il coupait des bûches lorsque la réserve de bois diminuait, il déneigeait les accès aux granges. Quand maman était là, il s'asseyait à la table de la cuisine, et il restait avec elle, juste pour lui montrer qu'elle n'était pas seule.

Tata Marie n'est venue qu'une fois, à l'hôpital. Elle a mis maman en colère. En arrivant, maman l'a entendu dire à quelqu'un au téléphone, tu le verrais, il est tellement amoché, je crois qu'il ne pourra jamais remarcher. Maman lui a crié dessus, si c'est pour ça que tu es venue, tu peux repartir, moi j'ai besoin de gens qui croient en la guérison de mon fils. Papa nous a fait sortir de la chambre, on n'a pas vu si elles s'étaient parlé après, Marie est partie très vite, maman a aidé Jérôme à manger, et on a repris la voiture en silence. De toute l'hospitalisation de Jérôme, tata n'est pas revenue. Au téléphone, elle disait à maman qu'elle aimerait bien, mais que c'était si loin, le voyage, si compliqué, tu comprends hein, et puis, tu n'as pas besoin de moi, je ne serais qu'un poids de plus, un dérangement. Je viendrai quand il ira mieux. Maman s'en fichait, elle ne s'intéressait qu'à Jérôme. Il avait commencé à faire des progrès, il ne marchait pas encore parfaitement, mais maman avait moins peur. Lorsqu'il est rentré à la maison, maman a retrouvé sa douceur habituelle. Tonton Jean s'est éclipsé. Tata Marie n'a plus trop appelé. Maman laissait filer, elle n'était pas sûre d'avoir encore des choses à dire à sa sœur. Tonton Luc n'avait donné aucun signe de vie. Tant mieux, ça n'aurait fait qu'empirer les choses.

*

Fin 2004

Elle est sortie marcher pour ne plus entendre les reproches de Louise. Depuis le matin, sa fille lui fait la tête, elle veut aller à une fête ce soir, et Marie refuse. C'est où ? Avec qui ? Louise n'a pas voulu lui répondre, elle l'a accusée de la fliquer, alors Marie a dit non, tu n'as que treize ans, il n'est pas question de te laisser sortir sans en savoir plus. Louise a râlé toute la journée, elle a crié, pleuré, essayé d'attendrir Louis, boudé ostensiblement. À seize heures, Marie n'en pouvait plus, elle a attrapé son imper, et malgré la pluie, elle est allée sur la digue. Sa fille a raison, elle la couve trop, mais elle ne peut pas s'en empêcher, elle est encore jeune, il peut arriver tellement de choses à cet âge. Alors, elles se disputent souvent. En permanence, dirait Louis.

Marie a l'impression que Louise n'a jamais cessé d'être en colère contre elle depuis qu'elle a quitté son père. Louise n'avait rien vu venir jusqu'au petit déjeuner, où Marie lui avait lâché, ton père va aller vivre ailleurs. Mais il reste au Havre. Pour toi, ça ne changera rien, tu le verras aussi fréquemment que tu voudras. Elle pensait sincèrement que sa fille se fichait de leurs histoires bancales d'adultes, elle n'avait pas imaginé que le monde de son enfant de huit ans venait de s'écrouler. Elle n'avait jamais expliqué sa décision à Louise. Marie n'avait pas voulu lui raconter qu'avec Jacques, elle se sentait prisonnière de ses choix à lui, il désirait toujours l'entraîner sur des voies qu'elle refusait, sans écouter ses envies. Elle passait son temps à résister, puis à céder, parce qu'elle craignait de lui déplaire, parce qu'elle avait peur qu'il la quitte. Elle avait mis des années à le comprendre, mais sa décision, elle l'avait prise en une nuit. Louise était allée pleurer dans sa chambre, elle avait mis les pieds contre la porte pour être sûre que sa mère ne pourrait pas entrer, c'était Jacques qui avait frappé quelques minutes plus tard, Louise, ouvre, on va parler. Louise avait fini par chuchoter, je ne veux pas parler, je suis juste triste. Jacques lui avait dit doucement, tu sais, c'est comme ça, les adultes, il arrive qu'un jour, on ne s'aime plus. Elle avait entrouvert la porte, l'avait regardé, tu n'aimes plus maman alors ? Il avait eu l'air gêné, si, je crois que c'est plutôt elle.

Les premières années où elles ont vécu toutes les deux, Louise lui a fait payer très cher ce qu'elle considérait comme une trahison. Elle piquait des colères dès que Marie lui refusait quelque chose, ça partait d'un rien, Marie voyait la rage monter, monter puis exploser. Quand elles allaient chez Paule pour les vacances, Louise était incapable de contenir ses crises de colère. Les cousins la regardaient, inquiets, Marie la laissait faire. Paule lui disait, ce n'est pas normal qu'elle réagisse comme ça, tu la gâtes trop, Marie soupirait, tu comprends pourquoi je ne voulais pas te dire qu'on n'était plus ensemble avec son père, j'étais sûre que tu verrais tout à travers ça, Louise a un fichu caractère, voilà tout.

Elle l'avait tant aimée depuis sa naissance. Elle avait veillé à lui apporter ce qu'elle-même avait perdu trop jeune, la tendresse d'une mère. Aujourd'hui encore, il lui arrive de prendre Louise dans ses bras ou de lui dire je t'aime. Elle le lui répète souvent, ça lui a tellement manqué. Père ne le disait jamais, bien sûr, ça ne lui venait même pas à l'esprit, maman non plus, peut-être était-elle un peu plus tendre avec Jean, ou peut-être se fait-elle des illusions, ses souvenirs sont embrouillés. Louise n'aime pas qu'elle le lui dise, surtout en public, elle rougit, elle se détourne, oui, maman, je sais, elle passe à autre chose. Marie ne peut pas se retenir, elle est terrifiée à l'idée que leurs liens se rompent.

Longtemps, elle n'avait pas voulu d'enfant, elle avait peur, peur de disparaître, peur de l'abandonner, elle se demandait ce qu'il deviendrait si elle ne pouvait plus être là, elle se trouvait égoïste de prendre ce risque. Jacques jugeait ses raisons absurdes, mais il ne trouvait pas les arguments pour la rassurer. Elle avait essayé d'en parler à Paule, sa sœur l'avait regardée sans comprendre, tu te poses trop de questions, les enfants, c'est du bonheur, uniquement ça. À l'époque, Paule en avait déjà deux. Marie avait laissé l'envie s'installer, doucement, elle avait arrêté de prendre la pilule sans le dire à Jacques, ça avait pris du temps, elle avait fini par lui annoncer qu'il allait être père. Il n'avait pas bien vécu d'être mis devant le fait accompli, il aurait aimé un projet à deux, avait-il dit. Mais puisque tu étais d'accord, puisque tu en voulais un, je ne vois pas où est le problème. C'est ça, justement, tu ne vois pas où est le problème.

Ils avaient attendu Louise comme s'il ne s'était rien passé, Marie se demande si leur histoire n'a pas commencé à s'étioler à ce moment-là. Elle n'y pensait pas, elle était trop occupée à regarder vivre Louise, à l'écouter respirer dans le creux de la nuit. Lorsqu'elle ne l'entendait plus, elle se figeait dans le noir, incapable de se lever pour vérifier que tout allait bien, jusqu'au moment où sa fille aspirait de l'air dans un gros hoquet rassurant. Elle était si petite à la naissance, même pas deux kilos, à l'hôpital, ils l'avaient gardée loin d'elle tant de nuits. Pourtant, pendant sa grossesse, ils lui disaient, vous allez voir, ce sera un beau bébé. Elle avait passé les deux premiers mois à retenir son souffle. Au début, elle appelait Paule tous les jours pour se rassurer, sa sœur lui répétait, tu verras, ça va bien se passer, il y en a plein des bébés qui commencent un peu fluets. Elle trouvait les phrases de sa sœur creuses, elle n'en tirait aucun réconfort, elle pensait beaucoup à sa mère, est-ce qu'elle l'aurait aidée, consolée ? Sans doute l'aurait-elle obligée à se reprendre, à se tenir debout en bonne montagnarde qu'elle était.

Marie ne s'est jamais sentie aussi fragile que dans les moments qui ont suivi la naissance de Louise, une amie lui disait, c'est normal, c'est le moment où toutes les choses de ta vie ressortent, et toi, avec ton histoire… Elle imaginait sa mère frapper à la porte, prendre Louise dans ses bras, lui donner sa chaleur dans une transmission de génération en génération, de femme à femme. Elle se réveillait en pleurs, la réalité lui revenait avec brutalité, elle restait dans son lit à attendre. Jean était venu la voir, elle se souvient de son petit frère arrivé tard le soir, il s'était penché au-dessus du lit de bébé, quelle merveilleuse petite. Ses mots avaient libéré Marie, la noirceur qui l'entourait s'était dissipée, Jean avait rempli le rôle de l'absente, peut-être avait-il voulu lui rendre ce qu'elle lui avait donné dans l'enfance. Avec Louise, il avait développé une complicité à la fois sportive et tendre.

Marie avait laissé Louise grandir, mais elle n'avait jamais réussi à lui accorder la liberté qui autorise toutes les audaces. Petite, elle l'accompagnait partout, à la danse, au poney, elles allaient faire du shopping ensemble, elle sacrifiait ses propres loisirs pour sa fille. Il lui semblait que Louise en était heureuse. Elle avait tellement de copines qui semblaient ne pas avoir de mère, elles étaient toujours indisponibles, parce qu'elles travaillaient trop ou parce qu'elles chômaient trop. Quand Marie finissait par les rencontrer, elles avaient l'air de vieilles dames, elles portaient des pulls déformés et de vieilles godasses, parfois trouées au niveau du petit orteil, elles allaient faire les courses avec, c'est pas loin, juste au bout de la rue, disaient-elles. Les copines de Louise avaient honte et regardaient Marie avec envie, elle, elle s'apprêtait toujours, même pour sortir le chien. Les copines venaient souvent chez elle, rarement l'inverse. Elles appréciaient les goûters de Marie. Elles aimaient la chambre de Louise, ses affaires, elles admiraient le fait que Louise ait un iPod avant tout le monde, Louise trouvait ça normal. La première fois que ces gamines voyaient la maison, elles osaient à peine bouger, elles restaient devant la fenêtre pour regarder la mer, fascinées par le panorama. Louise passait devant vingt, cinquante fois par jour, elle ne le voyait même plus.

Elle, elle n'avait qu'une envie, c'était aller chez ses copines, elle insistait pour qu'elles l'invitent, elle voyait bien que ça ne leur plaisait pas trop, ne comprenait pas pourquoi, elle voulait juste échapper quelques heures à Marie. L'une d'elles avait fini par lui proposer une pyjama-party, il lui avait fallu de longues heures pour convaincre Marie. Elle avait fait pression sur son père. Entre Marie et Jacques, ça commençait à aller mal, Marie n'avait pas voulu se fâcher avec lui pour un truc aussi idiot. C'était un vendredi soir, il commençait à faire nuit, Marie avait accompagné sa fille en voiture, elle s'était garée sur le parking de la résidence, elle avait regardé autour d'elle, les allées désertes, juste quelques silhouettes de garçons en bas des immeubles, les tours de dix étages, les sacs-poubelle entassés en bas des escaliers, elle avait fait redémarrer la voiture et elles étaient parties, je ne peux pas te laisser là, on va appeler ta copine et dire que tu es malade. Quand elles étaient rentrées à la maison, Marie n'avait pas dit un mot à Jacques, il avait compris, il faudra bien qu'un jour tu la lâches. Elle s'était enfermée dans leur chambre, elle y est restée jusqu'au lendemain, Jacques avait dormi sur le clic-clac du bureau.

Leurs engueulades sur ce sujet ne se sont jamais arrêtées. Elle a continué de surveiller Louise. Elle l'avait inscrite au même collège qu'elle, elles partaient ensemble, elles rentraient ensemble. Toute la journée, Marie gardait un œil sur sa fille. Quand Jacques est parti, Marie a essayé de faire plaisir à Louise, elle organisait des sorties au ciné, au théâtre, elle voulait partager avec elle ces spectacles qu'elle aimait tant. Louise rêvait de rejoindre ses copines, elle ne pouvait pas dire non à Marie. La seule fois où elle l'avait fait, Marie n'avait rien dit, mais elle n'avait pas su cacher sa déception. Louise avait proposé d'annuler sa sortie avec ses amies, Marie avait refusé, Louise lui avait lâché, tu as vraiment le chic pour me faire culpabiliser.

Marie a cru les choses apaisées entre elles avec l'arrivée de Louis dans leur vie. Il animait des ateliers musique au collège auxquels Louise participait. Elle n'était pas spécialement fan de musique, elle en écoutait un peu, comme tous les ados, mais elle s'était laissé entraîner par un garçon, il était fou de guitare, il voulait devenir une star du rock, elle était amoureuse de lui. Quand elle est arrivée à l'atelier, Louis a tout de suite compris qu'elle n'était pas là pour de bonnes raisons, ça ne l'amusait pas, elle ne faisait aucun progrès, mais il l'a laissée tranquille. De temps en temps, il lui disait, mademoiselle Louise, ce n'est pas parce que nous portons le même prénom qu'il faut en profiter pour ne rien faire. Il était sympa, Louise se tenait tranquille pendant son cours. Il l'a essayée au chant, c'était mieux que les instruments. Avec deux autres filles, il les a propulsées choristes, ça lui allait bien, elle s'amusait sans trop d'efforts. Au début, elle ne voulait pas monter sur scène pour la soirée des quatrièmes. C'est une tradition, lui a dit Louis, et puis, tu me dois bien ça. Le soir du spectacle, Louise a vu son prof et sa mère discuter, mais elle était trop occupée par son guitariste, c'était la première fois qu'ils s'embrassaient. Ce soir-là, Marie et Louise sont rentrées ensemble, elles étaient joyeuses, elles ont chanté de vieux standards dans la rue. Louis et Marie se sont revus très vite.

Un matin, Marie a dit, Louise, j'ai rencontré quelqu'un, ça te dirait que je te le présente un week-end ? Louise était tellement contente qu'elle a juste répondu oui. Marie craignait la réaction de Louise découvrant Louis sur le pas de la porte. Un quart d'heure avant qu'il arrive, elle lui a lâché, au fait, tu le connais, c'est Louis, de l'atelier musique. Louise était estomaquée, mais pour une fois, elle n'a pas fait de scandale, et puis, elle l'aimait vraiment bien Louis. Ce furent les meilleures années à la maison, Louis répétait toujours, mademoiselle Louise, ce n'est pas parce que vous vous appelez comme moi qu'il faut en profiter, ça suffisait à la calmer. Avec Marie, il était juste comme il fallait, assez présent, mais pas trop non plus. Il adorait se balader au bord de la mer. Le week-end, ils partaient souvent pour la journée, Louise ne les revoyait que le soir, elle se demandait ce qu'ils se racontaient, elle était un peu jalouse de ce que Marie partageait avec lui, mais surtout ravie d'avoir retrouvé de la liberté. Il était le seul à poser à Marie des questions que les autres évitaient. Il lui a demandé pourquoi elle avait choisi d'habiter si loin de son village d'origine, si elle n'avait jamais pensé à rentrer chez elle. Chez moi, c'est ici, avait-elle répondu. Tu sais bien que non, avait-il osé rétorquer.

*

Début 2005

Pour maman, le déclic est venu d'une histoire d'argent. Moi, j'avais arrêté l'école pour devenir garagiste, finalement, la mécanique, c'était vraiment mon truc, pas juste un hobby du dimanche, mais Catherine, elle, avait continué. Bac avec mention, classe prépa, je me moquais un peu d'elle, la fille qui se mettait toujours au fond de la classe et qui ne pensait qu'à son mascara, voilà qu'elle avait été prise dans une très bonne école. J'étais fier, en vrai, mais il fallait la payer, cette école. Papa était en arrêt maladie, il gagnait beaucoup moins qu'avant. Maman est allée à la banque pour solliciter un prêt, on le lui a refusé, vous comprenez, madame, vous en avez déjà beaucoup, et sur deux, il y a des retards de mensualités. Maman a demandé à les voir de plus près, ils avaient tous été pris par papa, il avait imité sa signature.

Le soir, elle a exigé des explications. C'était pour financer des recherches à la montagne. Il fallait qu'on loue un hélico, et puis on a acheté des motoneiges, des modèles du Canada, tu comprends, c'était le dernier truc qu'on n'avait pas encore essayé, Jean était d'accord, il m'avait dit que ça pourrait donner des résultats. Maman bredouillait, Luc, mais quand est-ce que tu as fait tout ça ? L'année dernière. Maman a appelé Paule, elle hurlait, je ne l'avais jamais vue comme ça, tu ne pouvais pas l'empêcher ? Non, bien sûr parce que toi aussi, tu voulais savoir, Luc est dingue, vous êtes dingues dans cette famille, vous n'avez pas pigé qu'ils sont morts ? Morts ! J'imagine qu'il y avait Marie aussi dans cette affaire, parce que vous êtes tous pareils, vous allez en crever de cette histoire.

Le lendemain, elle annonçait à papa qu'on partait. Une semaine plus tard, on avait déménagé. Papa est resté dans la maison le temps de se trouver un appartement, elle n'était pas vendue de toute façon, autant qu'il en profite. Je l'imaginais seul là-bas, en train de tourner en rond, de monter les escaliers, de s'asseoir par terre dans nos chambres, nous avions emporté tous les meubles, il devait se demander depuis combien de temps elle avait programmé notre départ, elle n'avait pas pu l'improviser. Il avait appelé maman plusieurs fois en criant, elle ne pouvait pas le lâcher, pas maintenant, pas au moment où, enfin, il arrivait à arrêter de boire. Elle avait ri, d'un petit rire moqueur qu'il ne lui connaissait pas, il avait compris que c'était fini. Elle lui a demandé de l'argent, il lui a promis de lui en envoyer, elle l'a relancé une fois, deux fois, il lui rétorquait qu'il n'avait plus rien, que des crédits à rembourser.

Dans le nouvel appartement, on s'est sentis un peu perdus, on avait l'habitude de vivre au rythme de papa et de sa consommation d'alcool. Nous, les enfants, ça faisait des années qu'on avait appris à se rendre invisibles. Ma sœur Catherine était la plus forte à ce petit jeu. Elle faisait des quantités d'activités, de la danse, de la guitare, du volley, elle avait appris à se déplacer seule, le quartier était tranquille, et il n'y avait pas beaucoup de voitures. Maman tremblait pourtant dès que Catherine avait un peu de retard, je vais aller la chercher. Non, disait papa. Mais enfin, on ne sait pas ce qui peut arriver, regarde la petite

Estelle. Papa détestait qu'elle lui rappelle ces disparitions qui faisaient la une des journaux, je t'ai dit de rester là.

Une fois, maman était partie quand même, il a donné un grand coup de pied dans un placard de la cuisine, la porte est restée ouverte, elle n'a plus jamais fermé, papa en avait dévié le gond. Viens, on va commencer à manger sans elles. Je m'étais assis à la table, je n'osais pas le regarder, c'étaient des endives au jambon, j'ai mangé le fromage et le jambon, j'ai essayé d'avaler les endives, elles étaient presque glacées, il n'avait pas fait assez chauffer le plat, il enchaînait les verres de vin. La bouche pleine de légumes fibreux gorgés d'eau, je priais pour que maman revienne. Enfin, Catherine et maman sont arrivées, tu n'es même pas fichue de faire à manger, c'est dégueulasse, il a voulu jeter les restes, il a raté la poubelle. Laisse, je vais m'en occuper, a dit maman. J'espère bien. Il est parti s'affaler dans le canapé. Maman m'a chuchoté, ça va? J'ai hoché la tête, je ne pouvais pas lui dire autre chose, je ne comprenais pas qu'elle demande ça, comment voulait-elle que ça aille, je détestais mon père, je détestais ma mère qui ne faisait rien pour nous protéger, et je détestais ma sœur qui ne pensait qu'à elle.

Un jour, j'ai été convoqué par l'assistante sociale du collège, des profs l'avaient alertée, j'étais souvent absent, trop à leur goût. Elle voulait savoir comment c'était à la maison, si j'avais des problèmes, j'ai failli lui dire la vérité, puis je l'ai imaginée débarquer chez nous, maman aurait été furieuse qu'on vienne mettre le nez dans nos affaires. Je lui ai dit que tout allait bien. J'ai bien vu qu'elle ne me croyait qu'à moitié, quelqu'un avait dû parler de papa. Elle a convoqué Catherine aussi, elle lui a posé plein de questions, ma sœur était folle de rage, mais qu'est-ce que t'as foutu ? Elle veut parler à maman maintenant. Heureusement, elle a juste dit à maman qu'elle s'inquiétait pour moi, que je filais un mauvais coton, maman l'a mal pris et lui a demandé de nous laisser tranquilles, on s'en sortait très bien sans elle. Maman est quelqu'un de réservé, mais de temps en temps, quand elle a un truc à défendre, c'est un vrai pitbull. Elle devait craindre que l'armada débarque à la maison, qu'on nous place, que la DDASS lui enlève ses enfants. Dans notre milieu, ça n'arrivait jamais, mais on ne pouvait pas s'empêcher d'y penser. Je me suis calmé, je ne voulais pas attirer plus d'ennuis à maman.

C'était déjà assez difficile comme ça. Papa faisait sans arrêt des rechutes. Un samedi après-midi, c'est moi qui l'ai surpris. On était sûrs qu'il avait arrêté pour de bon, on croyait qu'il allait à des réunions deux fois par semaine, il avait un parrain qui l'aidait, il pouvait l'appeler dès que ça n'allait pas. Ma mobylette était en panne, je cherchais des outils, je pensais que peut-être en resserrant deux ou trois câbles, ça ferait son effet, je suis entré dans le garage, j'ai entendu un bruit de verre, j'ai vu mon père, son air coupable, j'ai senti une odeur, j'ai reconnu celle du whisky, j'ai fait demi-tour, j'ai claqué la porte sur son Philippe plaintif, il me dégoûtait, je me suis promis de ne plus jamais lui adresser la parole. Le soir, à table, je n'ai rien dit, je ne voulais pas blesser maman, il me regardait avec un air de défi, comme s'il souhaitait que je le balance, j'aurais peut-être dû.

Quinze jours après, il repartait à l'hôpital après une crise de delirium tremens, c'est Laurent qui l'avait trouvé. Toutes les nuits d'après, mon frère se réveillait en hurlant, il faisait des cauchemars, il tremblait, maman le consolait. Je voulais qu'on s'en aille, qu'on prenne une maison à nous, loin de lui, elle ne voulait pas, elle me disait, laissons-lui encore une chance, tu sais, c'est une maladie, ça se guérit. Il lui a fallu quatre ans pour se décider, quatre ans à le regarder boire de plus en plus, à faire des allers-retours à l'hôpital, à le retrouver ivre mort dans la rue, à le traîner jusqu'à la maison. Quatre ans avant qu'enfin, cette histoire d'argent la décide à prendre un appartement à nous.

*

Printemps 2005

Un beau jour ou peut-être une nuit… Jean sursaute. Il s'endort, il ne faut pas. S'il dort, il meurt, il le sait, on le lui a assez répété, c'est la première règle qu'enseignent les guides quand on chute dans le froid, et même si on est blessé, il faut bouger sans arrêt. Il aimerait suivre leur conseil, impossible, son corps est brisé, dès qu'il fait un mouvement, c'est à hurler de douleur. Combien d'os a-t-il pu se casser? Près d'un lac, je m'étais endormie… Pour rester éveillé, il chante. D'habitude lorsqu'il est bloqué par une tempête, il se récite des poèmes ou il se remémore les dernières courses qu'il a effectuées. Une fois, il s'est même raconté les trois petits cochons, il n'y voyait pas à deux mètres, le brouillard était descendu sur lui à une allure folle, il était assis sur une étroite banquette de pierre, il avait à peine la place de poser ses fesses, ses pieds pendaient dans le vide, il s'était pitonné à la paroi pour être sûr de ne pas tomber, il riait de s'entendre dire «Petit cochonnet, petit cochonnet, ouvre-moi la porte» sur le ton menaçant que prenait Paule quand il était enfant, et qu'il avait lui-même reproduit plus tard, pour faire peur à ses neveux et nièces. Mais ce soir, il n'en est pas capable, il ne se souvient pas des phrases si souvent répétées.

Est-ce le soir d'ailleurs ? Il a perdu la notion du temps, il n'arrive pas à se concentrer. Son visage a cogné contre la glace tout à l'heure, il a senti la dureté des parois de la crevasse contre son crâne, son visage, son crâne encore. Il a eu le réflexe de mettre sa main pour se protéger, son nez n'aurait pas supporté un nouveau choc, il est cassé, ses pommettes sont enfoncées, il a une ou deux dents brisées, il en sent les morceaux dans sa bouche, il a essayé de les recracher, il n'y parvient pas, sa mâchoire est bloquée, impossible de l'ouvrir. Quand soudain, semblant crever le ciel… Il ne peut pas chanter, impossible, pas avec sa gueule dans cet état, pourtant, il l'entend, cet air. Et venant de nulle part, surgit un aigle noir. Il ignore pourquoi il s'en souvient si bien quand il a oublié le reste. Il se demande qui a pu lui fredonner ces paroles, sa mère peut-être, encore bébé. Non, cette chanson n'est pas si vieille. Il est incapable de la dater, Paule saurait sans doute, sa grande sœur qui aime tant la variété française. C'est probablement elle qui les lui a apprises, à moins que ce soit tante Andrée, non, elle n'était pas du genre à chantonner, elle était si sérieuse. Et si peu affectueuse. Il ne se rappelle pas qu'elle l'ait pris dans les bras pour un câlin. Paule, elle, n'arrêtait pas, ça en devenait gênant. Quand il a grandi, dès qu'il la sentait approcher, il s'éloignait. Il lui faisait de la peine, il en était conscient, mais il fallait qu'il montre qu'il n'était pas un petit garçon, les autres se moquaient déjà tellement de lui. Maintenant, il donnerait tout pour que Paule vienne se blottir contre lui.

Il croit percevoir sa chaleur, là, sur le côté, il est tenté de se laisser aller contre ce corps bienveillant, il penche un peu, il manque de tomber, il n'y a personne, rien que la glace et un peu de neige fraîche qui a dû s'effondrer en même temps que lui. Il sent une boule au fond de la gorge, il est prêt à pleurer. Il repense à la chanson. L'air le porte, il sait que certains perçoivent dans l'aigle noir une menace, lui l'imagine bienveillant. Il aimerait le voir se poser à côté de lui, le caresser, le consoler. Peut-être est-il son seul espoir de sortir de là, il pourrait l'attraper dans ses serres et l'emmener, lentement, les ailes déployées. Il pourrait cueillir des étoiles, comme avant, sur un nuage blanc. Il se sent partir loin, loin de cette crevasse qui l'emprisonne depuis de si longues heures, il ignore combien, il n'a plus de repère, il a chuté si profondément qu'il ne distingue plus ni le jour ni la nuit. Il devait être quinze ou seize heures quand il est tombé. Il n'a rien vu venir. Il était parti tôt, un peu avant trois heures du matin, le gardien du refuge l'avait réveillé à deux heures avec un café, il s'était forcé à manger, il n'avait pas très faim, ça ne l'avait pas inquiété, c'est comme ça depuis qu'il grimpe, il n'a jamais faim avant une course, l'angoisse, diraient certains, la concentration, veut-il croire. Il s'est obligé, il sait que le manque d'énergie peut conduire à l'accident, voire pire.

Il était à la maison des guides quand il avait entendu un collègue de retour d'une course montrer un point sur la carte au chef des guides, là, un peu au-dessus de l'éperon, en contrebas, on distingue comme un vêtement ou un sac rouge. Jean s'était approché, tu crois que? L'autre avait haussé les épaules. Je ne sais pas, c'est loin, on le devine à la jumelle, ça a dû ressortir quand le glacier a fondu, mais je suis sûr que ça n'y était pas la semaine dernière lorsque je suis passé. Jean n'avait plus eu qu'une idée, grimper, grimper, grimper. Il voulait voir par lui-même ce bout de tissu rouge, celui grâce auquel Marie avait suivi les parents des yeux au moment de leur départ. Bizarre que son collègue l'ait repéré à cet endroit, c'était haut, sa mère n'aurait pas été capable de monter une pente aussi difficile, mais au fond, il n'en sait rien, rien de plus que ce que les autres lui avaient raconté, ils avaient pu se tromper.

Il n'a pas trouvé tout de suite le tissu, le glacier avait encore dû bouger au cours des dernières heures. Il s'était acharné, était redescendu par un passage qu'il n'empruntait pas souvent, il avait fouillé les environs, il ne voulait pas abandonner, pas maintenant, pas si près du but. Malgré la mauvaise météo qui gagnait, il avait continué, encore un peu, oui, encore un peu, il aurait le temps de rejoindre la vallée, il triturait la neige de son piolet à la recherche d'un bout de tissu rouge qui datait de presque quarante ans, il se brûlait la rétine pour tenter d'apercevoir une tache de couleur différente. À un moment, il avait levé les yeux, il ne voyait plus à deux mètres, un épais brouillard était tombé, il était trop tard pour redescendre, il devait revenir vers la paroi, il y trouverait un abri, il pourrait y installer son bivouac. Il était désorienté, il n'avait plus de repère dans l'immensité blanche, son instinct lui disait qu'il était venu de la droite, il ne savait pas s'il pouvait lui faire confiance, il ne distinguait plus les traces qu'il avait faites à l'aller, la neige les avait englouties, il était resté calme, il se souvenait qu'il n'avait que quelques mètres à parcourir. Il avait marché, longtemps, trop, il était parti dans la mauvaise direction, il avait tenté de faire demi-tour, il ne savait plus où il était, il s'était perdu, lui, Jean, le guide le plus fiable de la vallée, comme l'appelaient ses copains. Il était en colère contre lui-même, il n'avait pas su s'arrêter quand il fallait.

Pourtant, il connaît les caprices de la montagne. Il les a souvent subis, il s'en est toujours tiré. Lorsque l'avalanche guette, il se plaque à la paroi, il ne bouge pas, les doigts crochetés à la moindre prise, priant pour que le mousqueton tienne, qu'une méchante pierre ne vienne pas l'obliger à lâcher prise, il encaisse les chocs et, le moment passé, secoue la neige sur sa tête, ses épaules, ses bras pour ressurgir du néant. D'instinct, il sait si ses clients sont tous là, mais il les compte quand même, leur demande si ça va, il sent la peur modifier leur voix. Bravaches, ils essaient de faire front, il n'est pas dupe. Surtout les jours d'orage. Il les fait s'abriter dans un creux de la montagne, ranger les piolets et objets métalliques. Jean voit certains d'entre eux fermer les yeux et bouger les lèvres, ils prient leur Dieu de les épargner, d'autres, livides, s'accrochent à leur prise, il lui est arrivé d'apercevoir des taches d'humidité sur les pantalons. Lorsqu'il les sent remis, il donne le signal de la descente. Il essaie de leur redonner confiance pour retourner au refuge. Il ne se fait que rarement berner par la météo, l'expérience le pousse à faire demi-tour à temps. Aujourd'hui, il ne l'a pas écoutée, il a vu le ciel s'obscurcir, le soleil se voiler dans l'après-midi, il s'est convaincu qu'il pouvait monter, il était si impatient de savoir.

Il s'imaginait déjà arriver au village, dire à Paule, ce sont eux. Elle le regarderait incrédule, elle se mettrait à pleurer, c'est sûr. Puis il appellerait les autres. Marie, il aurait le sentiment de la déranger. Elle aurait un ton un peu agressif. Elle n'y croirait pas, elle ne croit jamais à rien de toute façon, elle ne voudrait pas se laisser porter par une fausse joie. Tante Andrée disait qu'avant les parents, c'était une fille joyeuse, que ça a cassé quelque chose en elle, Luc rétorque qu'elle a toujours été comme ça, à vouloir commander, à vouloir tout décider. Jean ignore si Luc décrochera son téléphone, cela fait longtemps qu'il ne lui a pas parlé. Il l'évite depuis leur dernière dispute. Et quand ils se parlent enfin, Luc crie, tu sais que je t'aime, hein, mon frère, tu le sais. Il ne supporte pas cette perte de contrôle, ces mêmes phrases répétées sans arrêt. Du fond de sa crevasse où il va peut-être mourir, il en veut à Luc de lui laisser ça comme souvenir.

Au moment de partir ce matin, Jean a imaginé le soulagement que cela allait leur apporter après toutes ces années. Il voulait réussir, il a creusé, fouillé, jusqu'à perdre la notion du temps et des distances. Lorsqu'il a compris qu'il ne trouverait pas son chemin, il a fait une dernière tentative pour identifier une surface un peu plane, sur laquelle il pourrait s'installer, il bivouaquerait là, au milieu du glacier. Il avait fait quelques pas, le sol s'était effondré sous lui. Dans le brouillard qui l'environnait, il n'avait pas vu qu'il marchait sur un pont de neige, il s'était senti partir, puis la douleur, encore et encore. La chute avait été interminable, il ne sait pas à quelle profondeur il est. Il pourrait crier en forçant sur sa mâchoire, il n'essaie même pas, personne n'est là pour l'entendre. Il avait des yeux couleur rubis et des plumes couleur de la nuit. Cette chanson, toujours. Il faudrait qu'il arrive à montrer en surface qu'il est là, il n'est pas sûr qu'il reste une trace de sa chute.

Il ne peut pas bouger, des côtes cassées sûrement, chaque fois qu'il fait un mouvement, la douleur lui coupe la respiration, il lui faut plusieurs secondes pour retrouver son calme. Il sent la transpiration couler dans son dos. Comment peut-il transpirer alors qu'il a si froid ? Sa sueur se transforme en un film glacé, mouille son tee-shirt. Avec Paule, ils se sont chamaillés il y a pas longtemps, elle lui avait acheté des tee-shirts dans ces nouvelles matières absorbantes, il ne voulait que de vieux modèles en coton, il regrette de ne pas l'avoir écoutée. Au moment de chercher du réconfort, il pense à Paule plus qu'à François. Une mère, ou ce qui y ressemble le plus, voilà ce dont il a besoin maintenant.

De son bec, il a touché ma joue, dans ma main, il a glissé son cou. Il a tellement soif, il faut qu'il boive. Il pensait attendre les secours, il ne voulait pas enlever ses gants ne serait-ce qu'une seconde, il va y être obligé. Il doit récupérer le réchaud dans son sac, il a essayé tout à l'heure, les fermetures éclair et les boucles étaient trop serrées, avec l'épaisseur des gants, il n'arrivait pas à les attraper. Il ne peut pas rester comme ça, il faut qu'il prenne des forces, une soupe peut-être, ce matin, le gardien lui a tendu quelques sachets en lui disant, on ne sait jamais, tu n'as pas mangé grand-chose, pour plus tard dans la journée. Il s'allonge sur son sac, se redresse, tire son bras en arrière pour passer la sangle, bien l'attraper pour ne pas le laisser glisser au fond du gouffre, ce serait une catastrophe, le placer devant lui et chercher ce dont il a besoin. Chaque geste nécessite plusieurs minutes, ses côtes ne lui accordent aucun répit, se tordre est un supplice, étendre un bras, une horreur.

Il a renoncé à faire le tour de ses blessures, sa jambe droite ne lui obéit plus. Pour l'instant, il n'en a pas vraiment besoin, mais s'il doit entreprendre de remonter, ça posera un problème. Il pourra peut-être s'appuyer sur son dos, le sac l'a protégé, il a encaissé les coups à sa place. Il se concentre pour le récupérer. Dernière manœuvre, ça y est, il l'a posé sur son ventre, il reprend son souffle. Il laisse le temps s'écouler, il est épuisé par ces simples gestes. Sans enlever son gant, il essaie encore une fois d'attraper la fermeture éclair de la poche latérale, celle où il a rangé sa gourde, dix centimètres à peine à faire coulisser, il n'y arrive pas, le bitoniau est trop petit. D'habitude, ils mettent des bouts de ficelle noués pour faciliter la prise, pas sur celui-là, quelle poisse ! Il faut qu'il retire un gant. Il essaie sans lâcher le sac à dos, il le serre contre lui, s'il le fait tomber, il est mort, plus à boire, plus à manger. Le gant résiste, il est coincé dans la manche de son blouson. Il approche sa bouche, l'entrouvre, tire avec ses dents, ça lui fait un mal de chien, il tire encore, le gant lâche, sa tête vient cogner contre la paroi de glace, il manque de s'évanouir, il sent le gant glisser, tente de le rattraper de son autre main, le sac part à son tour, non, saisir le sac, tant pis pour le gant, il le voit filer vers le fond de la crevasse.

Il refuse de laisser le désespoir s'installer, il sait qu'à cette température, il ne dispose que de quelques instants avant que sa main gèle. De ses doigts déjà engourdis, il récupère ce dont il a besoin. Réchaud, soupe, gourde, casserole, fruits secs. Il lui manque un truc, il se concentre, il ne peut pas perdre de temps, il installe tout, les allumettes, voilà, c'est ça, il les attrape au fond de la poche de devant, il en gratte une, rien. Ses doigts rougissent. Dans quelques minutes, ils vont devenir raides, il ne pourra plus les réchauffer. Il essaie, encore et encore, il lâche des allumettes dans la neige, c'est du gâchis, il en aura peut-être besoin plus tard, il est trop malhabile pour les remettre dans la boîte, enfin une petite flamme, vite, il l'approche de la tablette d'essence. Il pose la mini-casserole sur le feu, la neige fond déjà, il souffle, dans quelques instants, il pourra manger, il protège sa main dans son blouson, l'enfonce dans la manche de son pull, il la colle à sa peau nue, c'est là qu'il fait le plus chaud, il tressaille au contact de ses doigts glacés, il les accueille malgré tout sous son aisselle, il sent qu'ils reprennent vie, il boira sa soupe avec l'autre main, celle protégée par le gant, tant pis s'il en renverse un peu, il fera une seconde tournée qu'il mettra dans la gourde, il la consommera juste avant de se mettre en chemin vers la sortie.

Il ne sait pas si les secours viendront le chercher, il préfère se préparer à l'idée de remonter par ses propres moyens. Il va prendre un antidouleur, heureusement qu'il peut atteindre sa trousse de secours. La soupe glisse dans son œsophage, elle le brûle un peu, il s'en moque, il l'avale par petites lampées, il fait durer le moment, il se sent mieux. Il a calé son sac le long de son flanc, il s'appuie dessus, il l'a sécurisé en le brochant à la montagne, il se repose quelques instants, puis il se mettra en mouvement. La douleur s'atténue, il ferme les yeux, il ne devrait pas, il ne faut pas dormir. Il entend de nouveau l'aigle noir se rapprocher, il pourrait le réchauffer. Dis l'oiseau, ô dis, emmène-moi.

Il se demande si Pierre est déjà au courant pour sa disparition, s'il organise les secours. Longtemps, lorsqu'il était président de la compagnie des guides, c'était son rôle, avec le PGHM, de décider qui partait, comment, à quelle heure ; il avait l'autorité nécessaire pour ça, personne ne protestait. S'il était au côté de Jean, il serait en train de le secouer, de lui dire, allez, essaie de t'en sortir par toi-même. Si tu veux que les secours te trouvent, il faut que tu remontes à la surface. Il imagine aussi la colère de François, tout seul dans son appartement en ville. Paule l'a sans doute prévenu, ou René. François a dû comprendre tout de suite que quelque chose de grave était arrivé, ils ne l'auraient jamais appelé pour une broutille. Il s'y attendait, il avait dit à Jean, je ne la sens pas cette course, n'y va pas. Jean avait ri, tu deviens superstitieux, il l'avait embrassé et était parti. Jean espère qu'il a pu rejoindre la famille, être avec eux, qu'ils ne l'ont pas laissé seul à la maison des guides à attendre des nouvelles.

Il sort de sa torpeur, la glace a fondu autour de lui, ses vêtements trempent dans une sorte de soupe. Il va essayer de remonter. Pierre lui parle. Douze heures, tu sais qu'on ne survit que douze heures dans une crevasse. Jean ne sait pas combien de temps il lui reste, il se sent de plus en plus faible, s'il ne bouge pas maintenant, il ne le fera plus. Il se secoue, remue ses bras, ses jambes, la douleur revient par vagues. Il n'y arrivera pas, il a besoin de soutien. Ses parents ont eu de la chance d'une certaine manière, ils n'étaient pas seuls.

Il est parvenu à se redresser, il va creuser des marches dans la glace, il attrape son piolet, il peut à peine bouger l'épaule, il lève doucement le bras, un premier coup, deux… Dès qu'il tape, sa mâchoire vibre et lui fait mal, toutes les vingt secondes, il doit réchauffer sa main qui n'a plus de gant. Il recommence, une prise, deux, il reprend espoir, avec ses crampons, il va pouvoir monter, il s'adosse au mur de glace, étend ses jambes, prend appui avec les mains, il monte trente centimètres peut-être, cinquante, il se repose, il est vidé, il ne regarde pas vers le haut, il repart, plus il monte, plus le mélange de neige et de glace se fait mou. De toutes ses forces, il se hisse encore un peu, reprend son souffle. Son point d'appui lâche, il glisse de nouveau, il tente de se retenir, rien, impossible, il redescend jusqu'à son sac à dos, tous ses efforts n'ont servi à rien. Il recommence, il entend Pierre le pousser. OK, mais je me repose d'abord. Il ferme les yeux.

Prendre un enfant par la main, la chanson agit comme une berceuse, il se sent partir. Longtemps, il l'a chantée sous sa douche, il ne sait pas pourquoi, chaque fois qu'il montait dans la baignoire et qu'il ouvrait le robinet, il se mettait à la chanter. Aujourd'hui, il se sent comme cet enfant qu'il faut emmener vers demain. Il faut qu'il se force à se remettre en mouvement. Il imagine les secours en train de progresser vers lui. Il entend leurs pas, pesants dans la neige. Il se demande qui a pu prendre la tête de la cordée de secours, ils ne sont pas si nombreux, ceux qui en sont capables. Il peut en donner les noms, il y a Vincent, il espère que ce sera lui, il peut retrouver n'importe qui, n'importe où. Il le repérera. Il se souvient qu'il n'est pas là ces jours-ci, il est parti au mariage de sa sœur, à Lyon, il lui avait dit, ne fais pas trop la fête, ce n'est pas bon pour la montagne. Et l'autre lui avait répondu, Jean, ne fais pas l'andouille pendant que je ne suis pas là, il n'y aura personne pour venir te chercher. Si, bien sûr, il y en a d'autres.

Il y a Sébastien, Jean ne l'apprécie pas, il est trop froid, trop distant, comme s'il était au-dessus d'eux. Jean ne croit pas qu'on puisse être un bon guide dans ces conditions, mais sans doute qu'il se trompe, il se laisse influencer par le fait que Sébastien n'est pas d'ici, les clients ont l'air de l'apprécier. S'il arrivait aujourd'hui, là, maintenant, Jean serait capable de se jeter dans ses bras. L'autre se raidirait, tant pis. Il ne devrait pas penser à tous ces gens, ça entretient l'espoir, il n'y en a plus, il le sent. Il a mal, il regarde sa main sans gant, elle est comme un objet extérieur à lui, il sait ce qu'il devrait faire, faire circuler le sang, la secouer, la mettre à l'abri, il l'a sortie, il ne s'en est même pas rendu compte. S'il survit, sa main ne sera plus en état, on risque de lui couper des doigts, il ne pourra plus faire de montagne.

À moins qu'il n'ait que quelques doigts d'abîmés. Il y a des alpinistes qui n'ont plus d'orteils et ils y arrivent, ils disent que c'est une question d'équilibre à retrouver, mais il ne quittera sans doute jamais ce trou.

Il s'allonge, il croit entendre un bruit, celui de l'hélicoptère, il reconnaît le ronronnement du rotor, si particulier. Il trouve courageux qu'il soit sorti par ce temps, c'est dangereux, à moins que le ciel se soit dégagé, c'est vrai, la météo a pu s'améliorer pendant les heures qu'il a passées là. Ils vont arriver, il peut se détendre, il ferme les yeux. Comme avant, dans mes rêves d'enfant, comme avant, sur un nuage blanc, comme avant, allumer le soleil. Il pense à François et à ce regard qui croisait le sien et lui disait tant. Il pressent la tristesse qu'il lui laisse en héritage, il veut lui demander pardon, mais François ne comprendra pas qu'il l'ait abandonné pour une chimère. Il sent le corps de Paule, chaud, accueillant tout contre lui, il sait qu'avec elle, l'amour est inconditionnel. Il peut fermer les yeux et se laisser aller. L'aigle noir veille sur lui.

Le Dauphiné libéré, **4 avril 2005**

D'importants secours ont été déployés pour retrouver le guide Jean Cotraz, dont on est sans nouvelle depuis quarante-huit heures. Il était parti seul procéder à la reconnaissance d'une nouvelle voie, d'après le patron de la maison des guides. D'autres affirment qu'un motif personnel l'animait. Tout le monde se souvient que ses parents ont disparu dans de mystérieuses conditions il y a trente-cinq ans. Cette fois, on connaît la direction empruntée par Jean Cotraz, mais la météo ne facilite pas les recherches. Un hélicoptère avait été envoyé, mais il a dû revenir à sa base faute de visibilité. Ce sont maintenant une dizaine d'hommes à pied qui parcourent le massif dans l'espoir de le retrouver.

Avril 2005

Paule s'est enfermée dans sa chambre et ne fait plus qu'attendre. René est venu plusieurs fois. Tout va bien ? a-t-il chuchoté. Question idiote, elle n'a pas répondu. Elle est assise au bord du lit, elle n'a pas changé de position depuis des heures. De temps en temps, elle jette un œil à la photo de Jean sur la table de chevet. Elle ne pleure pas, elle refuse d'imaginer qu'il ne reviendra pas, qu'il n'entrera plus dans la maison en criant : « C'est moi ! » Il ne frappait jamais, c'était sa maison, et le « C'est moi », la preuve qu'il se considérait comme un membre de la famille. Elle serre le dessus-de-lit dans ses poings, elle prie pour qu'on le retrouve, plus le temps passe, moins il y a de chance, c'est la loi de la montagne.

Elle voudrait ne pas avoir ouvert la porte il y a deux jours lorsque, tard dans la soirée, Pierre, le chef des guides, s'était présenté. Deux de ses collègues l'accompagnaient. Les trois hommes avaient enlevé leurs bonnets. Paule avait trouvé étrange qu'ils en portent, il ne faisait pas si froid, quelqu'un avait dû leur suggérer de se couvrir la tête pour aller la voir. Elle était seule sur le pas de la porte, René et les enfants étaient restés à table. Pierre avait expédié l'affaire en quelques mots, on le cherche, on va tout faire pour le retrouver malgré les conditions météo. Elle n'avait pas posé de questions, pas demandé de détails, elle avait simplement lâché, ah non, pas encore, pas une seconde fois. Elle s'était appuyée contre le montant de la porte, Pierre avait proposé de parler à René, elle l'avait repoussé, ça va, partez. Et tenez-moi au courant.

Elle était entrée dans la cuisine, Jean a disparu en montagne, ils le cherchent. Elle s'est assise à table, les enfants n'osaient plus rien dire. René voulait aller à la maison des guides pour suivre les opérations, inutile, on saura bien assez tôt. Elle ne bougeait pas. Autour d'elle, les enfants débarrassaient, elle a tenté de se lever pour faire la vaisselle, son corps était lourd, René lui a posé une main sur l'épaule, reste assise, on s'en occupe. Ils faisaient claquer les assiettes les unes contre les autres en les essuyant, l'un d'eux a lâché une fourchette, elle a rebondi sur le carrelage, le bruit lui a paru insupportable. Vous ne pouvez pas faire attention ! René lui a suggéré d'aller s'allonger, elle a refusé, je ne crois pas que je pourrais supporter une nouvelle nuit sans savoir. Les gosses n'ont pas compris. Sauf Jérôme peut-être. Tu devrais leur raconter, a lâché René, ils sont presque adultes maintenant.

Parmi ses enfants, seul Jérôme connaissait l'histoire de la nuit de la disparition des parents. Les autres se sont installés autour d'elle et elle leur a dit l'attente, l'angoisse, les éclairs, le sommeil qui vient quand même, et au réveil, l'espoir d'entendre les parents dans la cuisine. Se lever, et la déception terrible de n'y trouver que tante Andrée qui ne voulait pas laisser ses neveux seuls. Paule répétait, j'étais tellement, tellement sûre que c'était eux. Elle ne veut pas revivre cet espoir déçu demain matin, elle va veiller pendant qu'ils vont se coucher. Les guides vont le retrouver, ils sont mieux organisés de nos jours, mieux équipés. Elle essaie de convaincre ses proches pour ne pas sombrer elle-même dans l'angoisse.

Elle avait fini par poser sa tête sur le bois de la table, elle priait pour qu'on sauve Jean, son petit Jean. Ils ont été si proches toutes ces années, il était son fils, son frère, son ami. Quand la tristesse envahissait Paule, elle n'en parlait à personne, pas son genre d'étaler ses soucis, on les garde pour soi et on se tient droite. Jean, lui, sentait quand elle n'allait pas bien, il la prenait dans ses bras, il l'embrassait, il lui disait, que tu es belle aujourd'hui, elle savait qu'il exagérait, elle le laissait parler. Dès qu'il arrivait à la maison, elle se sentait plus légère, elle le remerciait en se mettant aux fourneaux, il aimait tant manger. Stop, Paule, je ne vais plus pouvoir grimper, mon ventre va être énorme, il va frotter contre les parois, disait-il, et il se resservait. Elle savait aussi qu'elle pouvait compter sur lui, bien plus que sur Marie et Luc. Quand Jérôme était à l'hôpital et que René ne pouvait pas se libérer, c'était Jean qui descendait avec Paule dans la vallée pour qu'elle ne fasse pas le trajet seul sur cette route en lacets. Sans lui, Paule et René n'auraient pas pu s'en sortir. Elle ne lui a jamais vraiment dit merci, il ne réclamait rien.

Elle a passé la nuit dernière à attendre, elle regardait dans le vide, elle repensait à son frère. Au matin, personne n'était venu, personne n'avait appelé. René a insisté, je vais y aller, il faut qu'on sache, Paule ne l'a pas découragé, elle savait que s'il y avait eu des nouvelles vraiment importantes, on les aurait prévenus. Elle a choisi d'agir comme d'habitude, elle a préparé le petit déjeuner, les enfants chuchotaient, elle les sentait se faire discrets autour d'elle pour ne pas la déranger, ils n'y arrivaient pas, elle les a laissés pour s'occuper des bêtes, elle a passé presque deux heures à traire et à brosser les vaches. Elle ne pensait à rien, c'était parfait.

Elle entendait sonner les heures et les demies à l'église du village. Chaque fois, elle avait l'impression que l'horloge tuait l'espoir de retrouver Jean en vie. Elle a vécu cette journée comme un fantôme, le potager était impeccable tant elle s'était acharnée à en chasser le moindre brin d'herbe folle. Elle aurait dû prévenir Marie et Luc. Au moins sa sœur. Elle craignait sa dureté, Marie lui reprocherait de ne pas l'avoir avertie tout de suite quand Jean a été porté disparu, j'aurais pu venir, être avec toi. Que lui répondre ? Luc, elle ne savait pas dans quel état elle allait le trouver. Triste ou enjoué. Taiseux ou volubile. Cette fois, avec un peu de chance, il l'aurait écoutée poliment puis aurait répondu, ah oui, c'est moche, comme si cela ne le touchait pas vraiment. Elle n'aurait pas osé lui demander de venir. Le seul qu'elle avait appelé, c'était François, le compagnon de Jean, il était déjà au courant, un ami guide l'avait prévenu, Paule avait eu honte d'avoir attendu douze heures avant de lui téléphoner, elle se disait qu'elle ne voulait pas lui faire de la peine trop tôt, Jean serait vite de retour. Après toutes ces années, elle n'acceptait toujours pas qu'il vive avec François.

Elle a passé une seconde nuit sans dormir, en bas dans le salon. Pour s'occuper sans faire trop de bruit, elle a passé le chiffon à poussière sur toute leur belle vaisselle, les assiettes en avaient bien besoin, les verres moins, elle avait l'habitude de les retourner sur l'étagère. Un peu plus tard, elle s'était assise dans le fauteuil, avec une pile de vêtements à réparer, elle n'avait pas réussi à se concentrer assez pour passer le fil dans le chas de l'aiguille, elle visait à côté, même en le mouillant un peu. Elle n'avait pas retrouvé son enfile-aiguilles, le fil avait fini par se dédoubler, elle avait abandonné, restant juste là, à attendre que quelqu'un frappe à la porte. Elle avait fini par s'effondrer de fatigue. Le matin, elle avait une couverture sur elle, René sans doute. Lorsqu'il s'était levé, ils n'avaient pas échangé un mot, elle était montée dans la chambre et elle n'en avait plus bougé. Elle navigue entre veille et sommeil. Elle entend du bruit en bas. Les enfants qui rentrent de l'école, peut-être, elle a insisté pour qu'ils y aillent quand même. Des voix d'adultes, puis le silence. Quelques secondes plus tard, le pas lourd de René dans les escaliers, un petit coup à la porte, Paule, ils sont là, il faut que tu viennes.

*

Il fait encore nuit lorsqu'elles reprennent la voiture. Après toutes ces années passées au bord de l'océan, Marie a oublié à quel point les montagnes absorbent la lumière et raccourcissent les jours. Surtout quand le temps est couvert comme aujourd'hui. Elle s'inquiète. Elles ont vingt kilomètres de route glissante pour rentrer au village. Paule lui dit de ne pas s'en faire, qu'elle a l'habitude. Ça fait quarante ans que je roule ici, et jamais un pépin. Pourtant, ce matin, lorsqu'elles ont quitté la maison, Paule a dérapé dans le virage à la sortie du bourg. Marie s'est vue dans le ravin, contre la roche, l'un ou l'autre, morte ou grièvement blessée. À ce moment-là, elle a regretté d'avoir accompagné sa sœur.

Elle ne voulait pas aller à la chambre funéraire. Paule avait insisté, elle avait cédé. Lorsque la voiture a chassé, Paule lui a lancé, c'est normal, quand ça part, il faut laisser glisser, sinon c'est la catastrophe. Marie n'avait pas répondu, ce n'était pas le moment de polémiquer. Maintenant, elle a mal au cœur. La route ou la peur. Au volant, sa sœur est nerveuse, sans doute la perspective de la journée, elle empiète sur la ligne blanche et la voie à contresens, elle roule trop vite. Marie n'ose rien dire, elle ne se sent pas capable de conduire. Jamais elle ne maîtriserait l'énorme voiture, une sorte de 4 × 4, haut sur roues.

Elle ferme les yeux pour ne plus voir la route. Elle est fatiguée, elle est restée éveillée une partie de la nuit. Elle en a d'abord voulu à sa sœur de l'avoir fait coucher dans la vieille chambre, tout en haut de la maison. Elle l'a toujours détestée. Ça lui rappelle les nuits qu'ils ont passées chez l'oncle Antoine après la disparition des parents. Tu comprends, on n'a pas le choix, avec tous les enfants, on n'a plus de place, lui avait dit Paule. Marie avait hésité à prendre une chambre à l'hôtel, mais il était tard. Elle aurait dû. Le matelas datait de milliers d'années, personne n'avait pris la peine de le changer puisqu'on ne dormait jamais là-haut. C'était un matelas de crin, elle l'entendait crisser sous son poids, elle sentait les brins la gratouiller à travers le drap. Elle se tournait, encore et encore. Elle avait chaud, rejetait l'édredon en plumes, elle avait froid, le rattrapait par terre, elle le sentait plein de poussière sous son nez. Elle éternuait, elle pleurait, elle ne savait pas si c'était l'allergie ou le chagrin, elle préférait ne pas savoir, les larmes coulaient pour la première fois depuis le coup de téléphone de Paule.

Elle sanglotait en silence de peur de réveiller le reste de la maison. Elle se demandait quelle heure il était. Elle aurait aimé avoir Louise à côté d'elle. Enfant, sa fille aimait dormir avec elle quand son père n'était pas là, elle se collait contre son ventre, Marie se calmait au contact de son petit corps. À l'adolescence, Louise avait décrété que c'était terminé, fini, elle ne dormirait plus avec sa mère. Elle n'acceptait que les rares fois où elles n'avaient pas le choix, sa fille se tenait tout au bord du matelas, ça la blessait. Elle se dit qu'aujourd'hui, Louise l'aurait réconfortée. Elle s'était relevée pour prendre un somnifère, elle n'avait pas d'eau. Elle avait envisagé d'aller jusqu'à la salle de bains à l'étage en dessous. Elle imaginait le froid sous ses pieds. Elle n'avait pas pensé à prendre des chaussons. Et il lui faudrait enfiler un pull, descendre à tâtons l'escalier, risquer de tomber. Elle se voyait la jambe brisée, le col du fémur cassé. Depuis quand était-elle devenue si peureuse ? On aurait dit une vieille dame. Elle avait renoncé à descendre, tournant encore et encore. Elle s'était endormie, un peu, quelques minutes.

Un bruit l'avait réveillée. Il était à peine cinq heures. Il y avait de la lumière en bas. Sa sœur sûrement, elle n'avait pas envie de lui parler, pas tout de suite. Elle voulait un instant de tranquillité avant que la maison s'agite. Elle s'était faufilée dans la salle de bains pour gagner le temps d'une douche. Elle avait oublié la vieille baignoire qu'il fallait enjamber, les traces de calcaire au fond, la moisissure sur les joints, et le débit si lent qu'elle avait renoncé à se laver les cheveux. Personne n'oserait lui faire de remarque. Pas aujourd'hui. Elle s'était habillée en vitesse, un jean, un pull, des baskets, pour avoir bien chaud. Quand elle était arrivée dans la cuisine, Paule l'avait regardée de travers, tu ne vas quand même pas venir comme ça? Venir où? J'ai le temps de me changer, la cérémonie est à 11 heures, non? Paule avait eu l'air déçue, je vais au funérarium pour la levée du corps, tu ne veux pas m'accompagner? Marie n'avait pas osé lui dire qu'elle détestait ça, qu'elle ne voulait pas voir Jean dans son cercueil, qu'elle préférait que les morts restent entre eux. Elle avait avalé son café, était montée se changer, avait enfilé un pantalon et un pull noirs. Elle avait hésité pour ses pieds, elle avait opté pour des boots. Quand elle était redescendue dans la cuisine, Paule lui avait tendu des chaussures de neige. Si tu veux sauver tes orteils et ton coccyx, c'est mieux. Elle détestait ces énormes croquenots, mais sa sœur avait raison.

Les premiers kilomètres, elles n'avaient pas parlé. Après son dérapage, Paule s'était concentrée sur la route, les bras légèrement pliés, les yeux plissés. À chaque voiture croisée, elle secouait la tête, comme pour se remettre les yeux en place, après l'éblouissement des phares. Marie avait demandé à Paule pourquoi René n'était pas avec elles. Il faut bien que quelqu'un s'occupe des enfants. Une excuse, ils étaient assez grands pour se débrouiller seuls. Paule avait laissé passer un silence, puis avait ajouté, c'est d'abord notre histoire, non? Marie n'avait rien dit, elle ne savait pas s'il existait encore un nous, si ce pronom avait toujours un sens. Quand elles étaient arrivées au funérarium, Marie n'avait pas voulu entrer, elle ne voulait pas voir cette peau morte, encore moins la toucher. Paule n'avait pas insisté. Elle avait eu le temps de fumer trois ou quatre cigarettes avant que sa sœur ressorte et lui lâche : «Tu as tort, c'est important de faire le deuil.»

Sur le chemin du retour, Paule conduit, obstinément, en silence. Tu crois que Luc va venir? Marie sursaute. Elles n'ont pas échangé un mot depuis vingt minutes, mais c'est comme si sa sœur était dans sa tête. Elles ne se sont pas perdues tant que ça. Elles pensent à ce qui les attend, là, dans quelques minutes, sur le parvis de l'église. Marie demande, ils t'ont dit quoi, les sauveteurs ? Ils savent comment ça s'est passé ? Elle a déjà posé la question quand elle est arrivée hier soir, Paule ne lui a pas répondu. Elle ne dit toujours rien, elle se contente de hausser les épaules, comme s'il n'y avait rien à expliquer. Marie retient sa colère. Si elle se fâche avec sa petite sœur, il ne lui restera plus rien maintenant que Jean est parti. Elles attaquent le dernier virage avant le parking de l'église.

Marie aurait préféré attendre dans la voiture que la cérémonie commence. J'ai froid, a-t-elle dit à Paule. Ce n'était qu'un prétexte, elle avait peur des gens qu'elle serait obligée de saluer. Beaucoup n'ont pas compris pourquoi elle était partie vivre ailleurs. Ils lui feront savoir d'un regard, d'un silence qu'elle aurait dû rester, surtout avec son histoire, on n'abandonne pas les siens comme ça. Paule l'a sermonnée, tu ne peux pas rester là, assise au chaud, les gens croiront que tu veux les snober. Elle aurait pu provoquer sa sœur, lui dire, oui, et alors ? Je ne les aime pas, je ne vous aime pas, vous ne m'avez jamais aimée, vous ne m'avez jamais aidée. Elle sait que ce n'est vraiment pas le jour.

Elle se penche vers la banquette arrière pour attraper son manteau. Elle ne se souvenait plus qu'il pouvait geler au printemps, même avec son écharpe, elle va avoir froid. Elle regrette de ne pas avoir pris sa doudoune fine à mettre sous son manteau. Pour elle, ce n'était pas assez élégant ; elle aurait dû s'en moquer, elle a oublié qu'ici, on ne regarde pas comment les autres sont habillés. Elle aperçoit un vieux gars du village, qui attend sur le parvis, il porte une vieille veste marron, une veste qu'elle n'aurait même pas osé donner à Emmaüs, mais qui a l'air si douillette, elle l'envie.

Alors, tu viens ? Paule ne la lâche pas, elle garde la portière ouverte comme si elle craignait que Marie s'enfuie. Elle se convainc que ça va aller, elle réagit mal à cause du froid, du manque de sommeil. Il faut qu'elle sorte avant que l'esplanade soit noire de monde, tout le village va venir, elle préfère les affronter par petits groupes. Elle pose le pied par terre, sent le gel à travers sa semelle de cuir, sa voûte plantaire se rétracte. En arrivant à l'église, elle a enlevé les grosses chaussures que Paule lui a prêtées, elle a enfilé ses boots, quelle idiote ! Quelqu'un a déblayé la glace sur le parvis devant l'église, elle ne prendra pas l'eau, c'est déjà ça. Une femme lui tend un café, tiens, ça te fera du bien. Penser à apporter une thermos à une messe d'enterrement, drôle d'idée, mais bienvenue. Marie la remercie, attrape le gobelet en plastique, elle sent la chaleur à travers ses gants, c'est agréable. Le plastique se ramollit, le verre lui échappe, elle regarde la flaque se former sur la dalle de pierre. Elle entend Paule râler. C'est malin, on n'a rien pour nettoyer, tout le monde va marcher dedans et il y en aura partout dans l'église. Paule est si dure ; avec elle, il faudrait que tout soit parfait. Marie ne répond pas, elle ne veut pas pleurer, pas maintenant, pas devant eux. René vient à sa rescousse, mais laisse-la, tout le monde s'en fiche. Elle lui serre le bras dans un merci muet. Il lui sourit tristement. Elle se demande ce qu'il pense d'elle, d'eux, de leur famille, ils n'en ont jamais parlé. René aime sa vie simple, faite de ferme, de télé et de bistrot. Marie n'a jamais essayé de mieux le connaître.

Elle s'éloigne de la flaque de café, l'odeur l'écœure. Elle s'approche du bord de l'esplanade. Juste en dessous, la pente dégringole vers la rivière. Elle entend le bruit de l'eau, invisible, en contrebas. Ce fracas lui a manqué. C'est beau, hein ? Tu n'as pas ça là où tu vis ? Elle n'a pas besoin de se retourner, elle sait à qui appartient cette voix. Étienne, le vieil ami de son père. Elle s'étonne qu'en trente ans, on n'en change pas. Peut-être parce qu'il était déjà adulte lorsqu'elle était partie. Elle était tellement, tellement en colère contre lui, elle l'est toujours un peu d'ailleurs. Elle hoche la tête, fixe le fond de la vallée, elle refuse de le regarder, elle le tient responsable de tant de gâchis dans sa vie, elle l'a aimé, détesté. Elle l'a longtemps considéré comme un second père. En alternance, avec le sien, ils occupaient la fonction de président des guides du village. Officiellement, ils changeaient tous les deux ans ; dans la réalité, ils dirigeaient la maison des guides ensemble. Après la disparition des parents, elle s'était accrochée à lui, il était comme un oncle, un grand frère. Il lui avait promis de les retrouver, de ne pas abandonner. Il avait tenu sa promesse, un temps. Cet été-là, il a passé des jours entiers à arpenter le massif en quête d'une trace, d'un indice. Elle l'a détesté. Parce qu'il n'a pas réussi. Parce qu'il a cédé trop vite sans oser lui dire. Elle a attendu, attendu encore le coup de téléphone qui lui dirait, ça y est, on les a. Elle s'est éloignée de lui, car il aimait trop la montagne quand elle commençait à la haïr. Elle n'est pas prête à renouer le lien, elle reste le visage tourné sur la rivière en bas. Il lâche, on se verra tout à l'heure, après la cérémonie, je passerai chez ta sœur. Elle ne dit rien, elle ne veut pas lui donner l'espoir d'un pardon. Elle sent le mouvement de son corps lourd derrière elle, il s'éloigne à regret.

Bon, il faut venir dire bonjour maintenant. Paule ne la quitte pas, c'est elle l'aînée désormais, elle organise, donne les ordres, régente la famille. Marie se retourne, le parvis est plein. Elle ne sait pas par où commencer. Elle pensait qu'il n'y aurait que des vieux, des gens de sa génération ou plus âgés, les jeunes sont majoritaires, après tout, c'est normal, son frère a passé sa vie ici, il y a la plupart de ses amis. Ils sont mal à l'aise dans leurs costumes sombres et leurs cravates, mais ils sont là, le reste importe peu. Elle se demande s'ils connaissaient tous Jean ou si certains sont venus mus par la curiosité. Parmi eux, il y a ses neveux et nièces, mais aussi peut-être des cousins lointains, des enfants de voisins de son enfance qu'elle n'identifie pas. Elle ne peut pas tous les saluer, elle aperçoit un bout d'étole noire devant la porte de l'église. Le curé. Elle se précipite, elle pose le pied dans le café qu'elle a renversé plus tôt, elle sent des éclaboussures sur son pantalon. Ah, mon père ! Elle n'a jamais été aussi contente de voir un prêtre.

*

Merde, il a failli tomber en descendant du train. Luc le connaît pourtant, cet écart entre la micheline et le quai, c'est le même depuis des décennies. Quand ils étaient petits, leurs jambes étaient trop courtes, ils devaient le franchir d'un bond. Plus d'une fois, il s'était écorché la peau sur le bord de béton. Il balaie des yeux les alentours, le quai est désert, personne ne l'a vu. Il va s'asseoir sur le banc devant la gare, juste une minute, pour récupérer. Il va sûrement avoir un méchant bleu au genou, un de plus. Il pose sa valise à côté de lui, elle est énorme, il n'en a pas trouvé de plus petite, elle est presque vide, il n'a pas pris grand-chose, il n'a pas l'intention de s'attarder.

Personne ne l'attend. Paule lui a téléphoné par devoir, parce qu'elle est attachée à l'idée de famille. Jusqu'au dernier moment, il a hésité. Il aurait aimé que Christine et les enfants l'accompagnent, mais il ne les a pas appelés. Il n'a pas confirmé à Paule sa venue, encore moins précisé son heure d'arrivée. Il pourrait faire demi-tour, reprendre le train, personne n'en saurait rien. Un renvoi le secoue, sa bouche se remplit d'un mélange d'alcool et de café. Tout à l'heure, dans la vallée, il avait deux heures d'attente avant sa correspondance. Deux heures de trop.

Il avait envisagé d'aller se promener, mais il n'y avait pas de consigne pour sa valise, il ne voulait pas la traîner derrière lui. Et cette ville, il la connaît par cœur, l'église, les bords de la rivière, on en a fait le tour en moins d'un quart d'heure. En réalité, il se cherchait des excuses, il n'avait qu'une envie, s'installer à la buvette de la gare et picoler. Il y faisait bon, personne ne le connaissait. Il s'était promis de ne prendre qu'un café, il avait fini par commander un cognac, puis un deuxième, un troisième, il ne sait pas trop combien il en a bu au total. Trop. Il l'a senti quand il a fallu se lever pour aller reprendre le train. Heureusement qu'il avait demandé au serveur de lui faire signe lorsque c'était l'heure, il avait juste eu le temps de monter dans la micheline. Il a profité du trajet pour dormir un peu, il sentait la locomotive tracter les wagons avec douleur dans la pente et faire basculer son corps doucement en arrière, il avait posé la tête contre la vitre, la fraîcheur lui avait fait du bien.

Il était presque arrivé lorsque le contrôleur l'avait réveillé, il ne retrouvait pas son billet, il fouillait ses poches l'une après l'autre, il bredouillait, je vous jure, je l'ai acheté, il avait fini par le dénicher sous son sac, le contrôleur se pinçait le nez. Il avait poinçonné le ticket et s'était éloigné en disant, monsieur, je vous rappelle qu'il est interdit de fumer dans le train, il montrait un mégot écrasé par terre. Luc avait dû fumer au début du trajet, il ne s'en souvenait pas. Qu'est-ce que ça pouvait faire, il n'y avait personne dans le wagon avec lui. Il avait eu la présence d'esprit de répondre, c'est pas moi. Le contrôleur avait haussé les épaules, si vous le dites, mais la prochaine fois, c'est soixante-quinze euros d'amende, puis il était parti.

Il est prêt à se remettre en route. Juste un petit remontant avant de quitter la gare. Il sort sa gourde. Heureusement qu'il a pensé à l'emporter. Le cafetier en bas l'a remplie d'un mélange de rhum et d'eau chaude. Il hésite à rester encore un moment sur le banc. Il a peur, peur de revenir, peur de ce que ses sœurs vont penser de lui. Il commence à monter vers le village, il glisse, le sol est encore gelé. Il tombe sur les genoux, une douleur atroce, bien plus forte qu'en descendant du train, il n'est pas certain de pouvoir se relever, il reprend son souffle sur le sol glacé, il sent à peine le froid, il paraît que l'alcool insensibilise, il en connaît les moindres avantages et tous les défauts. Il essaie de se relever, il le faut. Il imagine son père en train de le regarder, il est au-dessus de lui, il le juge, mon fils, comment peux-tu te mettre dans des états pareils ? Il a envie de lui répondre, c'est ta faute tout ça. Il se retient de parler dans le vide. Si quelqu'un l'aperçoit… Déjà qu'ici, tout le monde le connaît comme le fils Cotraz qui boit.

Il repart, atteint enfin l'église. Il est en avance, il va attendre à l'abri du porche pour échapper au vent. Il ne veut pas parler aux gens, il ne veut pas qu'on l'observe, son visage témoigne de son histoire. Un moment, il s'est même demandé s'il ne s'était pas trompé d'enterrement, il ne reconnaît personne, pas même ses proches. Soudain, Paule est là devant lui. Il ne l'a pas vue approcher. Elle l'étreint. Luc, je suis tellement contente de te voir. Il est si saoul qu'il menace de tomber, elle a beaucoup grossi, il sent ses énormes seins contre son torse. Gêné, il s'éloigne de quelques centimètres, elle le retient. Pourquoi tu n'as pas prévenu ? On serait venus te chercher, on était avec Marie à la fermeture du cercueil, enfin, j'y étais, elle n'a pas voulu entrer, tu sais comment elle est. Non, il ne sait pas, il n'est pas sûr de connaître encore Marie-Pierre, il se demande pourquoi Paule l'appelle Marie, une nouvelle habitude sans doute, ou l'émotion.

Il y a René et les enfants juste là, viens leur dire bonjour avant qu'on entre dans l'église. Il voudrait s'esquiver. Au moins eux, insiste-t-elle. Paule l'a pris par le bras, regardez qui je vous amène. Il perçoit la pitié dans le regard de René, salut mon vieux, tu as l'air en forme. Il lui serre la main, embrasse les enfants, certains reculent, comme dégoûtés par l'odeur qu'il dégage, peut-être qu'il imagine le geste. Ils sont grands, il le dit une fois, deux fois, il faut qu'il trouve autre chose. Les enfants lui sourient gentiment, surtout les plus âgés, presque des adultes. Tu es arrivé à quelle heure ? Tu aurais dû nous prévenir. Tu restes jusqu'à quand ? Tu as vu Marie ? Paule répète les mêmes phrases. Il secoue la tête, lâche un mot. La cérémonie doit bientôt démarrer, il a hâte, il veut fuir. Le corbillard approche, il n'arrive pas à imaginer Jean dedans, il recule vers le porche, les voix autour de lui s'éteignent, la colère dans sa tête aussi. Maintenant, on les presse, il faut s'installer dans l'église, vite, la messe va commencer.

Marie s'est assise au second rang. Elle n'a pas pu se mettre tout devant, d'autres, les amis, les proches, les guides avaient déjà occupé la première rangée. Devant l'autel, il n'y a que des fleurs blanches dans de grands vases. Ils ont décidé ça hier soir. Tous ensemble. Enfin, Paule et elle et quelques membres plus éloignés de la famille, Luc n'avait pas donné signe de vie et René s'était bien gardé de s'exprimer sur une question aussi sensible. Ils étaient tous tombés d'accord, s'il devait y avoir des fleurs, il fallait qu'elles soient blanches. Marie n'avait pas osé demander pourquoi. Sans doute une vieille superstition. Elle trouvait que mettre des fleurs coupées, c'était un peu du gâchis. Elle n'avait rien dit. Trop peur de passer pour une radine ou qu'un d'eux lui lance, elle est devenue écolo, la Marie-Pierre au bord de la mer ? Elle a eu honte de les considérer comme ça, un peu bornés, un peu rétrogrades. Alors, elle a dit oui aux gerbes de fleurs blanches, aux couronnes. C'est toujours joli, une couronne sur un cercueil, a dit une cousine. Marie s'est retenue de lui rétorquer qu'elle ne voyait pas bien ce qu'un cercueil a de joli, ce n'était pas le jour.

Le brouhaha monte derrière elle, l'église s'est remplie en quelques minutes. Elle devine la voix de sa sœur, mais si, viens devant, il y a de la place. Personne ne lui répond. Paule insiste, mais si, viens, Marie nous a gardé des sièges. Elle sait que ce doit être Luc, elle a peur de ce qu'elle va découvrir. Elle entend de nouveau Paule, regarde, elle est là, au deuxième rang à droite. Marie l'observe enfin. Au moins, il a l'air propre cette fois. Elle détaille la silhouette qui approche, il a beaucoup grossi. Elle regarde son visage pour tenter de savoir où il en est, elle voit les petites veines rouges éclatées sur les joues et au bord du nez, c'est un signe qui ne trompe pas, mais peut-être aujourd'hui s'est-il abstenu. Elle le fixe, il baisse les yeux, elle tend le bras vers lui pour l'enlacer, il hésite, elle insiste, Paule le pousse vers elle, il s'approche, l'embrasse, Marie, je suis content de te voir ; elle ne peut empêcher son corps de reculer, l'odeur, cette odeur d'alcool, si forte de bon matin. Paule fait mine de ne rien remarquer, c'est bien que Luc soit venu, il le fallait pour Jean ; au moins, nous sommes tous là. Marie ne répond pas, elle laisse passer Luc, elle espère qu'il va se mettre un peu plus loin, qu'elle ne sentira plus cette odeur. Paule la bouscule, elle se faufile pour se glisser à côté de Luc. Comme avant, Paule cherche à le protéger, elle se méfie de Marie. En passant, Paule se cogne la cheville contre le prie-Dieu. Elle fait une grimace, la douleur est évidente, Marie ne peut s'empêcher de s'en réjouir.

Enfin, Luc peut s'asseoir. Il tient à peine debout, il se sent vaciller. La fatigue, l'émotion, l'alcool. Il aurait bien profité de la bousculade à l'entrée pour boire une gorgée. Juste une. Impossible. Paule ne le lâche pas, il ne veut pas lui faire honte. Maintenant, il est assis entre ses deux sœurs, il sent la chaleur qui se dégage de leurs corps. Il s'engourdit sur ce banc, avec la voix du curé en fond. Il s'appuie sur Marie, il respire son parfum, elle porte le même que Christine à une époque, c'est étrange, deux femmes si différentes, une même odeur un peu sucrée qui lui donne envie de vomir. Marie le repousse. Pas méchamment. Elle le redresse, le remet à sa place. Il voudrait que le curé termine. Il faut se lever. Combien de fois encore ? Il perd l'équilibre. Pour ne pas tomber, il s'accroche d'une main au banc de devant. Il frôle le dos d'une femme, elle se retourne, le dévisage comme s'il avait eu un geste déplacé. Il se demande s'il la connaît, quelqu'un d'important apparemment, elle est installée au premier rang, une membre de l'équipe municipale peut-être. Paule l'a retenu quand il a flanché, elle l'a lâché dès qu'elle l'a senti stable. Marie n'a pas tourné la tête. Elle a l'air plongée dans la prière, elle si peu croyante.

Il entend le curé parler de ses parents. Luc tient les propos à distance, il laisse son esprit vagabonder. Il ne supporte pas que l'on évoque son père. Ici, au village, on en parle toujours comme d'un héros. En réalité, il n'a fait qu'abandonner ses enfants pour courir après ses rêves. Et Jean a suivi son exemple. Il repense à son frère, aux mots qu'ils ont pu échanger. Il se souvient de leur dispute au café. Il n'avait quasiment plus revu Jean après ça. À la suite du coup de téléphone de Paule avant-hier, il avait préparé sa valise et il était venu, il ne pourra plus rien réparer avec son frère. On ne lui a pas donné de détails sur les circonstances de l'accident. Il essaiera d'en savoir plus tout à l'heure.

Paule est sortie seule de l'église, avant les autres. La messe a duré trop longtemps, elle avait pourtant demandé au curé de faire court, mais tout le monde a voulu parler. Elle fuit Luc et Marie. Elle a senti une distance entre eux plus tôt sur le banc. Pour une fois, elle les a laissés se débrouiller. Elle s'éloigne en direction du cimetière, ils la retrouveront là-bas, autour du caveau familial. Elle abandonne sa voiture devant l'église, elle la récupérera tout à l'heure. Elle n'a pas envie d'attendre que le corbillard se mette en route, de se placer derrière, de marcher à son rythme. Elle préfère emprunter le chemin piéton qui contourne le village. En dépit de la douleur qu'elle éprouve dans la cheville, fichu banc, elle va avoir un bel hématome, elle commence à grimper.

L'hiver, le sentier est à peine praticable ; l'été, c'est un paradis, avec des odeurs de plantes chauffées au soleil et le chant des oiseaux. Paule s'y réfugie souvent. Ce matin encore, il lui procure l'apaisement dont elle a besoin. Aujourd'hui, elle, qui a toujours eu un enfant ou un mari près d'elle, ne peut plus supporter personne. Elle tremble, elle ne porte qu'un gilet, elle a oublié son manteau quelque part. Dans l'église peut-être ? Elle ne se souvient pas de l'avoir ôté quand la messe a démarré, mais elle était concentrée sur Luc et Marie. Elle songe à faire demi-tour pour aller le chercher, mais elle ne se sent pas prête à affronter les regards, les questions, les pourquoi veux-tu t'éloigner comme ça ? Elle serre son gilet contre elle, pour se donner l'illusion d'être mieux couverte. Elle n'en a que pour quelques minutes. Après, elle sera au cimetière et quelqu'un lui prêtera quelque chose.

Un bruit derrière elle. Elle espère que c'est Marie, c'est la seule dont elle accepterait le réconfort. Paule. Une voix d'homme qu'elle n'identifie pas. Il est arrivé discrètement, elle n'a pas entendu de pierre rouler sous ses chaussures, était-elle si perdue dans ses pensées ? Paule, de nouveau. Une main qui se pose sur son épaule et la serre, pas trop fort, juste ce qu'il faut pour attirer son attention tout en témoignant de la douceur. Elle ne connaît pas cette main. Venez, vous allez prendre froid. Elle se retourne pour voir qui prend soin d'elle comme ça. Elle aperçoit un visage doux, une barbe de quelques jours, de ces barbes à la mode qui donnent un air faussement négligé. Elle devine un sourire. Je suis l'ami de Jean. Alors, elle le reconnaît.

Elle ne l'a vu qu'une ou deux fois, mais il est celui pour lequel Jean disait toujours «on a fait ci», «on a fait ça» et pas seulement «je», François, son compagnon. Il m'a souvent parlé de vous, Paule. Tout à l'heure, devant l'église, puis pendant la messe, elle a essayé de le retrouver dans la foule, elle a cru qu'il n'était pas là, ce n'était pas vraiment sa place, avait-elle glissé à René. Tu exagères, lui avait répondu son mari. Que doit-elle faire? Le prendre dans ses bras, cet homme que son frère aimait? Le tenir à distance, comme elle l'a fait jusque-là? Il lui tend la main, lui demande, un jour, vous me raconterez comment ça s'est passé, les gendarmes ne me disent rien. Elle hoche la tête. Qu'est-ce que ça lui apportera? De la souffrance, de la peine, l'idée que Jean était mort tout seul, là-haut, sur la montagne. S'il n'a jamais pratiqué, il ne comprendra pas. Ni la folie qui peut vous prendre lorsque vous êtes en montagne et que vous avez un but à atteindre, ni la satisfaction de mourir à l'endroit que vous aimez le plus au monde.

Elle verra, elle l'apprécie déjà, ce garçon, elle ne veut pas le blesser. Oui, je vous raconterai. Tout à coup, elle hoquette, il l'attrape, la serre dans ses bras, elle laisse les larmes rouler sur le manteau noir de François. Elle n'aime pas trop son odeur, celle de la laine et de la vieille cigarette. Elle reste là pourtant, collée à l'ami de son frère qu'elle connaît à peine. Il lui caresse le dos, de bas en haut, encore et encore. Elle retrouve un peu de souffle, jusque-là, je n'avais pas pleuré, je ne pouvais pas, même lorsqu'ils m'ont téléphoné pour me dire que c'était fini. Il continue son geste, c'est bien, c'est rien, il le fallait.

Ils parlent de la messe, de la cérémonie, on devrait peut-être aller au cimetière, les autres vont s'inquiéter.

François n'a pas prévu d'y aller, c'est une cérémonie privée. Paule le tutoie, lui lance, viens, on redescend, je vais te présenter à la famille. Ils sont nombreux au village à ne pas le connaître, Jean ne le cachait pas, mais ils vivaient en bas dans la vallée, discrets. François hésite. Tu crois que c'est le bon jour pour ça ? Elle ne sait pas comment réagiront les autres. La plupart savent déjà, elle a envie de leur faire confiance. Oncle Antoine est mort, viens, personne ne dira rien. Elle capte le regard étonné de François, il n'a pas perçu l'allusion, il la suit quand même. Elle rejoint le parvis de l'église d'un pas rapide, ils iront plus vite si elle récupère sa voiture. Elle a hâte maintenant, elle se sent légère à l'idée de faire plaisir à Jean. Il n'est pas là pour le voir, c'est presque rien, mais, tout à coup, présenter François à ses proches est important pour elle. Quand ils arrivent, la famille s'impatiente, René est inquiet, les enfants ne comprennent pas, certains demandent qui l'accompagne, d'autres font un signe discret à François, ils le reconnaissent. Marie les coupe, allons-y, on a déjà perdu beaucoup de temps. Paule veut parler, mais sa sœur a raison, tout le monde grelotte devant le tombeau familial. La cérémonie est brève, le curé n'a plus rien à dire, les guides non plus, ils ont prononcé leur hommage à l'église, ils approchent du trou pour jeter un peu de terre dessus, beaucoup font le signe de croix, on est très croyants dans le village, on ne sait jamais, face à la montagne, ça ne peut pas faire de mal. Marie se contente de regarder le caveau, elle refuse de s'incliner devant Dieu, Paule trouve qu'elle exagère, mais elle se tait, elle veut avoir sa sœur de son côté quand, dans quelques minutes, elle présentera François au reste de la famille.

La mise en terre est terminée, les gars des pompes funèbres remettent la pierre en place, la famille s'aligne pour recevoir les condoléances à la sortie du cimetière, Paule cherche François des yeux, il a sa place, parmi eux, elle ne le trouve pas. Elle se penche vers Marie, tu ne vois pas le gars avec qui je suis arrivée ? Il est reparti, il ne voulait pas être présenté, surtout pas aujourd'hui, il trouvait que c'était trop tôt. Paule ne comprend pas. Trop tôt ? Il n'y a plus que des trop tard. Il m'a dit de te saluer. Marie le connaît, évidemment ; Paule aimerait savoir comment et depuis quand, alors que tant de kilomètres séparaient Jean et Marie. Elle ne sait pas si elle reverra François, si elle lui a fait suffisamment bonne impression pour qu'il ait envie de revenir.

***Le Dauphiné libéré*, 2 novembre 2008**

Une cérémonie qui s'annonce émouvante aura lieu demain matin au village. La famille Cotraz sera réunie pour poser une plaque en mémoire de Claude et Marie, évanouis dans le massif en 1970, et dont la disparition n'est toujours pas élucidée en dépit des multiples recherches. Un hommage sera rendu à Jean, leur plus jeune fils, mort en montagne il y a trois ans, vraisemblablement en cherchant leurs traces.

Paule demeure longtemps plantée devant la paroi de pierre, il ne reste plus que les trous dans lesquels ont été enfoncées les chevilles en métal et le creux de quelques centimètres qu'elle avait fait tailler pour la plaque. Elle avait mis des mois à choisir l'emplacement. Elle avait demandé conseil à Marie, sa sœur lui avait fait comprendre qu'elle s'en moquait complètement. Paule avait opté pour l'entrée du sentier que les parents avaient emprunté ce jour-là. Elle avait proposé à Luc et à Marie de venir pour la Toussaint, ils profiteraient de l'occasion pour inaugurer la plaque. Luc avait dit oui tout de suite, en précisant qu'il ne resterait que deux jours, Marie avait ronchonné, est-ce qu'il fallait vraiment une cérémonie officielle, elle avait fini par se laisser convaincre.

Le jour de la cérémonie, ils s'étaient tous rendus à pied de chez Paule à l'emplacement retenu. Elle voulait faire bénir la plaque à l'église, Marie avait refusé sa proposition, c'était quand même un peu trop. Paule avait invité le maire, les guides. Lorsqu'ils étaient arrivés, la plaque était déjà fixée au mur, recouverte d'un tissu blanc, il ne restait plus qu'à tirer sur un angle pour la dévoiler. Dès que Luc et Marie eurent enlevé le tissu, Paule avait senti qu'il y avait un problème sans percevoir lequel.

Heureusement, Luc avait attendu que tout le monde se disperse pour lâcher, bon, bien, il n'y a plus qu'à l'enlever et en faire graver une nouvelle. Paule ne comprenait pas, pourquoi, elle ne vous plaît pas, j'ai choisi la plus belle. Marie a répondu, on ne va quand même pas laisser une plaque avec une erreur pareille. C'est un des enfants qui avait montré à Paule l'énorme faute d'orthographe au milieu du texte. Personne à la marbrerie ne l'avait corrigée, ils ne l'avaient pas vue ou ils n'avaient pas osé lui en parler. Elle s'est tournée vers René, et toi, tu n'as rien dit. Quand il s'en était aperçu, il avait appelé le graveur, mais c'était trop tard. Il avait prévu de changer la plaque un peu plus tard, sans qu'elle le sache, pour ne pas la blesser. Paule avait lâché, c'est gentil, mais c'est pire. Elle ne savait plus à qui elle en voulait le plus.

Elle écrit mal, on le lui a toujours dit. À l'école, la maîtresse la grondait pour ça, Paule, applique-toi un peu, on ne peut pas te relire. Alors, Paule faisait attention, elle mettait deux fois plus de temps que les autres à recopier les exercices, elle plongeait sa plume dans l'encre et elle formait les lettres doucement, les unes après les autres, prenait garde à ne pas déborder du lignage du cahier, tout en réfléchissant à l'orthographe, mais au fait combien de « m » à « sommet » ? Elle entendait la respiration des autres élèves qui attendaient qu'elle ait terminé, elle percevait le soupir de la maîtresse dans le silence de la classe, elle se dépêchait, elle finissait par écrire une bêtise, elle était obligée de raturer, l'institutrice ramassait son cahier avec brusquerie, tout ça pour ça. Dans ces moments-là, Paule avait envie de pleurer, elle se retenait, les autres se moquaient déjà assez d'elle, elle baissait la tête, regardait ses pieds, elle faisait semblant de ne pas entendre les «pauvre idiote», les «mais quel cancre» que lançaient ses camarades. La maîtresse avait insisté pour qu'elle se mette au premier rang, tu verras, ce sera peut-être plus facile pour toi. Elle aurait voulu se cacher tout au fond, loin des regards moqueurs.

Elle n'osait pas poser de questions à ses enfants sur ce qu'ils apprenaient. Quand elle s'y risquait, elle le faisait du bout des lèvres, elle avait peur de lâcher une énorme idiotie et dès que ça devenait un peu trop compliqué, elle leur disait : ah, je ne suis pas assez intelligente pour comprendre. Luc se moque souvent d'elle. Facile pour un ingénieur. Mais au fond, elle s'en fiche, il est dans un tel état que sa parole a peu de valeur. Elle vit plus mal l'attitude de Marie, sa sœur les prend de haut, elle et sa petite vie tranquille, comme elle dit. Quand elle est là, en vacances, elle veut tout régenter, tout organiser. Quand elle parle de René et du couple qu'il forme avec Paule, Marie a un petit rire dédaigneux. Paule a toujours pardonné à sa sœur. Sauf l'humiliation d'aujourd'hui. En redescendant vers le village, ils sont revenus sur cette histoire de plaque, ça les faisait rire, surtout Luc et Marie. Paule s'est fâchée, ça suffit maintenant. Marie a continué à rire, mais enfin, Paule, qu'est-ce qui te prend, tu ne vois pas qu'on plaisante ? Le regard qu'elle leur a adressé a dû parler pour elle, Marie s'est tue et n'a pas recommencé. La prochaine fois, vous vous occuperez de la plaque.

*

2012

Elle est assise devant la maison, le propriétaire a laissé un petit banc en bois, il est un peu bas, mais en étirant le cou, on peut voir l'océan. Elle se sent bien dans sa cahute, il n'y a pas un bruit aux alentours, elle peut rejoindre la plage à pied. L'agent immobilier avait hésité à lui montrer, il lui avait dit, c'est tout petit, vous verrez. À la fin d'une journée de vaines visites, ils étaient venus et elle avait signé immédiatement. Cette maisonnette dans la lande correspondait exactement à ce qu'elle cherchait. Pas trop loin de la ville, pas trop loin du lycée, elle pourrait même s'y rendre à vélo si elle s'en sentait le courage, abordable pour son salaire de prof, avec de l'espace pour la chienne.

Quand elle a quitté Louis, il lui a proposé de garder l'animal, il aurait plus de place chez lui. Elle l'a méchamment envoyé balader, c'était sa chienne, il le savait, non ? De toute façon, il ne comprenait rien, ni le pourquoi ni le moment de son départ. Elle le revoit en train de dire, mais tout allait si bien, il l'implorait presque. Il avait raison, rien n'allait mal, ils vivaient une jolie vie, faite de cours à donner et de courses à faire, de balades au bord de la mer et d'un restaurant de temps en temps. Elle aurait pu s'en contenter, elle aurait dû s'en contenter, elle n'était que frustrations.

Un matin, elle s'était levée et avait décidé que c'était fini, elle le lui avait dit aussitôt, de peur de changer d'avis. On arrête tout, avait-elle lâché alors qu'il beurrait ses biscottes, toujours trois, d'abord du beurre, puis du miel. Depuis qu'elle le connaissait, il n'avait jamais changé de routine matinale. Sauf ce jour-là, il avait abandonné ses biscottes sur la table pour lui poser des questions auxquelles elle n'avait pas su répondre. Ni lui ni Louise n'avaient saisi sa décision. Sa fille aimait Louis. Profondément. Elle s'était mise en colère, elle criait contre sa mère, elle défendait Louis qui n'en demandait pas tant. Marie lui avait lancé que ce n'étaient pas ses affaires. Louise lui avait répondu qu'elle agissait en égoïste, comme d'habitude.

Peut-être qu'au fond, Louise avait raison. Le problème, ce n'était pas eux, mais elle. Peu importe. Elle ne changerait pas d'avis. Le week-end précédent, ils avaient vidé la grande maison. Ils avaient donné la plupart des meubles à des voisins et à Emmaüs, Louis n'en avait gardé que quelques-uns, le lit, la table basse du salon, les chaises de la cuisine pour son futur appartement. Marie n'avait rien emporté, c'était trop petit chez elle. Ce n'était qu'un prétexte, elle voulait des meubles nouveaux, ne plus vivre dans leur passé commun.

Le dimanche, Louis avait rangé ses dernières affaires, en particulier les disques de son adolescence auxquels il tenait tant. Au début, elle l'avait trouvé touchant de s'accrocher à ces pochettes démodées et à ces sons qui craquent, maintenant elle le jugeait ridicule. Il avait aussi pris du matériel de cuisine, le manche d'un poêlon dépassait d'un carton, ça avait quelque chose de pathétique. Je te laisse les livres, avait-il lancé. De toute façon, ça ne t'a jamais intéressé, avait-elle rétorqué. C'était un truc qui les séparait, elle ne l'avait jamais vu avec un livre à la main ou s'il en ouvrait un, il restait si longtemps à la même page que personne n'imaginait qu'il le finirait un jour. Elle avait appris à lire dans les rares moments où elle n'était dérangée ni par sa musique, ni par sa voix, ni même par sa respiration un peu bruyante, surtout au printemps, lorsqu'il était pris par ses allergies. Elle ne le supportait plus.

En réalité, cela faisait des mois que son amour pour Louis s'était évanoui. Avec Jacques, le père de Louise, elle avait progressivement laissé son histoire familiale prendre trop d'importance dans leur vie. Il disait comprendre son chagrin, il prétendait savoir comment l'en sortir. Il était trop directif, elle s'était lassée de lui. Lorsqu'elle l'avait quitté, il lui avait reproché d'avoir trop de tristesse en elle, elle n'avait de place pour rien d'autre. Sa remarque avait été comme une gifle. Avec Louis, elle n'avait pas voulu commettre la même erreur. Quand elle l'avait rencontré, elle n'avait pas parlé de ses parents. Elle avait attendu qu'il pose la question.

Lorsqu'enfin il l'avait fait, elle avait été prise de court, elle avait hésité et avait fini par lui dire, ils ont disparu. Ah, désolé, je ne voulais pas être indélicat, c'est triste, depuis longtemps ? Il avait mal compris. Elle avait ajouté, ils ne sont pas morts, ils ont «disparu». Et alors, c'est quoi la différence ? Elle avait expliqué, il avait souri, tu crois vraiment qu'ils pourraient encore revenir ? Au moment de cette conversation, il faisait presque nuit, ils étaient au bord de la mer, elle était assise sur les blocs de béton au bout de la jetée, il était resté debout, un peu au-dessus d'elle, il n'avait pas pu voir sa réaction, les larmes qui menaçaient. Et elle était encore assez amoureuse de lui pour accepter d'être blessée. Lorsqu'elle a décidé de partir il y a quelques semaines, elle n'a pas évoqué cet instant qui était pour beaucoup dans sa décision, Louis ne s'en souviendrait pas. Elle avait avancé d'autres raisons qui n'étaient pas fausses, juste incomplètes. Elle avait parlé d'une existence plus riche, moins plan-plan, et de détails de la vie quotidienne qui avaient fini par la miner. Elle était étonnée qu'il se laisse convaincre par des banalités pareilles.

Marie espère que sa fille viendra la voir de temps en temps. Elle ne pourra pas rester longtemps, il n'y a pas de chambre d'amis. Marie n'y a pas pensé, ce n'est qu'après, lorsque Louise est passée, qu'elle a lâché un, sympa, si je comprends bien, je dormirai dans le canapé, qu'elle s'est aperçue qu'elle tenait volontairement sa fille à distance de sa vie. De toute façon, Louise n'a plus besoin d'elle. Elle est ravie d'être à la fac de Rouen, Marie la soupçonne de l'avoir choisie pour avoir une bonne excuse de s'éloigner du Havre et de sa mère.

Finalement, Marie avait presque été soulagée de la voir partir, tant elles se chamaillaient. Les premiers mois, elle avait trouvé ça difficile, sa fille lui manquait. Désormais, elle est fière d'avoir réussi à la laisser partir sans drame. Un enfant, c'est fait pour prendre son envol. Marie avait pris goût à la solitude. Lorsqu'un collègue avait suggéré, tu nous feras une pendaison de crémaillère un week-end, elle avait souri, mais n'avait pas donné suite. Elle reste assise, là, sur son banc. Il faudrait qu'elle se lève, qu'elle aille appeler Paule. Elle n'a pas prévenu sa sœur de son déménagement, elle ne sait pas comment lui présenter les choses. Est-ce qu'elle lui avouera qu'elle est de nouveau célibataire ?

*

2015

Je tiens la carte postale entre mes doigts, trois mots, bisous de Biarritz, Philippe. J'ai un trou de mémoire, impossible de me souvenir à quel numéro habite mon père, le 39 ou le 43 ? Le facteur sera peut-être capable de le retrouver. Je suis tenté de jeter la carte, ce rituel est absurde de toute façon, je ne sais pas pourquoi je continue. Pour ne pas rompre complètement avec mon père comme l'a fait le reste de la famille. Maman ne voit plus personne, sauf tante Paule de temps en temps. Elle n'a pas voulu venir à l'enterrement de Jean. Finalement, c'était mieux, mes cousins m'ont dit que papa était ivre mort, ça n'aurait fait que la chagriner. Catherine et Laurent ne veulent plus rien avoir affaire avec lui. Je les comprends, mais je n'arrive pas à le sortir de ma vie. Une fois, il avait arrêté de boire, j'ai recommencé à le voir. J'y croyais vraiment, je désirais l'aider. On n'avait pas grand-chose à se raconter, ma vie ne l'intéressait pas, il ne m'écoutait qu'à moitié, il parlait sans cesse de lui, de la montagne, des recherches qu'il allait reprendre, je le laissais dire, pour moi, c'était fini, on ne retrouverait jamais les grands-parents. Il a rechuté, on s'est vus moins souvent. Je me contentais de l'appeler de temps en temps. Dès qu'il décrochait, je savais dans quel état il était, il m'arrivait de couper court au bout de quelques secondes. Les cartes postales étaient le seul moyen de lui montrer que je pensais encore à lui.

Je me demande s'il nous reconnaîtrait s'il nous croisait dans la rue. Moi oui, sans doute, mais mon frère et ma sœur, l'alcool brouille les visages, les années, il ne doit même plus se souvenir de l'âge que nous avons. Catherine vient de fêter ses trente et un ans, Laurent, ses vingt-neuf, et j'en ai cinq de plus que lui. La dernière fois qu'on l'a vu tous ensemble, c'était à l'hôpital, pour l'anniversaire de Laurent, il y a plus de dix ans. Je nous revois tous les trois, timides, maman portait une boîte en carton, des gâteaux du pâtissier préféré de Laurent, c'était son jour, elle avait voulu lui faire plaisir. On s'était avancés parmi les malades, certains criaient, d'autres riaient de ce rire si peu naturel que produit le manque. Catherine tenait nos mains, elle n'avait pas dit un mot de tout le goûter. Maman nous avait obligés à venir, elle souhaitait qu'on renoue avec notre père, elle en était sûre, cette fois, il s'en sortirait, il ne lâcherait pas. Elle s'était trompée. Peu de temps après, elle l'avait abandonné.

Laurent a été le plus radical dans la rupture. Petit, il adorait papa, il ne comprenait pas ce qui se passait. Il voulait sans arrêt que papa vienne jouer au foot avec lui. Au début, papa se forçait à quitter ses lectures, puis il a renoncé, l'alcool lui coupait les jambes, lui enlevait toute envie, il disait à Laurent de jouer avec un copain ou avec moi. Laurent s'est mis au rugby, il a acquis une sacrée carrure. Quand il enfile un costume, on voit les coutures tirer. Le jour de l'anniversaire, il regardait papa comme s'il le haïssait, avec une seule volonté : s'enfuir loin de lui. Tout de suite après, il a annoncé qu'il ne voulait plus voir papa. Maman a essayé de le convaincre, elle n'y croyait plus elle-même. Quand j'ai raconté à tante Paule la décision de mon frère, elle m'a répondu, mais vous faites trop d'histoires, c'est vrai que ça n'a pas été facile pour vous, les enfants, mais Luc, c'est votre père, il faut l'aimer quand même.

Elle et tante Marie ont toujours été comme ça, à essayer de recoller les morceaux, même quand les choses partaient en sucette. Après le divorce, on n'aurait presque plus vu papa si elles n'avaient pas tout fait pour nous réunir. Elles venaient nous récupérer chez maman, on passait quelques jours ensemble à la montagne. Il ne s'intéressait pas à nous, il gaspillait son temps à chercher ses parents ou à boire. Ses sœurs ont fini par se fâcher, elles ne comprenaient pas, elles faisaient tout pour que ça se passe bien, et lui… Nous assistions à ces scènes, nous sentant un peu coupables d'infliger ça à notre père. Laurent a arrêté de venir le premier. Il a simplement dit qu'il partait en vacances de son côté, qu'il rejoignait des copains, la mère d'Éric m'a invité pour le mois de juillet, à la mer, ça changera de la montagne. Tout le monde avait compris. Catherine et moi, on a continué de passer des vacances avec notre père, en traînant des pieds.

Pour me sortir de l'atmosphère familiale, on m'a inscrit dans un autre lycée, beaucoup plus loin, il fallait prendre deux bus pour y aller. Catherine m'a dit, je ne sais pas comment tu fais, moi, je crois que j'arrêterais l'école s'ils me faisaient ça. Au moins, là-bas, personne ne connaît papa. Ma réponse lui a cloué le bec. Dans cette école, je ne parlais jamais de papa, mais je quittais les soirées où les gens picolaient beaucoup, j'étais incapable de danser avec une fille dont l'haleine était trop chargée d'alcool. Si elle essayait de m'embrasser, j'avais un mouvement de recul. Catherine et Laurent sont restés fâchés contre papa. Une conversation avec une fille m'a permis de me guérir de ma colère. Elle m'avait mis en confiance, je lui ai parlé de mon père, je lui disais ma rage contre lui quand elle m'a lâché comme ça, tout tranquillement, fais gaffe, un jour, il sera mort. Je me suis senti bête. J'ai su plus tard que son père était décédé brutalement, qu'elle n'avait pas eu l'occasion de lui dire au revoir. C'est là que j'ai commencé à envoyer des cartes postales.

Presque cinquante ans plus tard

***Le Dauphiné libéré*, début 2018**
Nouvelle étude inquiétante sur la fonte des glaciers

Mauvaise nouvelle pour notre région : la fonte des glaciers s'accélère en raison du réchauffement climatique. Plus grave, les Alpes semblent avoir connu une progression plus rapide qu'ailleurs. « Les glaciers qui fondent le plus rapidement se trouvent en Islande, en Alaska et dans les Alpes », indique ainsi une étude réalisée par un institut de géographie américain. Ce n'est pas vraiment une surprise, il suffit d'observer à l'œil nu la profondeur de l'accès à la mer de Glace qui, chaque année, doit être agrandi. Mais l'étude apporte une confirmation scientifique à ce phénomène inquiétant et à son évolution sur le long terme. L'équipe de chercheurs a d'ores et déjà prévu de mesurer chaque année l'amincissement des principaux glaciers de la vallée.

Printemps 2018

Quand le téléphone sonne, Paule sait déjà. Depuis vingt-quatre heures, le bruit circule dans la vallée. Deux corps, des habits anciens, des années dans la neige. Elle attendait chez elle, s'occupant de la maison, essayant de ne pas y penser. La seule chose qui la faisait douter, c'était le lieu. Au village, personne n'a jamais envisagé qu'on les retrouverait par là, certains croyaient qu'ils étaient partis dans la direction opposée. Père avait-il changé d'avis ? Avait-il décidé de faire un autre parcours de peur que le temps devienne vraiment mauvais ? Possible, on disait toujours qu'il connaissait la montagne mieux que quiconque dans le coin.

Elle s'était crue prête quand, enfin, la sonnerie avait retenti. Elle n'avait pas décroché tout de suite pour repousser encore un peu la réalité. Après tout, cela faisait si longtemps qu'elle vivait sans savoir. Lorsqu'elle avait entendu la voix de Pierre, elle avait su. Elle l'avait coupé alors qu'il cherchait ses mots, donc, tu confirmes. Ce sont eux, Paule, on en est certains, tout correspond. Dans le téléphone, il continuait à parler, si tu veux les voir, c'est maintenant, après, on va les dégager, on ne peut pas attendre, il faut les redescendre. Elle l'avait remercié et avait appuyé doucement sur la touche rouge. Elle avait reposé l'appareil et dit à René, ce sont eux. Il avait juste hoché la tête, il avait compris. Il lui avait posé la main sur l'épaule, ça lui avait fait un bien fou de sentir sa paume chaude à travers sa blouse, ils n'avaient pas prononcé un mot pendant de longues minutes. René aussi avait vécu avec cette histoire, elle était là dans leur vie, indépassable.

Elle enfile ses chaussures. Elle veut monter tout de suite sur le glacier, René lui propose de l'accompagner, elle refuse, elle veut y aller seule. Elle manque de mettre la voiture en l'air tant elle est nerveuse. Elle a touché une pierre à l'entrée du chemin forestier, la carrosserie est abîmée juste au-dessus du pare-chocs. Elle ne le dira pas à René, elle conduira la voiture au garage quand ce sera fini. Elle termine le trajet à pied, vingt bonnes minutes, le capitaine des gendarmes l'a prévenue, je laisserai quelqu'un à l'entrée du sentier, il t'accompagnera jusqu'à moi. Elle marche vite, incapable de se retenir, elle entend la respiration sifflante du jeune gendarme derrière elle, elle ne ralentit pas. Elle arrive enfin.

Le capitaine est là, le maire aussi. Vous êtes sûrs que ce sont eux ? Ils hochent la tête. Tu veux les voir ? Elle est tentée de refuser, de faire demi-tour, qu'est-ce que ça va changer maintenant ? Elle acquiesce. Le capitaine l'entraîne, il faut marcher quelques mètres encore, contourner les gros rochers et avancer sur le glacier. Elle imaginait quelques os, presque rien, elle se retrouve face à deux corps, elle voit la peau sur le visage de sa mère, elle est grise, presque marron. Le médecin la bouscule, il doit travailler. Elle lui adresse un regard mauvais, elle veut plus de temps pour ces retrouvailles. Le capitaine fait signe au médecin de s'éloigner, de lui laisser quelques minutes.

Elle se baisse pour les regarder de plus près, ils sont allongés, habillés comme le jour de leur départ, elle reconnaît les boucles du sac à dos de Père, elle aperçoit un bout de tissu autour du cou de maman. Elle ne sait plus que faire devant ces corps qui leur ressemblent si peu, elle a attendu tant d'années. Paule, on va devoir les descendre, la nuit approche. Elle se tourne vers le capitaine, pourquoi si vite ? Elle n'écoute pas la réponse, le dégel, ils ne se conserveront plus maintenant, il faut les mettre à l'abri, elle pense à Marie et à Luc, ils ne les verront pas, pas comme ça, pas comme elle les a vus. Elle trouve ça triste. Elle aurait dû apporter son appareil, mais les gendarmes auraient peut-être trouvé étrange qu'elle prenne des photos.

Elle est perdue. J'aurais aimé que Luc et Marie les voient, chuchote-t-elle. Le capitaine insiste, une fois qu'ils seront dégagés totalement de la glace, il faudra les mettre dans une chambre froide, mais nous avons fait des images, tu leur montreras. Et les objets ? On te les rassemble, et tu pourras les récupérer chez nous dans quelques jours. Il n'y en a pas beaucoup. Quelques bijoux et une liasse de papiers. Ils sont bien conservés, ton père les avait dans ses poches, emballés dans un papier huilé, ils n'ont pas l'air d'avoir trop souffert. Vous savez ce que c'est ? Pas encore, on a peur de les abîmer. On y jette un œil ? Elle insiste. Tu sais bien qu'on doit les enregistrer d'abord, c'est la procédure. Allez, le jeune de tout à l'heure va te raccompagner jusqu'à ta voiture. Cette fois, c'est le gendarme qui file devant et elle qui traîne.

Par le médecin, elle a appris que la femme avait une fracture des cervicales, c'était fatal, a-t-il précisé. Elle a dû faire une belle dégringolade, a commenté un guide. Paule imagine la douleur éprouvée par sa mère. Elle sait, par ceux qui ont survécu, à quel point une telle chute est effrayante, les pierres qui vous tombent dessus, vous ne pouvez rien faire, vous décrochez. Elle reconstitue la scène, l'orage, l'éclair, le tonnerre, la montagne qui tremble, électrique, le bruit de la roche qui se fendille et se met à dévaler la pente, emportant tout avec elle, dans un fracas épouvantable. Peut-être qu'ils n'ont pas eu le temps d'avoir peur, pas comme Jean.

Lui, on a su combien d'heures il avait passées dans sa crevasse avant qu'on le retrouve, à souffrir, à se demander si quelqu'un allait venir, la lumière enfin, des mots chuchotés à l'oreille, quelqu'un qui annonce, il respire, un autre qui l'attache à un brancard et, tout doucement, aide à le remonter ; il ne parlait pas, pas même pour dire à quel point il avait mal, puis le bruit de l'hélicoptère. Paule croyait à ce moment-là que son petit frère allait s'en sortir, on avait insisté, il est vivant, dans un sale état, mais vivant. Il avait attendu d'être à l'hôpital, au chaud, pour partir. Elle s'était dit, c'est bien la peine de nous faire espérer, elle en avait voulu à Jean, aux guides secouristes, aux médecins. Les parents n'ont sans doute pas eu le temps d'avoir peur.

Ils étaient encordés, ils ont chuté ensemble ? C'est René qui pose la question le soir, lorsqu'ils se retrouvent tous à la maison des guides pour essayer d'en savoir plus. Évidemment qu'ils l'étaient, puisqu'on les a retrouvés côte à côte. Non, répond un guide, ils n'étaient pas attachés. Paule s'imagine un autre scénario. Après la chute, Père est allé rejoindre maman comme il a pu, il n'a pas voulu la laisser seule, il avait la technique pour descendre, sous l'orage, il a pu hésiter sur le glacier, les crampons profondément enfoncés à chaque pas, ou sur la paroi. Il a serré la main de maman et il a attendu qu'on vienne les secourir, attendu qu'elle se réveille, peut-être la croyait-il simplement blessée. Il a essayé de lui donner à boire, un peu de vin, pour la requinquer, il y a des taches sur la veste de maman, à moins que ça ne soit du sang. Pourquoi Père n'est-il pas descendu chercher de l'aide dans la vallée au lieu de rester là, bêtement, à côté de sa femme, à se laisser mourir de froid ? Paule murmure sa question, le capitaine lui répond, il devait être secoué, ne plus savoir où il était, c'est souvent le cas avec les orages. Son père n'était pas un novice, Paule préfère penser qu'il n'a pas voulu abandonner maman dans la montagne. Il faisait sombre, les éclairs crépitaient sans arrêt, il valait mieux ne pas bouger, on les repérerait plus facilement une fois le jour levé, il n'avait pas imaginé qu'on les chercherait à peine, pensant qu'ils étaient capables de s'en sortir. Peut-être avait-il, lui aussi, quelque chose de cassé, le médecin n'a rien dit, mais il n'a pas eu le temps de les examiner en détail, ils en sauront plus dans les prochains jours.

En redescendant, Paule a prévenu Luc. Son frère n'avait pas l'air de comprendre ce qu'elle lui expliquait. Il n'avait pas parlé de les rejoindre, elle ne le lui avait pas suggéré, il était assez grand pour prendre la décision seul. Avec Marie, le coup de fil avait été plus simple. La veille, elle l'avait avertie de la découverte des objets, elle préférait la préparer. Pour une fois, Marie l'avait écoutée sans rien dire. Elle avait ajouté, tu crois vraiment ? À ce moment-là, Paule ne voulait pas lui confirmer, pas encore, elle craignait de décevoir sa sœur. Dès qu'elle avait su, elle l'avait rappelée. Avant même ses enfants. Sa sœur attendait à côté du téléphone. Alors ? Paule avait lâché, ce sont eux, tu peux venir, elle avait entendu sa sœur prendre une grande aspiration comme si elle étouffait, Paule, je te rappelle. Elle avait raccroché, sans même demander à sa sœur comment elle se sentait. Lorsqu'elle l'avait recontactée quelques minutes plus tard, Marie avait repris son attitude habituelle, distante, son attitude de prof de collège, disaient ses enfants, elle n'avait posé que des questions pratiques, où, quand, comment, elle arriverait sûrement par le train de fin de journée, elle confirmerait, mais si quelqu'un pouvait venir la chercher à la gare. Elle pensait sûrement rendre service en ne s'épanchant pas, Paule aurait aimé entendre un, et toi, ça va ? Voilà très longtemps que Marie ne lui a pas posé ce genre de question, elle se plaint, elle plaint Luc, mais Paule, non.

Elle n'a revu les corps que le lendemain. Elle voulait que ses enfants disent adieu à leurs grands-parents en privé, avant la cérémonie officielle, elle trouvait que c'était important même s'ils ne les ont pas connus. Le jour où on a trouvé Père et maman dans la montagne, deux des garçons étaient montés un peu après Paule pour les voir là-haut, sur place, mais les gendarmes avaient refusé qu'ils approchent, trop de risques que le terrain s'effondre et qu'on perde de nouveau leurs traces, ils leur avaient dit de passer à la morgue. Ce matin, avec René et elle, il y a Cécile et Benoît, elle est heureuse de les accompagner, elle devine qu'ils appréhendent le moment. Elle a tenu à y aller tôt, elle a peur de pleurer. Devant sa famille, elle s'en fiche, mais elle ne veut pas que tout le village la voie. Ils sont arrivés devant le bâtiment, Paule a hésité, elle les a fait attendre quelques secondes, elle a pris la main de Cécile, René a posé son bras sur l'épaule de Benoît, puis elle a lâché : tout le monde l'a fait, on ne va quand même pas jouer les poules mouillées. Un gendarme les a accueillis, il a appelé son chef, ils ont emprunté un long couloir, ils sont entrés dans une salle où il faisait frais, il a tiré un chariot, vous êtes prêts ? Ils ont hoché la tête, Benoît ne pouvait plus parler, Cécile respirait fort, René commençait à regretter d'avoir pris un petit déjeuner, il y avait une odeur de produit chimique qui le dérangeait. Un employé a soulevé le drap, ils ont vu deux silhouettes osseuses, comme ces momies qu'on vous montre dans les musées d'archéologie. Paule regardait ces deux assemblages d'os, elle n'arrivait pas à faire le lien avec tout le malheur qu'ils avaient provoqué dans la famille. Elle n'arrivait même pas à reconnaître ce qu'elle avait vu il y avait quelques heures à peine dans la montagne, ils paraissaient si chétifs, ils semblaient si peu humains. Ses parents ?

*

Le lendemain

Marie peut se rendormir. Elle a une heure devant elle, ce car est si lent, il fait le tour du moindre village, elle l'a pris pour ne pas s'encombrer avec la voiture, elle aime de moins en moins conduire la nuit, l'âge sans doute, elle va finir par rater son train. Elle ferme les yeux, essaie de se détendre, elle ne peut s'empêcher d'entendre les conversations de ses voisins de bus. Cette voix criarde, elle se demande si c'est la très vieille dame ou la femme un peu obèse. L'autre, c'est la conductrice, Marie la voit souvent. Elle ferait mieux de se concentrer sur la route plutôt que de bavasser avec les autres, ils avanceraient plus vite. Et ces gloussements derrière elle, trois copines pas toutes jeunes, la soixantaine, elles parlent des hommes comme si elles avaient vingt ans. L'une d'elles reproche en riant à son amie de ne pas avoir emmené son frère, elle l'aime bien le frère, elle en ferait bien son goûter. Marie grimace, cette expression, en faire son goûter. Elle se demande si le frère ressemble au sien, personne n'a envie de faire de Luc son goûter, sauf cette femme peut-être, elle n'a pas l'air difficile. Le car s'arrête, encore. Trop longtemps. Elle ouvre les yeux, il est bloqué dans une rue étroite. Un corbillard stationné devant l'église. Elle ne va quand même pas arriver en retard à cause d'un enterrement, personne ne la croirait. Paule l'a prévenue, il faut que tu sois là ce soir absolument, nous avons rendez-vous très tôt demain.

Hier après-midi, un peu avant que le téléphone sonne, elle pensait aux parents. Elle était sur la falaise, sur le chemin qui longe la mer, elle observait la lande, elle essayait de ne pas regarder l'eau en contrebas, elle ne pouvait s'empêcher d'admirer les vagues qui s'écrasaient sur les rochers. Elle choisit souvent cette promenade, absurde pour quelqu'un qui souffre du vertige. Elle ne veut pas se laisser envahir par sa peur, elle se met à l'épreuve. Elle surveillait la chienne du coin de l'œil, et une fois de plus, elle pensait à eux, à ce qui avait pu arriver. Étrange comme, presque cinquante ans après, ils sont encore présents. De temps en temps, elle les abandonne dans un recoin de sa mémoire. Puis tout à coup, pour une raison qu'elle ne comprend pas toujours, un mot, une phrase, ils ressurgissent. Et avec eux, la souffrance.

Lorsqu'elle avait entendu l'histoire de ce sous-marin disparu au large des côtes de Toulon, avec cinquante marins à bord, retrouvé des années et des années après, elle n'avait pas pu s'empêcher de fondre en larmes. Elle imaginait le soulagement des familles qui savaient enfin. Elle aurait aimé qu'on prenne leur quête avec le même sérieux ; elle se trouvait laide de mettre les chagrins en compétition. Que ressentirait-elle si on les retrouvait ? Elle peine à l'imaginer. La glace a-t-elle conservé les corps intacts ? Est-ce vraiment possible cinquante ans plus tard ? Est-ce qu'elle les reconnaîtrait ? Cela fait si longtemps, elle les a oubliés, elle ne pourrait plus les décrire. Il y a peu, quelqu'un lui avait demandé si les yeux clairs de Louise lui venaient de ses grands-parents, elle ne savait plus, et les quelques photos de sa sœur ne lui étaient d'aucun secours. Elle avait posé la question à Paule, c'était idiot, elle était si jeune à l'époque. Et Luc avait noyé ce genre de souvenir dans l'alcool. D'eux, elle n'a retenu que quelques détails banals, anodins, le sac à dos de Père, un sac vert militaire avec plein de sangles et des boucles brillantes, le foulard de maman, oui, ce foulard rouge qu'elle a mis au dernier moment.

Marie l'a cherché souvent, ce foulard ; les premières années, elle se disait que dans la neige, il se repérerait de loin. Lorsque Luc et Jean partaient pour leurs expéditions, elle le leur rappelait, cherchez bien une tache rouge, même au fond d'une crevasse, ça se voit bien. Lorsqu'elle allait en Italie et qu'elle survolait le massif en avion, elle ne pouvait s'empêcher de scruter les pentes enneigées. Les jours de beau temps, quand le commandant de bord annonçait, sur votre droite vous allez avoir une vue magnifique sur le Mont-Blanc, elle se collait au hublot, elle cherchait des repères qu'elle n'avait plus depuis longtemps, parfois elle sursautait, elle croyait apercevoir des silhouettes dans la neige, elle voulait crier, attendez, arrêtez, il faut que je descende, elle se retenait de justesse de peur de passer pour folle. Elle essayait de se souvenir, de mémoriser les lieux pour en parler à ses frères, ils ne la croyaient pas.

Parfois, elle imaginait que les parents avaient traversé la frontière, qu'ils s'étaient installés de l'autre côté, versant italien, qu'elle tomberait sur eux, comme ça, par hasard. Une fois, elle y avait cru, vraiment, elle randonnait avec Jacques et Louise, Jacques voulait la réconcilier avec la montagne, il faut bien que ta fille sache d'où tu viens ; ils avaient pris une chambre en demi-pension dans une auberge, Louise dormait dans un petit lit au pied du leur, ils partaient le matin avec un pique-nique et marchaient la journée. Marie s'ennuyait, elle se lassait de ces paniers-repas toujours identiques, pain, boîte de mousse de pâté, elle détestait, ça sentait le foie, chips, un bout de fromage, des fruits. Elle trouvait le prix très élevé pour manger aussi mal. Jacques les entraînait chaque jour un peu plus loin, il aimait s'aventurer sur des sentiers peu fréquentés. Cet après-midi-là, ils s'étaient arrêtés pour le goûter sur une petite aire juste avant de rejoindre la voiture, il y avait des tables en bois et quelques jeux pour les enfants. Louise riait aux éclats en sautant avec son père sur un tape-cul, il se laissait tomber tellement fort qu'à l'autre bout, elle s'envolait. Marie avait aperçu des silhouettes sortir du bois, un homme et une femme, habillés de manière démodée, l'homme portait un vieux sac à dos de l'armée, la femme avait un foulard dans les cheveux, elle l'avait noué dans la nuque comme maman l'avait fait ce jour-là. Marie y avait cru, elle s'était mise à courir vers eux, elle répétait, ce n'est pas possible, ce n'est pas possible, quand je dirai ça aux autres. À quelques mètres du couple, elle s'était arrêtée, évidemment, ce n'était pas eux, ils étaient beaucoup trop jeunes, et puis, ils ne ressemblaient pas aux parents. Elle avait surgi sur eux d'un coup, elle leur avait fait peur. Elle s'était forcée à se calmer, avait bredouillé, pardon, je vous ai confondus avec des gens que je connais. Ils avaient souri d'un air indulgent, ils lui avaient glissé, il faut qu'on y aille, on participe à un rallye, on s'est un peu perdus, les autres doivent nous attendre. Elle avait hoché la tête. Jacques et Louise l'avaient rejointe, tu les connais, maman? Elle se sentait idiote, croire que ses parents pouvaient réapparaître au détour d'un chemin. Jacques s'était inquiété, tout va bien? Tu as l'air bizarre. Elle n'avait rien dit. Les visages de ces inconnus lui étaient restés en mémoire, effaçant les dernières traces de ceux de ses parents. L'année suivante, elle avait refusé les vacances à la montagne, elle avait éteint cette lueur qu'elle entretenait depuis des années, c'était tellement stupide.

En réalité, elle n'avait jamais renoncé à l'espoir. Un détail suffisait à le réveiller. Une gourde en métal, une chaussure de marche un peu ancienne, un pas lent et profond comme celui de Père. Ils ont été nombreux à lui conseiller d'aller voir un psy. Tu sais, parler, ça fait toujours du bien, tu as vécu des choses très difficiles adolescente, il faut que tu t'en libères. Elle n'a jamais suivi ces conseils. Elle ne sait pas pourquoi. Un peu de scepticisme sans doute, la crainte que ses proches ou ses collègues l'apprennent – ce serait un signe de faiblesse, inévitablement. La crainte, surtout, de s'effondrer.

Elle était restée une petite fille qui voulait croire aux contes de fées. Elle les imaginait souvent pas loin, de l'autre côté de la frontière, elle ne poussait pas la réflexion jusqu'à se demander pourquoi ils auraient laissé leurs quatre enfants derrière eux, et ce que ça aurait pu avoir de cruel. Parfois, elle se disait que Père était parti seul, qu'il avait tué maman, mais qu'au fond, elle s'en fichait, après tout, du moment qu'il était vivant. Non, quand même, tuer maman… alors, elle imaginait une autre histoire. Père mort dans la montagne et maman qui refaisait sa vie, ailleurs. Bien sûr, elle avait eu du chagrin, c'était dur sans Père, elle l'aimait, quoi qu'en disent les voisins, quoi qu'en pense Luc. Son frère n'était pas loin de penser que si maman avait eu le choix, jamais elle n'aurait épousé une peau de vache comme Père, on avait dû la forcer. Il avait tellement agacé tout le monde avec cette histoire qu'un jour, tante Andrée lui avait lancé, tu ne connais rien de leur vie, alors tais-toi ! Luc avait rougi, il n'avait plus jamais critiqué Père devant la tante Andrée et l'oncle Antoine. Pour Marie, c'est à ce moment-là que son frère est devenu amer.

Elle pense à la chienne, elle espère que ça ira avec Virginie, oui, ça devrait aller, son amie adore les chiens, elle est capable de jouer des heures avec eux, peut-être parce qu'elle n'a pas eu d'enfant, elle compense. Débile, cette psychologie de bas étage. Elle aperçoit les premiers immeubles du Havre. Elle connaît par cœur cette longue avenue rythmée de ronds-points qui mène à la gare. Elle regarde sa montre. Elle va rater son train, elle se lève, elle va demander à la conductrice d'accélérer un peu, vous comprenez, j'ai un train à prendre, un grave problème de famille. Elle renonce, se rassied, après tout, c'est sa faute, elle aurait dû prendre sa voiture. Elle va être obligée de courir, depuis qu'ils ont refait la gare, c'est une catastrophe, trois feux rouges, une contre-allée, et enfin la gare routière, peut-être que la conductrice acceptera de la laisser devant la gare, un peu plus haut. Pas le droit, trop dangereux, répond-elle. Marie argumente, certains de vos collègues le font. Peut-être, pas moi. Marie s'incline, elle verra bien. Elle arrivera plus tard dans la soirée. Elle n'est pas si pressée.

Elle se demande ce qu'elle va trouver, ce qu'elle va voir. Elle sait que la nature peut garder ses secrets pendant des années et les recracher presque intacts des décennies plus tard. Ici, quand on se promène au bord de la plage, il est fréquent de tomber sur des objets rejetés par l'océan, la mairie a même installé des bacs à marée pour que les gens y déposent ce qu'ils trouvent. De quand datent-ils ? D'où viennent-ils ? Elle se pose toujours la question. À la montagne, il pourrait y avoir des bacs à névé ; le mot la fait sourire. Longtemps, la neige a préservé ses mystères, elle ne fondait pas assez pour les libérer vers la vallée. Maintenant, oui. Tu comprends, a dit Paule, avec le réchauffement climatique, des endroits inaccessibles deviennent praticables. Comme les autres, elle a attendu cette nouvelle cinquante ans. Et là, au moment de rejoindre le village, elle s'interroge, n'aurait-elle pas préféré ne pas savoir ?

Elle a réussi à grimper dans le train à l'instant où la sonnerie retentissait, elle est un peu essoufflée. Elle n'a pas eu le temps d'acheter un billet, il faut qu'elle trouve le contrôleur. Elle remonte les wagons, enjambe des valises, pourquoi y a-t-il tant de gens qui voyagent en semaine ? Elle croyait trouver le train vide. Elle aperçoit le contrôleur, il discute avec un collègue, allez vous asseoir, madame, je vous ferai un billet tout à l'heure quand je passerai. Elle fait demi-tour, se cherche une place, là, peut-être ? Mauvaise idée. Juste devant, il y a une dizaine d'ados qui vont à l'école, ils rient, parlent fort, elle n'est pas sûre de le supporter, elle se demande si Louise, sa fille si bien élevée, se comporte aussi mal quand elle est en groupe ; elle l'imagine, un peu gauche, tenter de participer aux blagues pour ne pas être exclue. Ça a toujours été la grande hantise de Louise, rester sur la touche. Marie trouve ça un peu triste, elle y voit un signe de manque de personnalité chez sa fille. C'est peut-être elle qui a raté, elle aurait pu lui donner plus d'assurance.

Elle a fini par trouver un wagon calme en queue de train ; tant pis, il lui faudra remonter tout le quai à Saint-Lazare. Elle observe ses voisins, un jeune homme secoue la fille assise à côté de lui, doucement, puis de plus en plus fort, elle a l'air dans les vapes. Marie fait la grimace, pourvu qu'ils n'arrêtent pas le train, ambulance, pompiers, dans ce cas, elle n'aura jamais sa correspondance à Paris. La fille émerge, le garçon la met debout, la fait marcher un peu, lui chuchote, réveille-toi, on descend à la prochaine. Qu'a-t-elle pris pour être dans cet état-là ? Des médicaments ou de la drogue ? Ils sont enfin partis, elle va pouvoir lire, elle a choisi un bouquin facile à parcourir quand on a la tête ailleurs. Elle ne le trouve pas dans son sac à main. Rien non plus dans ses affaires de voyage. Elle fouille tout. Ça l'agace, elle est sûre de l'avoir pris. Elle se souvient, elle l'a posé sur l'accoudoir du canapé, il a dû y rester. Il ne lui reste plus qu'à laisser filer le temps, elle en achètera un à Paris si elle a deux minutes.

Paule ne lui a pas dit grand-chose, juste, ils les ont trouvés, il faut que tu viennes. Elle a bredouillé, mais comment ? Ils sont sûrs ? Évidemment, tu crois que je t'appellerais sinon ? La voix de Paule déraillait de tension, elle partait dans des aigus qui agressaient les oreilles de Marie. Désormais, il n'y a plus d'espoir, juste une certitude.

Elle souhaitera voir les corps. Oui, elle y tient. Elle déteste, pourtant. Généralement, lors des enterrements, elle arrive bien après la fermeture du cercueil, elle préfère ne pas garder le souvenir d'un masque figé, mais celui d'un être vivant. Cette fois, elle veut garder une image. Elle veut être certaine aussi, elle veut voir par elle-même, elle ne peut pas se contenter de croire Paule. Elle a confiance en sa sœur, mais elle attend depuis si longtemps. Elle n'aurait peut-être pas dû venir seule, elle ne sait pas si elle va supporter. Leur peau sera-t-elle toute grise, collée à leur visage ? Ou sera-t-elle comme la sienne, juste un peu plus fripée par les années ? Elle redoute le moment et ce qu'elle va ressentir. Ces deux derniers jours, elle a mesuré à quel point le chagrin s'est ancré en elle.

Toutes ces années, elle s'est efforcée de le contenir, Marie, tout va bien, Marie, tu as eu une enfance différente, mais tu as réussi. Elle se le répétait comme un mantra. Elle refusait de s'effondrer comme Luc, de n'être que la fille des Cotraz, oui, tu sais, ceux qui sont partis un jour en montagne et qui ne sont jamais rentrés, ils ont laissé quatre petits derrière eux. Elle a repoussé cette histoire loin, elle l'a fuie en s'installant au Havre. Paule l'a prévenue, nous pourrons récupérer leurs affaires très vite, il n'y aura pas d'enquête. Peut-être choisira-t-elle de garder un objet. Le foulard de maman, le rouge, il doit être tout décoloré désormais, probablement n'existe-t-il même plus. Qu'advient-il d'un tissu de coton qui a passé cinquante années dans la neige ?

Elle pense à ça pour ne pas songer à leurs corps, à leur chair. Il ne doit plus en rester grand-chose. Elle imagine les rondeurs de sa mère remplacées par une peau tendue qu'aucune graisse ni aucun muscle ne viennent plus remplir.

Elle aimerait qu'ils soient morts sur le coup, qu'ils n'aient pas eu faim, là-haut, dans la crevasse où on les a trouvés. Ils n'ont pas dû avoir soif, avec la glace, on arrive toujours à boire, non ? Peut-être pas. Comment la faire fondre, comment poser les lèvres à la paroi sans qu'elles s'y collent ? Pour se changer les idées, elle décide d'aller au wagon-bar se chercher quelque chose à boire, un thé, peut-être. Elle se lève, se rassied, elle manque de courage, la perspective de remonter tout le train en gardant l'équilibre l'épuise, elle avale la dernière gorgée d'eau de sa bouteille. Elle regarde ses mains, se demande si maman était partie avec des bijoux, ce jour-là, son alliance, oui, forcément, Paule lui en a déjà parlé, elle lui a dit qu'elle allait récupérer les deux anneaux, les faire coudre sur un petit coussin qu'ils poseraient sur les cercueils, ce sera joli, non, qu'est-ce que tu en penses ? Et puis, comme ils sont morts ensemble… Marie n'en pense rien, elle trouve ça un peu ridicule.

Elle entend le contrôleur à l'autre bout du wagon, mesdames et messieurs, contrôle des billets, s'il vous plaît. Il approche, elle lui sourit, vous savez, je suis venue vous voir tout à l'heure, montée trop vite, pas de billet. Il lui applique une majoration. Elle proteste, mais non, c'est pas juste, je vous l'ai dit tout de suite. Il insiste, juste ou pas, c'est la loi, madame. Elle secoue la tête, elle ne peut pas supporter qu'on lui parle de manière aussi autoritaire, pas aujourd'hui. Elle voudrait lui expliquer, les parents, le voyage, les années à attendre, le foyer, la solitude, la peur, celle qu'elle n'a jamais partagée avec personne, elle voudrait qu'il comprenne, qu'il en tienne compte, il ne peut pas lui faire ça. Elle ne prononce pas un mot, elle est devenue un torrent de larmes silencieux. En face d'elle, le contrôleur se tait.

*

Un peu plus tard dans la journée

Louis sonne à la porte, je l'ai appelé tout à l'heure pour qu'il m'accompagne à la gare. J'aurais pu prendre le bus ou un taxi, j'avais besoin de passer un moment avec lui. Il est là, comme toujours, avec sa Toyota Prius, dont tous ses potes se moquent, une électrique, ici, quelle blague, il faut faire trente bornes pour recharger ! Je l'aime bien, moi, cette voiture, elle est silencieuse, elle nous plonge dans un monde ouaté. Ça va ? J'ai haussé les épaules, je me demande ce que je vais trouver une fois là-bas, dans quel état va être maman. Louis m'a regardée, je te comprends, je ne sais pas quoi te dire ; cette histoire, dans la vie de ta mère, c'est mon grand mystère. Mais elle t'en a parlé quand même. À peine, je t'assure. Quand je vous ai rencontrées, j'ai cru que vous n'aviez pas de famille, elle me parlait de toi, de ton père, mais du reste, jamais. C'est toi qui m'as évoqué tes oncles et tes tantes, un peu par hasard, sans doute à propos des vacances. Une fois, une seule, j'ai posé une question, elle m'a répondu brièvement avant de se refermer. C'était son choix, je ne pouvais que le respecter, mais c'était blessant, elle ne voulait pas partager avec moi une des choses les plus importantes de son histoire. J'ai fini par en connaître les grandes lignes en allant au village, mais c'est tout. Je crois que ça a beaucoup joué dans notre séparation, elle prétendait avoir rompu avec ce passé à la montagne ; en réalité, elle ne l'a jamais quitté. Oui, mais quand elle est là-bas, elle est malheureuse, j'ai lâché. Je sais, Louise. Peut-être que ce qui se produit en ce moment va leur permettre de passer à autre chose.

À moi non plus, maman n'a jamais vraiment parlé des grands-parents. Les parents de mon père, ils habitaient pas très loin, dans la campagne, mais on ne les voyait presque jamais. Papa ne les aimait pas trop, il était parti très jeune de chez lui après une ultime engueulade. On y passait vite fait, de temps en temps. Parfois, on restait dans le jardin, on n'entrait même pas dans la maison, maman ne voulait pas, elle disait que c'était sale, qu'ils ne nettoyaient jamais, ça vexait un peu papa. Les vacances chez eux, il n'en a jamais été question. Quant aux parents de maman, c'était silence total.

Le soir où ma copine Lydia m'a parlé de l'Espagne et de ses grands-parents comme si elle allait au paradis, j'ai pris conscience que c'était bizarre. J'ai posé la question à table, maman est devenue blanche, papa a répondu, ils sont morts il y a longtemps, maman est devenue encore plus pâle, non, ils ne sont pas morts, ils ont disparu, elle s'est levée et est partie dans sa chambre. J'ai regardé papa, mais… Il m'a coupée, tu sais chérie, c'est son histoire, elle te la racontera quand elle sera prête. Parce qu'il m'avait parlé comme à une grande, je n'ai pas insisté. Quelques jours après, je suis allée dans la chambre des parents, je n'avais pas trop le droit, je voulais regarder dans les affaires de maman, je suis sûre qu'elle gardait des traces de cette histoire, une fois je l'avais vue tirer du fond du tiroir de l'armoire une broche que je ne connaissais pas. Je me suis approchée du tiroir, j'ai tiré, il était fermé à clé, j'ai fait le tour de la chambre pour trouver la clé, je ne la voyais pas, j'étais si concentrée que j'ai fait un bond au plafond quand maman a ouvert la porte, Louise, qu'est-ce que tu fais là, ton père t'appelle depuis des heures pour planter les tomates, j'ai essayé de mentir, je cherche ma brosse à cheveux, je bafouillais. Elle n'a pas relevé, file, il t'attend, je suis partie en courant, j'ai eu si peur que je n'ai pas recommencé.

On n'en a plus reparlé, jusqu'à une dispute à la sortie du collège. Une histoire idiote, je voulais rejoindre des copains à la plage, elle refusait. Tout le monde nous regardait dans la cour. Je ne pouvais pas céder, alors j'ai crié, je te déteste, j'aimerais tellement être comme toi, ne pas avoir de parents. Maman a lâché mon bras, très bien, fais ce que tu veux. Elle était livide. J'ai pris mon sac et je suis partie, mais l'après-midi à la plage ne me disait plus rien, je suis rentrée à la maison. Louis était là, il m'a demandé pourquoi je rentrais si tôt. Ça ne te regarde pas. Louise, tu me parles autrement. Je me suis enfermée dans ma chambre. De toute la soirée, maman n'est pas venue frapper à la porte, ça n'était jamais arrivé, je pensais qu'elle ne me parlerait peut-être plus jamais. Le lendemain matin, je me suis levée sans personne, je suis entrée dans la cuisine, elle a fait comme si je n'existais pas, elle a pris ses affaires et est allée au collège sans moi, la journée a été atroce. Je suis rentrée avant maman, Louis était là, il m'a dit, tu ne crois pas que tu devrais simplement t'excuser. Quand elle est revenue, je l'ai suivie dans sa chambre, pardon. Tout doucement, elle m'a pris dans ses bras. On n'en a plus reparlé.

Maman est partie en bus ce matin, elle ne m'a pas prévenue, j'imagine qu'elle avait besoin d'être seule. Quand tonton Jean est mort, elle a réagi pareil. J'étais plus jeune, bien sûr, à peine adolescente. Le téléphone a sonné dans la nuit, je m'en souviens, je l'ai vaguement entendu dans un demi-sommeil. À l'époque, papa avait déjà quitté la maison, mais quand je m'étais levée, il était là, à me préparer des tartines, maman a dû partir, il s'est passé quelque chose à la montagne. J'avais hoché la tête, qui ? Ton oncle Jean, c'est fini. J'avais compris que maman m'avait un peu menti les derniers jours, elle m'avait dit que tonton avait fait une chute, c'était bien plus grave que ça. Elle avait été absente une semaine. Quand elle était rentrée, elle ne m'avait rien dit, j'avais tenté un : tonton Jean, il est mort ? Elle avait acquiescé.

Maman est comme ça, quand elle est triste ou malheureuse, elle se replie sur elle-même. Elle ne crie pas, elle ne fait pas franchement la tête, elle se ferme de manière imperceptible, elle met entre vous et elle une froideur, une distance que vous ne parvenez plus à franchir, il faut la laisser seule. Je l'ai vécu si souvent, papa aussi. Louis a mis plus de temps à comprendre, il continuait à lui parler, il s'approchait d'elle, il essayait de la prendre dans ses bras, elle ne disait rien, mais son comportement était éloquent, un mouvement vers l'arrière, une tête qui se détourne. Louis était persévérant, mais tout à coup, elle a tranché, plus de place pour lui.

Ce matin, au téléphone, je suis d'abord tombée sur tonton René, il était bouleversé, tu sais, tu devrais venir, cette fois, on est quasiment sûrs que ce sont eux. Je n'ai pas réagi sur le moment, dis à tata Paule de me rappeler, ça me paraissait tellement improbable cette histoire, ça faisait si longtemps qu'on en parlait. Puis, d'un coup, je me suis décidée à descendre, à prendre le train de nuit, je serai là-bas pour la cérémonie, Paule m'a promis qu'elle enverrait un des cousins me chercher à la gare en bas de la vallée. Maman doit être presque arrivée si elle n'a pas raté une des nombreuses correspondances. J'hésite à l'appeler, juste pour savoir comment elle se sent. Peur de la déranger. Plus tôt, quand elle a fini par me passer un coup de fil depuis le train pour Paris, ça a été très bref, je pars à la montagne, chez tante Paule, il paraît qu'ils les ont retrouvés. Je n'ai pas eu besoin de demander qui était « les », c'était une évidence.

Je me demande si ça me fera quelque chose de rencontrer mes grands-parents ou si ça me laissera totalement indifférente. Je n'ai pas envie de monter seule dans ce train, je me sens une toute petite fille, je pourrais suggérer à Louis de venir avec moi, il le ferait, j'en suis certaine ; je ne peux pas exiger ça de lui, j'imagine la tête de maman à notre arrivée, elle serait furieuse. J'embrasse Louis à l'entrée de la gare, je vais acheter mon billet, je m'assieds sur un banc glacial à l'extérieur, j'allume une cigarette, je suis tout près de renoncer, à quoi bon, maman a besoin de retrouver sa famille, ma présence est inutile, je vais l'encombrer. Je suis en train de me lever pour rentrer chez moi, tant pis, je perdrai mon billet, je vais retourner à la fac. Mon train s'affiche, voie A. Je prends mon sac et je remonte le quai pour trouver mon wagon.

*

Le lendemain

Luc a demandé au taxi de le laisser en bas du village, il voulait prendre le temps de revenir. Comme la dernière fois, il n'a pas prévenu de son arrivée. Il n'a même pas confirmé qu'il venait. Il ne voulait pas qu'on se prépare à le voir, qu'on imagine son allure. Paule sera si contente qu'elle lui pardonnera sa négligence. Marie ne dira rien, elle comprend Luc mieux que personne, même lorsqu'ils ne se sont pas vus pendant des mois, comme si le lien noué dans l'enfance ne s'était jamais brisé, malgré les années, malgré la distance et les disputes. Il ferme son manteau, attrape sa valise et commence à grimper. Il a déjà fait ce trajet pour l'enterrement de Jean, il s'en souvient à peine, il avait tellement bu, il ne sait même plus comment s'est terminée la journée, il avait dû dormir chez Paule. Il n'est pas venu depuis au moins cinq ans.

La pente est raide, il a du mal. Il glisse avec ses chaussures de ville et leurs semelles en cuir lisse. Il craint de tomber. Pire, il redoute que quelqu'un le voie chuter. Il entend déjà les commentaires, tu vois, ce n'est pas vrai qu'il a arrêté, Paule nous a raconté des histoires, il n'est pas capable de tenir debout. Et le jour d'un enterrement en plus, quelle honte, tu te souviens pour celui de Jean, au cimetière, il titubait. Il se concentre sur la route, il évite les pavés humides de la rosée du matin, les plus traîtres, il cherche les gravillons sur le bas-côté qui font office de trottoir. Une voiture passe, une jeep. Elle ralentit, peut-être quelqu'un qu'il connaît, elle repart, juste un changement de vitesse ou la crainte de le frôler de trop près. Il monte à tout petits pas maintenant, ses jambes ont du mal à le porter. Depuis combien de temps n'a-t-il pas fourni un effort pareil ? Pendant les cures, il y avait des séances de sport, un peu de marche ou du vélo d'appartement ; c'est déjà ancien, il a tout perdu, et rien à voir avec l'exercice d'aujourd'hui.

Il s'arrête et se tourne vers la vallée. Il aimerait allumer une cigarette, le moment serait parfait, silencieux, la montagne rosée par le lever du soleil. Et l'air qui pénétrerait, encore frais du petit matin, dans ses poumons, l'impression d'être vivant, comme il ne l'a jamais été. Le médecin le lui a interdit, fini la cigarette, vous êtes trop fragile.

Après, si vous voulez mourir… Il aurait pu lui répondre que, oui, c'est ce qu'il voulait, c'est ce qu'il faisait depuis des années, n'est-ce pas ? Le médecin le savait mieux que quiconque, lui qui l'avait si souvent rattrapé *in extremis*. C'est auprès de lui que Luc trouvait de l'aide quand tout le monde le lâchait. Sa femme Christine, ses enfants, les amis. Il se raconte des histoires, ce ne sont pas eux qui l'ont lâché, c'est lui qui leur a rendu la vie infernale.

Il approche de la place du village. Rien n'a changé. Si. Ils ont refait la façade de l'école de ski. Ce n'était qu'un petit local, une porte, deux chaises, une table. Il n'y avait pas grand monde qui le fréquentait quand il était enfant, les gamins du coin apprenaient à skier tout seuls, les touristes étaient peu nombreux. Juste quelques riches, ils aimaient bien l'aspect rustique du lieu, ils avaient l'impression d'être d'authentiques montagnards. L'endroit s'est agrandi, il ressemble à une boutique, avec ses affichettes, ses tarifs et ses promotions.

Il frissonne, le soleil n'est pas encore assez puissant pour qu'il en sente les effets. Il s'arrête devant la devanture du café. Le chalet du glacier. Il a toujours trouvé ce nom idiot, en décalage avec sa clientèle. C'est le refuge des guides et des montagnards, pas celui des touristes. Il regarde sa montre, il est très en avance. Il envisage un petit café pour se réchauffer, il s'avance, hésite. Depuis combien de temps n'a-t-il pas mis le pied dans un bistrot ? Il s'en sent capable, si tôt le matin, il n'y aura pas de tentation. Il traverse la place, pousse la porte. Y aura-t-il des gens qu'il connaît ? Il n'est pas sûr de pouvoir mettre un nom sur eux. Il s'arrête. Les deux gars à l'intérieur le dévisagent. L'odeur. Il ne peut pas. La soirée de la veille a laissé des traces de vin et de bière dans l'air. Il salive déjà, il sent l'envie monter, s'il entre, il est fichu. Il reste quelques secondes sur le pas de la porte. On lui pardonnerait, c'est un jour où il faut se réconforter. On le mépriserait surtout de ne pas être capable de se tenir. Il fait demi-tour et ressort sans un mot. Il devine les regards fixés sur son dos. Ils l'ont sans doute reconnu.

Il monte jusque chez Paule, il observe le chalet de loin. Il aperçoit des lumières dans les chambres à l'étage, il voit René dans la cuisine, à la fenêtre, en train de boire son café. Il le prend toujours debout derrière la vitre, dans un grand bol sans anse, il s'y brûle les doigts, mais ne veut pas entendre parler d'autre chose. Son visage disparaît derrière le bol, il se retourne pour parler à quelqu'un, Luc redoute que Paule apparaisse et le remarque en train de les espionner. Il recule, heurte une petite barrière, il tombe. Il frotte son manteau et le bas de son costume, ce n'est que de la poussière, ça ne se verra pas. Il vaut mieux, il n'en a pas d'autre. Il a déjà sorti celui-là du fond du placard, il ne sait plus quand il l'a porté pour la dernière fois. Peut-être pour son départ en retraite. Il ne voulait pas faire de fête. Il ne buvait plus, mais il était usé. Les dernières années avaient été dures, avec un nouveau chef qui voulait des résultats, du rendement. Il s'était senti obligé de faire un pot, il avait dit merci pour la montre qu'on lui avait offerte, et en une heure, c'était terminé, il avait rangé son costume.

Il l'avait enfilé hier soir dans le train de nuit, il ne savait pas où il pourrait se changer une fois arrivé. Il avait fait très attention à la veste. Pour ne pas la froisser, il l'avait posée à plat dans le filet au-dessus de sa tête. Il avait essayé de ne pas croiser les jambes pour ne pas marquer de plis sur le pantalon, mais il avait fini par dormir avachi sur lui-même. Il savait qu'il faisait fripé – il s'était aperçu dans la vitre du café tout à l'heure. Il frotte le bas du pantalon, il sent qu'il est mouillé, un reste de rosée. Il monte vers l'église, il ne voit pas d'autre lieu où attendre. La porte est ouverte, une fleuriste est en train de déposer des bouquets de part et d'autre de l'autel. Il s'assied sur un banc au fond. Il n'a pas pris d'eau bénite ni fait le signe de croix, il ne sait plus s'il croit encore en ce dieu. Une femme fait le ménage un peu plus loin, dans la partie plongée dans l'obscurité ; il observe son balai à franges dessiner des va-et-vient sur les dalles du sol. Il pensait être à l'abri, il s'aperçoit qu'il fait frais à l'intérieur de l'église. Dès les beaux jours, ils doivent arrêter de chauffer. Il frissonne. La femme approche, elle l'observe, elle n'ose pas le déranger, elle le laisse à ses pensées, à ses prières. Il ne bouge pas, il baisse la tête, il est si fatigué, il a besoin de rester assis quelques minutes. Elle revient vers lui, la fleuriste a terminé, monsieur, je suis désolée, mais on va fermer l'église, il y a une cérémonie tout à l'heure, nous la rouvrirons à ce moment-là. Il pourrait se présenter, dire qui il est et pourquoi il est là, la femme aurait peut-être pitié de lui. Mais il en a marre des gens qui ont pitié de lui, il en a trop vu quand il buvait. Il se demande ce que Dieu pense du fait qu'on le mette dehors, il s'en fiche probablement. Il se lève difficilement, ses jambes sont engourdies. Il va attendre à l'extérieur. Plus qu'une heure.

*

Un peu plus tard le même jour

Luc sort de la maison de Paule, il ne peut plus respirer. Depuis son arrivée à l'église, il n'a pas eu un moment seul.

Il souhaitait marcher pour rejoindre le cimetière, René l'a quasiment poussé dans la voiture. Et maintenant cette maison. Tant de monde entassé dans un espace si réduit. Des gens qu'il connaissait, d'autres dont il se rappelle le visage sans pouvoir mettre un nom dessus, certains totalement inconnus. Ils se pressaient pour le saluer, l'embrasser, lui parler. Il sentait leurs mains se poser sur ses bras, ses épaules, dans des gestes qui se voulaient gentils et qui lui répugnaient. Ils l'envahissaient. Ils prétendaient parler de lui, ils ne parlaient que d'eux-mêmes. De ce qu'ils faisaient le jour où, de leurs souvenirs des jours d'après, sans comprendre que Luc n'avait pas envie de discuter de ce temps-là. Il l'a traîné toute son existence, il veut le laisser derrière lui. Il ne veut surtout pas le partager avec eux. Comment pourraient-ils comprendre le vide, brusquement ? Seuls ceux qui l'ont vécu le peuvent, les autres font semblant. Même avec ses sœurs, il n'est pas sûr d'avoir traversé la même chose. Dès le lendemain de la disparition, ils s'étaient murés dans le silence. Est-ce que leurs vies auraient tourné autrement s'ils s'étaient parlé ? Ils sont restés chacun sur leurs souvenirs, leurs manques, leur douleur.

Dans le salon de Paule tout à l'heure, il ne supportait plus les phrases qui volaient, les « C'est incroyable, tout de même », les « Au moins, le réchauffement climatique, ça aura servi à quelque chose de bien », les « Finalement, vous avez eu de la chance. » Les uns après les autres, ils répétaient les mêmes bêtises. Une des voisines de Paule parlait, parlait, prenant à peine le temps, entre chaque phrase, de mâcher les toasts qu'elle attrapait sur la table à côté d'elle. Elle crachotait en direction de ses interlocuteurs, son mari sans doute, des voisins sûrement, de petites miettes de pain de mie qui restaient quelques secondes en suspension dans l'air avant de se poser sur les vêtements noirs. Sa voix aiguë vrillait le cerveau de Luc, il était tenté de prendre un verre. Non, tu n'as pas le droit, tu ne peux pas faire ça. Cette réunion était tellement triste. Pas triste, pitoyable. On aurait dit un buffet mondain, personne ne pensait à la messe qui venait d'avoir lieu, aux morts qu'ils avaient enterrés. Il aurait voulu dire à tous ces gens, barrez-vous, laissez-nous faire le deuil de nos parents, cela fait cinquante ans qu'on attend, et quand, enfin, nous les retrouvons, vous êtes là à vous goinfrer et à bavasser. Ça, c'était le Luc d'avant. Il faisait ce genre de sortie lorsqu'il avait trop bu, lorsqu'il y avait trop de tensions. Désormais, il se maîtrise. Il a tellement envie d'un verre. Il sait que s'il replonge, il ne pourra plus s'arrêter, il sait que c'est interdit, il se rapproche de la table où sont posées les bouteilles. La voisine trop bavarde lui en barre l'accès. Il est prêt à la bousculer, elle le mérite. Il a besoin d'un verre, plus rien ne le retient, ni les voix dans sa tête, ni la raison.

Une main se pose sur son bras, viens Luc, on va grignoter un truc dans la cuisine. Marie. Il ne sait pas comment elle fait, depuis qu'ils sont petits, elle a toujours senti les moments où il n'allait pas bien. Elle l'éloigne de la table comme si elle avait deviné ce qu'il s'apprêtait à faire. Elle l'oriente vers la cuisine, il résiste, il n'a pas faim. Viens, allons sur le balcon, on fumera une cigarette. C'est une excuse pour quitter le brouhaha. Aucun d'eux ne fume désormais. Peu importe, ils ont entrebâillé la porte-fenêtre et sont sortis discrètement. Ils ne veulent pas qu'on les dérange, ils sont bien là, tous les deux. Marie murmure « Tu crois que… » Luc secoue la tête, il a besoin de silence. Ils restent là, à contempler la montagne. Luc jalouse Paule qui se lève tous les matins avec cette vue, il sait pourtant qu'il ne l'aurait pas supportée, il n'aurait pas pu s'empêcher de se demander sans cesse où ils étaient. Ils s'attardent là un moment, puis Marie frissonne. On va rentrer, tu as froid. Elle acquiesce, il se prépare à affronter la foule à l'intérieur.

Il se fait bousculer par un vieux monsieur qui tient à peine sur ses jambes ; sa fille le suit, elle vient le chercher pour le raccompagner à la maison, elle regarde Luc comme si elle le connaissait, il hoche la tête, elle lui sourit. Luc n'en peut plus du bruit, il profite du départ de ces gens pour se glisser à l'extérieur. Il est secoué d'un frisson, il ne fait pas vraiment froid pourtant, c'est juste le contraste avec la chaleur des personnes entassées dans la maison. Il hésite à entrer, attraper une veste ; il renonce, si quelqu'un le voit, il sera obligé de rester jusqu'à la fin. Il commence par quelques pas, il veut juste prendre l'air un instant, il va faire le tour du village, il longe la rivière, traverse un pré, il se met à grimper, retrouve le rythme lent des montagnards, il s'éloigne, il fuit, il rejoint le sentier du chalet, celui de l'enfance, celui où ils habitaient avec les parents.

De nombreuses bâtisses ont surgi, il reconnaît à peine les lieux, Paule l'a prévenu, les Pisano ont vendu leurs champs, ce sont devenus des terrains constructibles. Il s'arrête devant le chalet. Les volets sont ouverts, mais la maison a l'air inhabitée. Il aurait aimé voir l'intérieur, monter à l'étage, se glisser dans l'arrière-cuisine. Peut-être que rien n'a changé, il retrouverait ses marques et ses habitudes, il devinerait la trace de ses parents, de son enfance. Il s'approche. Il n'y a pas de voiture garée devant, ça a dû devenir une résidence secondaire. Il regarde mieux, il y a des petites modifications, les fenêtres sont neuves, à double vitrage.

L'hiver, on ne doit plus sentir ce terrible courant d'air qui se glissait partout et venait geler les pieds jusque sous la table de la cuisine. Maman avait beau entasser de vieux chiffons et fermer soigneusement toutes les portes pour garder la chaleur du poêle, ça n'y changeait rien, Luc se souvient d'avoir eu en même temps le visage en feu à cause du charbon rougeoyant et les orteils glacés. Désormais, il doit y avoir un système de chauffage central, on ne ferme plus les pièces inutilisées pour ne pas avoir à les chauffer. Enfant, lorsque Luc passait devant le salon que l'on n'ouvrait que pour recevoir des invités, il sentait à travers les murs le froid emprisonné par les longs mois d'hiver. Parfois, il s'y aventurait, il enfilait un gros manteau, posait un coussin sur le sol pour ne pas sentir l'humidité, il lui arrivait d'y lire pendant des heures, tranquille, personne ne pensait à venir le débusquer là, il ne s'arrêtait que lorsque ses doigts devenaient blancs, que le sang n'y circulait plus. Lorsqu'il réapparaissait, sa mère lui faisait des reproches, elle l'avait cherché partout, elle avait besoin de lui, il aurait pu répondre quand elle l'appelait, où était-il allé avec son manteau, il gelait trop pour passer l'après-midi dehors.

Il ne disait rien, attendait qu'elle se calme, elle finissait par lui demander un service, souvent celui qu'il détestait le plus, nettoyer le poulailler ou aller chercher le charbon à la cave. Maman s'était mis en tête d'avoir un poêle à charbon plutôt qu'à bois, c'est mieux pour la cuisine, c'est plus régulier, affirmait-elle à ceux qui doutaient. Luc détestait traîner le gros broc bleu jusqu'à la porte de la cave, descendre les escaliers dans le noir, il ne pouvait s'éclairer qu'en laissant une lampe sur le palier en haut, aller à tâtons jusqu'à l'angle tout au bout, trouver la petite pelle, remplir le broc et refaire tout le chemin inverse, le poids en plus et le noir du charbon partout. Ne touche pas les murs, criait maman, regarde cette trace de main sur la porte, c'est moi qui nettoie, tu pourrais faire attention. Luc posait le broc en silence, il allait vers l'évier, attrapait un peu d'eau et frottait ses mains jusqu'à ce que toute la poussière noire ait disparu. Quand il se rinçait, il sentait l'eau s'insinuer dans les crevasses que le froid avait creusées, ses doigts se paralysaient, il aurait pu en pleurer. Il se rend compte aujourd'hui que ces moments sont tout ce qui lui reste.

Il monte sur la terrasse, il fait le tour de la maison, une porte, une fenêtre est peut-être restée ouverte. Non, il ne verra pas l'intérieur. Il redescend vers chez Paule, il est parti longtemps, il espère qu'il n'y aura plus grand monde, uniquement la famille proche, ses enfants. Il devrait parler à son fils Philippe. Doit-il s'excuser une nouvelle fois, ou simplement lui dire à quel point cela lui fait plaisir de le voir malgré les circonstances ? Ils ne se parlent presque plus depuis des années, se contentent d'échanger quelques cartes postales et les vœux en début d'année. Ils n'ont jamais réussi à aller plus loin. Ses petits-enfants, il ne les connaît qu'à travers des photos. Peut-être qu'il pourrait demander à les rencontrer.

*

Le même jour

Marie est lasse, elle veut fuir le bruit, échapper à la foule. Les gens ne s'en iront donc jamais ? Elle s'éclipse, monte à l'étage, entre dans une chambre, sa chambre, en tout cas celle que Paule lui réserve toutes les fois où elle vient. Pas très souvent, pas assez souvent. C'est ce que pense Paule. Marie entend l'espoir au téléphone lorsqu'elle lui demande, on te voit bientôt ? Quelques secondes, Marie se sent coupable, puis elle répond, je ne sais pas quand je pourrai venir, tu comprends, j'ai beaucoup à faire en ce moment. Et Paule comprend, elle comprend toujours, mais sa voix résonne de déception.

Marie enlève ses chaussures, se faufile dans le lit, elle est bien, là, au chaud, elle s'enroule dans la courtepointe en plumes que sa sœur pose toujours sur les lits, hiver comme été. Elle caresse le tissu brillant. Il glisse, c'est terrible. Déjà, petite, quand elle remuait trop dans la nuit, la courtepointe finissait en bas du lit. Elle avait appris à dormir en retenant la sienne d'une main pour ne pas finir frigorifiée. Peut-être que ce sont les mêmes, celles que maman mettait sur leurs lits d'enfants. Les courtepointes étaient faites de chutes de tissu achetées en ville par ballots, maman les assemblait l'hiver, quand la nuit tombait et qu'il n'y avait pas d'autres occupations que de coudre. Ils n'avaient pas beaucoup d'argent, Père le répétait assez souvent, maman n'achetait que lorsque c'était vraiment nécessaire, sinon, elle reprisait, récupérait, réutilisait. Elle avait commencé à apprendre à Marie quelques bases avant de disparaître. Pas suffisamment. Depuis, Marie n'avait plus retouché à une aiguille. Même ses ourlets, elle les donne à la couturière au coin de sa rue, alors créer une courtepointe…

Elle s'enfonce un peu plus dans le lit, elle voudrait que tout le monde l'oublie. Elle repense à cette messe, étrange. Elle n'avait pas quitté des yeux les deux cercueils recouverts de blanc devant l'autel. Sur l'un d'eux, quelqu'un avait posé un piolet ; sur l'autre, un bouquet de fleurs.

Ils lui paraissaient petits, il ne restait plus grand-chose à mettre dedans, leurs corps réduits par le temps, des bribes de vêtements. Paule avait peut-être choisi un modèle de cercueil «petite taille». Pendant que le curé parlait, elle essayait d'imaginer ce qu'il y avait à l'intérieur. Avait-on tenté de les y déposer comme on les avait trouvés dans la glace, puisqu'ils étaient intacts ? Ou s'étaient-ils désagrégés dès qu'on les avait touchés ? Peu importe. Elle s'attardait sur des détails pour ne pas relier ces boîtes blanches à ses parents. Elle avait trouvé le temps long.

Elle profite du calme, elle sait que, dans quelques minutes, Paule va venir. Elle frappera doucement à la porte, Marie ne répondra pas, elle frappera un peu plus fort, elle ouvrira la porte et chuchotera, Marie. Marie pourra faire semblant de ne pas l'entendre, un peu, pas longtemps, sinon, sa sœur entrera, elle sentira le matelas s'enfoncer à côté d'elle, Paule posera la main sur son épaule ou sur son bras, elle la secouera doucement. À ce moment-là, Marie ne pourra plus tricher, elle sera obligée de répondre. Paule voudra parler des parents, du fait qu'elle ne veut pas croire à leur mort. Ces dernières années, chaque fois que Marie avait laissé entendre qu'il n'y avait plus d'espoir, qu'on ne les retrouverait jamais, sa sœur s'était fâchée. Pas vraiment fâchée d'ailleurs. Dans cette famille, à l'exception de Luc, on a toujours préféré le silence aux explosions de colère. Tant de non-dits. Sur les parents. Sur Luc. Loin d'eux, elle a appris à dire, à ne pas laisser ce poison envahir sa famille. Elle s'est juré de trancher avec le «De toute façon, les Cotraz, ils sont comme ça, ce sont des taiseux». Elle ne sait pas si elle est plus heureuse d'avoir eu la parole facile.

Finalement, Paule n'est pas venue la chercher. Il faut qu'elle se lève. Elle redoute de descendre. Il y a peut-être encore des invités, surtout des fantômes de sa jeunesse. Paule lui a dit tout à l'heure que sa copine d'enfance, Claudine, était là, elle ne l'a pas reconnue. Et Claudine ne s'est pas approchée d'elle, peut-être n'a-t-elle pas osé, Marie a sans doute été désagréable les dernières fois où elles se sont vues, c'est l'un de ses défauts, elle le sait, quand les gens l'agacent, elle ne peut pas s'empêcher de le montrer. Elle essaie d'imaginer comment est Claudine aujourd'hui, elle la voit ronde, elle l'était déjà un peu à l'époque, tout le monde la trouvait jolie, surtout les garçons, c'est normal, elle avait eu des seins avant toutes les autres. Par jalousie, Marie se moquait de son ventre bombé. Quand elles dormaient ensemble, elle le distinguait bien, ce petit renflement sous la chemise de nuit. Elle n'a pas dû maigrir depuis, elle doit être carrément grosse, c'était peut-être elle qui bouchait l'accès à la cuisine tout à l'heure lorsqu'elle était avec Luc. Marie s'étonne d'être encore envieuse si longtemps après. Louise a disparu, probablement avec ses cousins. Mais il y a Luc, il doit l'attendre.

Il lui a fait de la peine ce matin, à l'église. Elle était entrée avant Paule, elle avait besoin de s'asseoir, elle s'était mise au troisième rang, quelqu'un, elle ne sait pas qui, lui a suggéré, avance, on vous a gardé les premières chaises. Elle avait entendu la voix de Paule, loin, au fond de l'église. Luc, viens, Marie nous a gardé des places. Marie s'était tournée, elle voulait voir son frère, cela faisait si longtemps. Elle avait déjà vécu cette scène pour les funérailles de Jean, à l'époque, elle n'avait pas aimé ce que Luc était devenu. Ce matin, elle s'est appuyée sur le dossier du banc pour se retourner plus facilement. Elle a distingué Paule, seule. Elle a laissé son regard glisser plus loin. Pas de Luc. Elle a aperçu une silhouette derrière Paule. Un vieil homme qui marchait tout doucement. Marie s'apprêtait à demander à Paule où était Luc quand elle a croisé le regard du vieil homme. C'était son frère. Elle n'a eu qu'une minute pour absorber la chemise et la veste trop larges pour un corps si frêle, sa main qui s'accrochait au banc pour ne pas tomber, et les cheveux si rares qu'on entrevoyait son crâne. Il les avait lissés sur le côté pour couvrir les trous, c'était pire que tout. Elle a prononcé l'unique syllabe de son prénom, comme si elle n'y croyait pas. Elle aurait voulu se jeter sur lui, le serrer dans ses bras, ce petit frère qu'elle a connu si fort. Sa fragilité la retenait, la repoussait, la révulsait. Il a perçu tout cela, il s'est arrêté. Elle aurait voulu effacer ces secondes. Elle a vu les larmes dans les yeux de Luc. Non, il ne va pas pleurer à cause d'elle. Elle l'a attrapé par le bras. Elle a senti si peu de chair sous sa main qu'elle s'est demandé s'il ne s'enfuyait pas. Non, il était là, il s'est laissé porter, il n'opposait aucune résistance, il n'exprimait aucune envie. Elle ne savait que faire, à part embrasser sa peau sèche.

Elle sentait son odeur. Une odeur de médicament. Elle cherchait celle de l'alcool derrière, elle ne l'a pas trouvée. Longtemps, elle a résumé Luc à son vice. On lui disait, c'est une maladie. Elle le savait, mais elle rétorquait c'est aussi une question de volonté. Un jour, elle l'avait laissé tomber, il était trop lourd à porter. S'il avait bu ce matin, s'il avait eu les mains qui tremblaient à cause de l'alcool, elle se serait sentie moins coupable de l'avoir abandonné. Elle n'avait devant elle qu'un pauvre gars qui suscitait sa pitié. Elle l'avait poussé à s'asseoir à côté d'elle. J'ai tellement changé ? Il a parlé si doucement qu'elle n'est pas certaine d'avoir entendu. Il a répété sa question, elle s'apprêtait à lui répondre un, hypocrite, mais non, le curé l'a sauvée, la messe commençait. Elle lui a serré la main, fort.

Elle lui a reparlé dans l'après-midi. Tu as l'air d'aller mieux. Il a souri tristement, j'ai arrêté de boire, tu veux dire. Elle avait voulu lui raconter des choses, sa vie, sa fille, l'interroger sur ses enfants, il lui avait demandé de se taire, de juste rester là, à côté de lui, puis il s'était éloigné, il était sorti de la maison pour se promener. Il était réapparu quelques minutes avant qu'elle ne monte s'allonger après avoir tout rangé. Il a dû penser que c'était à cause de lui, qu'elle l'évitait. Il faut qu'elle se force, qu'elle aille le retrouver. Elle craint qu'il ne se plaigne comme il l'a toujours fait, elle ne se sent pas le courage de le supporter. Elle s'oblige, replie la courtepointe, Paule ne sera pas contente si elle voit la chambre en bazar, elle sourit, elle a soixante ans, elle se préoccupe encore de ce que sa sœur pense.

Elle enfile ses chaussons, enfin ceux de Paule. Quand elle est arrivée, elle les avait refusés, ils étaient tellement laids, avec leur dessus en tissu lainé et les semelles affaissées d'un côté d'avoir été trop portés. Comme il faisait beau, elle était restée en chaussettes, elle aime ça, sentir ses orteils s'étaler sur le sol, ne pas être contraints par un soulier ; chez elle, elle est toujours pieds nus. Elle avait oublié qu'ici, le sol est froid, même l'été. Le premier soir, quand ils avaient eu fini de manger, elle avait les pieds gelés, elle s'était assise dessus pour essayer de les réchauffer ; Paule l'avait surprise en train de les frotter de la main pour faire circuler le sang, tu es ridicule, Marie, mets ces chaussons. Elle avait cédé, en pensant à sa fille et à son sourire si elle la voyait avec ces vieilleries. Elle sort de la chambre, va vers l'escalier, elle se tient à la rampe, Paule a ciré les marches. Hier, elle a failli dégringoler. Elle frissonne, Paule a gardé l'habitude de ne chauffer qu'avec parcimonie, ces grandes maisons, ça mange du fuel, on n'imagine pas, répète-t-elle souvent. Marie monte chercher un châle pour ses épaules. Lorsqu'elle ressort et approche de la porte de la cuisine, elle entend la voix de sa sœur, bon, alors, pour demain, voilà comment on va s'organiser…

*

Dans la soirée

Juste avant le dîner, Paule demande à Marie et à Luc de la rejoindre dans le salon. Marie proteste mollement, elle vient à peine de descendre, elle a encore la marque de l'oreiller sur la joue droite, elle voudrait prendre un café. Luc ne montre pas beaucoup plus d'entrain, il n'a qu'un souhait, rentrer chez lui et retrouver les petites habitudes qui le gardent dans le droit chemin, il se demande ce que sa sœur a encore pu inventer. Paule insiste, ils la suivent.

Elle referme soigneusement la porte derrière eux, elle ne veut pas que quelqu'un les dérange. Le moment est important, elle désire leur faire choisir un objet que les parents avaient sur eux au moment de leur disparition. Pour garder un lien avec eux, leur ordonne-t-elle. Marie grimace, elle trouve un peu morbide qu'à peine les parents enterrés, ils soient déjà en train de se partager leurs objets. Luc hésite, il n'a pas envie de se plonger là-dedans, tout ce qui le ramène à cette histoire lui fait craindre de perdre l'équilibre qu'il a mis tant de temps à trouver. Paule ignore leurs réticences, elle commence à énumérer ce qu'on a découvert dans la glace. La gourde, le bracelet de maman, la bouteille de vin, oh, pardon, Luc, je ne voulais pas ; Luc sourit, je ne pense pas qu'il soit très buvable, même pour un cas désespéré comme moi. Il rit. Marie le regarde, surprise, elle est tellement habituée à un frère éteint, amer ou violent. Peut-être qu'elle pourrait retrouver le vrai, celui de son enfance. Il lui a tellement manqué. Paule poursuit, la ceinture de Père. De mieux en mieux, celle avec laquelle Luc se faisait corriger, Paule, tu ne penses vraiment à rien. À la tête de sa sœur, elle a compris que Paule ne se souvenait pas. T'inquiète pas, Paule, tu ne pouvais pas savoir. Luc dissipe la gêne. Il se surprend lui-même à être si conciliant.

Marie n'a pas ses préventions. Elle met les pieds dans le plat, et les alliances, elles sont où ? Elle avait voulu poser la question avant l'enterrement. Elle n'était pas allée voir les parents dans leurs cercueils, elle n'avait pas pu regarder s'ils les portaient. Paule lui avait parlé d'un coussin avec les bagues pour la messe, mais rien. Avec l'agitation, ça lui était sorti de la tête. Paule rougit, elle aurait préféré ne pas en parler. Quand elle est montée voir les corps sur le glacier, elle n'avait pas regardé, elle ne pensait qu'à eux, à ce qu'il en resterait, à ce à quoi ils allaient ressembler, il lui paraissait si évident qu'ils avaient leurs alliances aux doigts. Le capitaine de gendarmerie lui avait promis qu'il rassemblerait tous les objets, qu'il les redescendrait dans la vallée. Mais lorsqu'elle était allée avec René faire l'inventaire, les gendarmes leur avaient dit que les bagues n'étaient pas sur les corps ni aux alentours. Sur le chemin du retour, avec René, ils avaient imaginé des tas d'hypothèses, les doigts qui gonflent avec le froid, les mains blessées, les doigts cassés peut-être, rien ne collait. Paule raconte tout ça à son frère et à sa sœur, elle a l'impression de se chercher des excuses.

Luc ne l'écoute plus, il regarde le matériel d'alpinisme. Marie lâche, c'est quand même bizarre, cette histoire d'alliances. Paule le prend comme une accusation, tu veux dire quoi ? Que je les ai gardées pour moi ? C'est vrai qu'elle aurait aimé les récupérer après la cérémonie. Elle voulait les mettre sur une chaîne et les porter autour du cou comme des pendentifs, elle n'aurait pas forcément demandé aux autres, il lui semblait qu'elle les avait méritées. Elle avait même hésité à remonter là-haut pour les chercher, René l'en avait dissuadée, tu n'as aucune chance de les retrouver, deux petits bouts de métal dans la neige et la glace, c'est déjà incroyable qu'on les ait retrouvés eux, alors ne va pas faire n'importe quoi.

Marie renonce à discuter. Bon, on termine ? Luc tourne toujours autour de l'équipement, il trouve fascinant qu'on l'ait récupéré en aussi bon état. Tiens, un piolet. C'est celui de Père ? Il n'était pas sur le cercueil tout à l'heure ? Si, mais je l'ai repris. Luc aimerait l'avoir. Paule refuse de le lui laisser, non, prends autre chose. Luc ne comprend pas. Pourquoi ? Je croyais qu'on pouvait choisir chacun un objet. Oui, mais pas le piolet, c'est tellement lié à ce qu'il était, je veux qu'il reste dans la vallée, et puis, qu'est-ce que tu feras d'un piolet à Paris ? Marie vient à la rescousse de son frère : Paule, laisse-lui, on s'en moque. Sa sœur bataille, Père aurait voulu le garder à côté de lui, tu sais à quel point il y tenait, j'aimerais le faire fixer sur leur tombe ou l'exposer à la maison des guides. Marie coupe sa sœur, c'est incroyable, tu les as à peine connus et tu prétends tout décider.

Laisse tomber, Marie, je prendrai autre chose. Luc préfère calmer ses sœurs, il ne veut plus de disputes. Il en a trop connu, avec elles, avec sa famille, avec ses amis, il a l'impression d'avoir passé sa vie à se disputer avec la terre entière. Son intervention a ramené ses sœurs à la réalité, leurs enfants ne vont pas tarder à arriver pour le dîner, il faut en finir. Bon, qu'est-ce qu'on fait de tout ça ? Luc lâche qu'il ne veut rien, Paule insiste, elle veut se racheter, elle se sent coupable, Luc finit par prendre un mousqueton, il en fera un porte-clés, ou il l'abandonnera dans un placard, il ne sait pas encore, il n'y attache aucune valeur. Marie s'empare du bracelet de maman. Elle l'offrira peut-être à Louise ou elle le gardera pour elle. Paule prend le reste, elle ne sait pas encore ce qu'elle va en faire, mais elle en a besoin.

*

Plus tard dans la nuit

Paule a fini la vaisselle, seule, elle ne voulait pas d'aide. Elle s'est assise à la table de la cuisine, elle est restée là, longtemps, à pleurer, une petite flaque s'est formée entre ses coudes, elle n'a pas pleuré ainsi depuis… Depuis la mort de Jean, sans doute. Elle sèche la table d'un revers de bras avec sa blouse, un geste qu'elle ne s'autorise pas, qu'elle interdit à ses enfants, comme la tante Andrée le lui a refusé enfant, on n'essuie pas la table avec ses habits, c'est dégoûtant, grondait-elle. Quand elle tournait le dos, Paule en profitait. Ce soir, ce souvenir ne la fait pas sourire, les dernières heures ont été trop dures. Elle avait imaginé la journée autrement, elle savait qu'elle ne serait pas joyeuse, elle pensait qu'ils pourraient quand même se retrouver enfin, se réconcilier. Elle sort de la poche de son tablier les listes qu'elle a rédigées ces derniers jours, celle pour les courses, celles des invités à la cérémonie, les chants, l'ordre de passage, la liste du buffet, la liste des repas.

Elle lisse celle qu'elle avait préparée pour aujourd'hui, elle regarde son écriture un peu grossière, une salade de pommes de terre, une de chou, un taboulé, deux quiches, trois pizzas, un jambon à trancher, du reblochon, quinze baguettes de pain. Elle avait pensé que ça suffirait pour le repas après le cimetière. En quelques minutes, les invités avaient tout mangé, elle avait été obligée de décongeler en urgence des quiches, elle ne voulait pas donner l'impression de ne pas savoir recevoir. Elle aurait dû se moquer de ce que l'on pensait d'elle. Les gens se rendaient à un enterrement, elle les connaissait tous depuis des années, c'étaient ses voisins, des gens qu'elle considérait comme des amis, et ils venaient se goinfrer comme s'ils se fichaient des morts et du chagrin. Elle les avait entendus faire des commentaires pendant qu'elle faisait des va-et-vient pour servir, tout le monde le savait que ça finirait comme ça, je ne comprends pas qu'elle soit si tourneboulée, elle croyait vraiment qu'ils pouvaient être vivants ? Ça fait quoi, cinquante ans ? Soixante ? Ils estimaient qu'elle n'avait plus le droit d'avoir de la peine, que tout ça, c'étaient de vieilles histoires. Elle avait failli leur demander de partir. Elle était la seule à s'agiter encore, elle ne voyait plus Luc dans la pièce, Marie était adossée à la cheminée au fond du salon, quelqu'un lui parlait, elle répondait machinalement, son interlocuteur s'était éloigné, elle avait l'air de chercher un moyen de s'extraire de ce traquenard. Paule irait bien lui demander de l'aide pour servir le café, elle n'ose pas, on ne peut pas dire que depuis ce matin, Marie ait vraiment fait des efforts pour lui donner un coup de main. Paule cherche René, son mari, il passe d'un groupe à l'autre. Heureusement qu'il est là.

Luc avait disparu pendant un long moment. Au début, personne ne l'avait remarqué, puis Marie avait commencé à s'inquiéter. En finissant de ranger avec Paule, elle répétait en boucle, tu crois que…, pourvu que… Paule ne disait rien, elle nettoyait les tables, ramassait les gobelets, remplissait les sacs-poubelle, lavait ce qui n'était ni en plastique ni en carton. Elle avait fini par se faire de la bile, elle aussi. Une fois tous les invités partis, il était réapparu, sans s'expliquer, sans s'excuser. Marie était montée s'allonger. René aussi. Il avait dit qu'il allait regarder la télé. Il faisait souvent ça le dimanche, il se mettait sur leur lit et il regardait des émissions ; de temps en temps, elle se joignait à lui. Rarement longtemps, elle n'aimait pas rester inactive, très vite, elle se mettait à gigoter, René s'agaçait, elle finissait par redescendre. Aujourd'hui, il s'était endormi. Elle avait perçu un ronflement à travers la porte, il dormait sur le dos, la bouche entrouverte, il avait gardé son costume, sa veste allait être toute froissée, tant pis, elle ne voulait pas le réveiller.

Et puis, il y avait eu cet affreux dîner. Elle est incapable de dire à quel moment la conversation a dérapé, le ton est monté d'un coup, ils se sont tous mis à crier et ils sont partis fâchés. Elle aurait tendance à mettre tout ça sur le dos de Frédéric. Elle ne l'a jamais aimé, ce petit voisin qui habitait la maison d'à côté, même tout gosse, il exerçait une mauvaise influence sur Jérôme. C'est avec lui que son fils avait commencé à sécher l'école, les profs lui conseillaient, vous savez, madame, il faudrait les séparer, parce que dès que l'un d'eux fait une bêtise, l'autre le suit. Les séparer, c'était facile à dire, ils avaient essayé. Des classes différentes, ça ne changeait rien. Elle avait fini par mettre Jérôme dans un collège privé, mais dès qu'il rentrait, il courait rejoindre Frédéric. C'est avec lui que Jérôme avait eu son accident de mobylette ; ils ne l'avaient jamais avoué, mais elle est sûre qu'ils faisaient la course tous les deux, dans le noir et sur une route pleine de lacets. À partir de ce jour, elle avait interdit à Frédéric de venir à la maison, elle ne voulait plus le voir, mais cela n'empêchait pas Jérôme de le retrouver. De bonnes âmes au village s'empressaient de lui en parler, ils étaient encore hier soir derrière le mur du cimetière, on se demande bien ce qu'ils trafiquent là-bas, elle faisait semblant de ne pas les entendre. Elle avait aperçu Frédéric dans l'église plus tôt dans la journée. Il était là pour le buffet, et il était encore là pour le dîner. Il n'avait rien à y faire, ce devait être un repas de famille pour souffler, pour parler des parents.

Si elle était honnête, c'était Jérôme qui avait insisté pour que Frédéric reste, ce dernier hésitait, il voulait rentrer chez lui, mais Jérôme en rajoutait, tu plaisantes, on a squatté chez toi tout l'après-midi, s'il y en a pour nous, il y en a pour toi aussi, pour une fois, maman ne dira rien. Non, maman n'avait rien dit, elle ne souhaitait pas faire d'histoire. Pendant le repas, elle avait essayé de l'ignorer, elle avait oublié que Frédéric parlait sans arrêt, une vraie pipelette. Il s'était assis au milieu de la tablée, elle n'avait pas prévu de plan, après tout ils étaient en famille, chacun se mettait comme il voulait. Pour ne pas s'énerver, Paule faisait des allers-retours vers la cuisine, de plus en plus fréquents. Les autres ne semblaient pas gênés. Elle espérait que Jérôme allait comprendre que son ami n'avait rien à faire ici. Jérôme ne bougeait pas, il avalait sa nourriture sans lever les yeux. Les autres se taisaient ; de temps en temps, ils échangeaient une petite plaisanterie, un silence pesant avait fini par s'installer autour de la table, seule la voix de Frédéric remplissait l'espace, c'est arrivé à quelqu'un de chez moi, mon oncle, je crois, de se perdre en montagne, heureusement, on l'a retrouvé au bout de quelques heures.

Paule sentait l'exaspération de Marie monter aussi vite que la sienne. Si sa sœur intervenait, ce serait violent, elle la surveillait. Elle avait oublié Luc, assis à côté de René, mais tu vas nous faire chier encore longtemps à blablater comme ça ? C'est un repas d'enterrement, je te signale, et t'as rien à y faire, alors aie au moins la décence de te taire. Sa sortie faite, Luc s'était remis à couper de petits morceaux de viande dans son assiette, l'air de rien. Les enfants se taisaient, Paule ne voulait pas intervenir, René s'était raclé la gorge, elle espérait qu'il n'allait pas prendre la défense de Frédéric. Ce dernier avait fini par se lever, il était sorti sans un mot. Elle avait vu Jérôme commencer à se soulever de sa chaise, elle lui avait jeté un regard d'avertissement, il s'était rassis.

C'est à ce moment-là que la soirée avait vraiment pris une mauvaise tournure. Bravo, Luc, avait lâché Marie, bon débarras. C'est à ce moment-là que les enfants, les siens, ceux de Luc, Louise, la fille de Marie, étaient devenus fous. Paule ne sait même plus lequel d'entre eux a renchéri, oui, bravo, Luc, bon débarras. Luc avait souri, content. Quand il avait entendu la suite, tu as toujours eu le talent pour faire le vide autour de toi, c'est ta grande spécialité, son sourire s'était figé, il s'était tourné vers le bout de la table, là où les plus jeunes s'étaient rassemblés. Tous le regardaient, attendant de voir sa réaction. Il les scruta les uns après les autres, Paule allait intervenir, elle ne voulait pas de dispute, pas ce soir, d'ailleurs, elle n'avait jamais aimé ça. René la retint d'une main sur le bras, c'était trop tard.

Je peux savoir ce que ça veut dire ? Luc s'était levé, il avait sa voix des mauvais jours, Paule voyait sa main crispée sur le bord de la table. Philippe lâcha, laisse tomber, papa, on est tous fatigués, ça n'a pas d'importance. Paule avait l'impression que Luc était prêt à abandonner l'affaire, à revenir à son assiette quand elle entendit son fils, pas Jérôme le fort en gueule, pas Alain le colérique, non, Benoît le calme, dire d'une voix ferme, non, on ne laisse pas tomber, ça fait des années que vous nous pourrissez la vie avec vos histoires, alors maintenant, ça suffit. Marie en était restée bouche bée, littéralement. Elle avait laissé échapper un rire, s'était rendu compte que son neveu était sérieux, avait remballé son ironie habituelle. Paule regardait ses enfants, ses neveux et nièces, tous hochaient la tête, ils semblaient approuver ce que Benoît venait de dire. Elle regardait René dans l'espoir qu'il l'aiderait, il avait l'air tout aussi désemparé qu'elle. Luc s'était rassis, les épaules baissées, il était muet.

Paule avait trouvé le courage d'interroger son fils, tu m'expliques, Benoît ? Maintenant, elle regrette d'avoir posé la question, elle n'avait pas mesuré la colère qu'il y avait en eux. Trente ans, ça fait trente ans qu'on n'entend parler que de votre histoire, de celle de vos parents. Chaque fois qu'on se voit, on ne cause que de ça, tout tourne autour d'eux, c'est comme si on n'existait pas à côté de ce drame que vous avez vécu. On ne sera jamais à la hauteur. Ils s'étaient tous mis à parler, les phrases se superposaient, ils se regardaient, étonnés d'avoir ressenti la même chose et de n'avoir jamais osé l'exprimer, ils racontaient ces pèlerinages qu'on les obligeait à faire pour rendre hommage aux grands-parents pendant lesquels on leur interdisait de jouer parce que c'était une affaire sérieuse. Les délires de Luc qui s'était mis en tête de louer un hélicoptère, nous, on trouvait ça génial, on voulait monter dedans, racontait Philippe, son fils, et non, c'était toujours non, parce que tu comprends, c'est pour chercher les parents, pas pour s'amuser. Et cette année-là, du coup, on n'a pas eu de cadeau de Noël, rien, parce que tu avais dépensé tous les sous, oui, tous les sous, c'est maman qui nous l'a dit, pour payer ce fichu hélico. Et toi Marie, toi, ça te fait rire, mais tu es comme lui, comme Jean. Lui aussi, il ne songeait qu'à ça, vous êtes tous pareils, vous ne pensez qu'à vous. Les voix s'étranglaient, les larmes coulaient, les phrases montaient dans les aigus.

Paule a profité d'une accalmie pour intervenir. Tout le monde l'a toujours dit, avec son bon sens, elle est capable de ramener le calme n'importe où. Elle a juste glissé, on est désolés, mais vous ne connaissez pas votre chance d'avoir des parents qui vous aiment. Elle s'était pris ses enfants de plein fouet. Je n'en peux plus de cette phrase, avait dit Corinne. La chance d'avoir des parents, avait ajouté en ricanant Benoît, tu parles d'une veine, on en a, mais ils ne s'intéressent pas à nous. Si la remarque était venue d'un des enfants de Luc, elle l'aurait comprise, mais des siens, c'était tellement injuste, elle avait passé tant de temps à les cajoler et à les consoler, elle n'a rien fait d'autre de sa vie que de s'occuper d'eux. A-t-elle vraiment tout raté ?

Elle ne veut plus les écouter. Elle refuse d'entendre Alain dire, tu passais ton temps à t'inquiéter pour Jean, il prend trop de risques, le pauvre, voilà ce qu'on entendait tous les soirs au dîner, nos petites histoires d'école, de copains, elles ne vous intéressaient pas. Elle trouve son fils odieux, son oncle est mort et il se permet des mots comme ça. Elle ne veut plus entendre sa fille Corinne : et tous ces moments où il a fallu veiller Luc parce qu'il était ivre… Papa, combien de fois es-tu allé le chercher ? Et Marie, elle n'était jamais là quand tu avais besoin d'elle, tu l'excusais, tu comprends, elle n'a pas eu la vie facile. Elle le sait toutes les soirées où tu pleurais et où tu aurais aimé qu'elle te réponde au téléphone, mais non, madame était trop occupée avec sa petite vie dans sa belle maison au bord de la mer ?

Tout de suite après, ils étaient sortis de table. Ils avaient quitté la maison et s'étaient éparpillés dans le village, ses enfants dormaient chez des copains, ceux de Luc étaient à l'hôtel, seule Louise, la fille de Marie, était restée. Et Luc. Elle n'avait pas eu le courage de l'envoyer à l'hôtel, elle lui avait installé un matelas par terre dans la petite chambre d'enfant. Il était monté immédiatement après la dispute, sa sœur aussi. René avait voulu rester pour l'aider, elle l'avait envoyé en haut. Aussitôt seule, elle s'était mise à pleurer. Elle repensait aux mots de ses enfants. Surtout à ceux de Benoît.

Elle comprend mieux la distance qu'il a mise entre eux ces dernières années. Elle l'a ressentie pour la première fois lorsqu'il s'est installé en ville pour ses études, elle a cru qu'il avait honte de ses parents. Avec René, ils étaient descendus le voir un dimanche. Elle était arrivée avec des boîtes Tupperware pleines de nourriture, elle avait peur que son fils manque, elle avait regardé, effarée, sa chambre universitaire, elle se demandait comment on pouvait avoir envie de vivre dans un si petit endroit. Ils étaient allés déjeuner, venez, je vous invite dans un bon resto, avait dit René. Benoît marchait un pas derrière eux dans la rue. Paule s'était apprêtée, mais elle sentait que c'était trop. Elle voyait le pantalon trop court de René et ses chaussures du dimanche tellement vieilles qu'elles étaient toutes déformées. Au restaurant, René, si discret d'habitude, s'était mis à faire des blagues au serveur, ce dernier souriait par gentillesse, il regardait Benoît d'un air de dire, t'inquiète, on en passe tous par là un jour ou l'autre. Benoît n'avait pas voulu de dessert, il les avait raccompagnés à leur voiture, les avait embrassés ; Paule sentait qu'il souhaitait qu'ils repartent le plus vite possible. Plus jamais il n'avait proposé qu'ils viennent le voir.

Ce soir, elle a découvert qu'il ne s'agissait pas seulement de honte, mais d'un fossé bien plus profond. Avec Benoît, mais aussi avec les autres. Ses enfants ignorent tout de ses sentiments, elle n'a jamais voulu leur faire porter le poids du manque, elle ne leur disait rien. Une fois seulement, au moment de la disparition de Jean, elle avait parlé de cette fameuse nuit. Elle désirait maintenant leur raconter ce vide permanent en elle, il est sans doute trop tard. Elle pense à demain, à cette cérémonie destinée à remplacer la plaque en place depuis des années par une nouvelle, les parents ne sont plus disparus dans la montagne, mais retrouvés. Elle ferait peut-être mieux de tout annuler, personne n'aura envie de venir après ce qui s'est passé. À moins que ça les fasse réfléchir. Elle se demande si certains dorment. Elle sait déjà qu'elle ne fermera pas l'œil de la nuit.

*

Le lendemain matin

Paule est sur son lit, incapable de bouger. Elle entend René au rez-de-chaussée qui déplace des objets, il lave la vaisselle du petit déjeuner. Lorsqu'elle est revenue de sa sortie matinale, elle a jeté un œil à l'évier, elle y a vu les bols entassés, les petites cuillères en équilibre, elle ne s'est pas arrêtée, elle est montée dans sa chambre et elle a fermé la porte. De temps en temps, René échange quelques mots avec Marie, peut-être parlent-ils d'elle, ils se demandent ce qui lui prend tant de temps, ils imaginent peut-être qu'elle est encore blessée de la soirée d'hier. Ils ne l'ont pas toujours pas appelée, ils n'osent pas, c'est tellement contraire à ses habitudes, ce comportement. Elle est vidée, sans énergie.

Elle entend de l'agitation au rez-de-chaussée. Elle tend l'oreille, elle reconnaît la voix de ses filles, elle se donne encore quelques minutes avant de descendre. Elle ouvre le tiroir de la commode, le troisième, celui d'en bas, celui que personne n'ouvre jamais, car il est mal fichu, il n'est pas exactement dans l'axe des autres, il bute sur celui du dessus, on est obligé de se baisser pour le tirer. Paule y a glissé les quelques souvenirs qui lui restent de ses parents. Elle caresse le foulard jaune de maman, il n'est plus tellement jaune d'ailleurs, le tissu est devenu friable, il y a de grosses marques au niveau des pliures, il se casserait en deux si elle le dépliait. Il lui arrive parfois, comme aujourd'hui, de le sortir de sous la pile de mouchoirs et de le caresser ; elle se retrouve cinquante ans plus tôt, le jour de leur départ. Lucie l'appelle d'une voix douce derrière la porte, maman, il faut que tu viennes, on va être en retard. René et Marie ont envoyé sa plus jeune fille, les lâches, ils n'ont pas osé monter eux-mêmes. Ça la ferait presque sourire. Elle se dit qu'elle va se donner du courage en mettant le fichu jaune dans sa poche, elle aura l'impression d'avoir maman avec elle, un peu, et Jean aussi. Elle se met à pleurer doucement. Allez, maman, il faut y aller, sa fille insiste, elle essuie ses yeux, se lève, défroisse sa jupe, elle se rassied, elle n'est pas prête.

Elle ne sait pas comment leur raconter ce qu'elle a appris ce matin. Au moment de la découverte des parents, les gendarmes lui ont donné des feuilles de papier. Elles étaient dans la veste de Père, bien serrées au fond de la poche intérieure, tout contre son cœur, il les avait protégées de l'humidité en les entourant d'un papier huilé. Les gendarmes lui ont dit, ce sont des documents personnels, attention, ils sont fragiles, si tu les regardes, vas-y doucement ou tu vas les déchirer. Elle a tourné autour de ces papiers. Ils lui faisaient peur comme s'ils pouvaient apporter davantage de malheur encore. Ça ne ressemblait pas à une lettre d'adieu, on voyait bien en transparence que les lignes étaient courtes, qu'il n'y avait pas de vraies phrases qui s'étalaient sur toute la largeur de la page. Il y avait des colonnes de chiffres, il était peut-être question d'argent, de dettes encore, elle avait appris depuis peu tout ce que Marie avait dû payer pour eux. Sa sœur ne s'était jamais plainte, elle ne leur avait jamais rien réclamé. Mais pourquoi Père aurait-il emporté ces papiers en montagne ?

Le lendemain, elle était retournée voir le capitaine de gendarmerie, dis-moi de quoi il s'agit, je n'ai pas le courage de les regarder. Il lui avait parlé d'une voix très douce, si douce qu'elle l'avait effrayée davantage, ce sont des informations médicales, je crois que ton père était malade. Malade ? Mais malade, comment ? Il n'avait pas voulu lui en dire plus, Paule, il faudrait que tu en parles à un médecin. Elle était repartie avec les papiers pliés en quatre dans son sac, elle craignait de les abîmer à les promener ainsi, elle n'arrivait pas à s'en séparer. Elle ne savait pas à qui s'adresser, le docteur qui avait suivi Père était sûrement mort, ça faisait tellement de temps. La nuit suivante, elle avait à peine dormi, elle se demandait ce que Père pouvait avoir, pourquoi personne n'en avait rien su, et elle en arrivait toujours aux mêmes questions : cette maladie avait-elle pu affaiblir Père au point de provoquer sa chute ? Elle s'était réveillée au matin de l'enterrement, la tête embrumée, la journée était passée si vite qu'elle n'avait pas eu un instant pour s'en occuper, tout juste s'était-elle aperçue qu'à intervalles réguliers, elle triturait les papiers dans son sac, René lui avait demandé ce que c'était. Rien, avait-elle répondu machinalement. Elle avait vu que ses doigts avaient laissé des traces grasses sur le papier jauni.

Elle ne pouvait en parler ni à Marie ni à Luc tant qu'elle n'en savait pas plus. Ce matin, elle avait décidé d'aller voir le médecin du village ; il avait l'habitude de garder les petits secrets des uns et des autres, il ne dirait rien. Elle avait fait un effort pour s'habiller. Elle avait sorti un joli gilet, celui que Marie lui avait offert à Noël il y a trois ou quatre ans, c'était un très joli gilet, très cher apparemment, il n'y avait que Lucie pour repérer ça, ça l'avait mise en colère, elle avait reproché à sa tante de faire comme d'habitude, de montrer sa richesse pour mieux écraser sa mère. Paule avait replié le gilet en disant, qu'il est doux, merci, Marie. Plus personne ne l'avait porté, sauf Cécile, sa plus jeune fille, un jour qu'elle allait à un entretien d'embauche. Quand Paule l'avait vue avec le vêtement, elle lui avait adressé un petit sourire de consentement, il te portera bonheur, tu verras.

Elle était sortie avant huit heures de la maison, elle avait aperçu Benoît en train de fumer dans l'allée, elle avait hésité à lui faire une remarque, il est un peu tôt pour une cigarette, non? Et puis non, il allait lui demander où elle se rendait, elle n'avait pas envie de s'expliquer, et elle lui en voulait encore un peu d'avoir envenimé les choses hier soir. Il valait mieux qu'il pense qu'elle avait quelques courses à faire, avec le monde qu'il y avait à la maison, tout était dévoré en un rien de temps, elle le disait sans arrêt. Elle a accéléré le pas quand elle a entendu sa fille Corinne questionner Benoît, tu as vu maman? Non, pourquoi? Pour rien, un truc à lui demander. René avait ouvert la porte : tu as vu ta mère? Non. Tu ramasseras ton mégot, hein.

Elle approchait du village, elle marchait vite, la tête rentrée dans les épaules, elle ne voulait pas que quelqu'un l'arrête pour bavarder, elle n'avait pas les idées à ça. Plus que quelques pas et elle quittera la rue principale, elle sera moins exposée. Elle avait tourné à droite juste avant la maison du garde-barrière. Ça fait bien longtemps que plus personne ne surveille le passage des trains, c'est une espèce de ruine où les enfants s'amusaient quand ils étaient petits. Maintenant, elle sert de refuge aux quelques routards qui s'aventurent ici, avec leurs sacs à dos et leurs chiens, ils ne restent jamais bien longtemps. Plusieurs fois, il avait été question de la murer, personne ne l'avait fait, ça devait coûter trop cher, on ne sait peut-être même pas à qui elle appartient.

Elle continuait à filer. Elle avait presque atteint son but, la grande maison à la sortie du village. Elle a attrapé le marteau de fer, elle n'a pas téléphoné avant, elle va peut-être déranger le vieux médecin. Il a ouvert la porte, l'a invitée à entrer, il lui a offert un café, elle a accepté, elle n'avait rien pris avant de quitter sa maison pour ne pas être retenue par René ou les enfants. Presque aussitôt, elle a regretté d'avoir dit oui au médecin, il avait la main qui tremblait, il répandait de la poudre partout. En essuyant, il en avait fait tomber par terre, il marchait dedans. Elle était tentée de se lever et de le faire à sa place, elle s'était contentée de lui tendre les papiers. Elle était ressortie une heure après, elle reniflait, elle espérait ne croiser personne, la voir pleurer en pleine rue, tout le village en parlerait. Elle avait senti un bras se glisser sous le sien, maman. C'était Benoît, il l'avait suivie jusque-là, elle aurait dû s'en douter, il a toujours été très curieux. Il s'était contenté de la serrer très fort, il avait juste chuchoté, je te demande pardon pour hier soir, je n'aurais jamais dû dire ça. Il ne commentait pas ses larmes, il ne posait aucune question. Elle lui avait répondu, tu as eu raison, il fallait que vous nous disiez tout ça. Viens, redescendons, il est temps d'en finir avec cette histoire. En rejoignant la maison, elle était convaincue qu'elle dirait tout à Luc et Marie, elle avait besoin de le partager pour tenter de comprendre. Plus elle se rapprochait, plus elle hésitait. Elle était montée dans sa chambre pour réfléchir. Deux heures plus tard, elle n'est pas plus avancée.

*

Un peu plus tard le même jour

Paule a tenu à les aligner bien en rang. Eux devant, les conjoints à côté, enfin ce qu'il en reste, les enfants derrière.

Luc cherche les siens du regard, ils sont là malgré la soirée de la veille, Catherine lui adresse un petit sourire, à côté d'elle, il y a même Christine, son ex-femme. Elle n'était pas là à la messe hier. Peut-être que Paule ne l'avait pas prévenue. Ce serait étonnant, il savait qu'elles se téléphonaient encore de temps en temps. À cause des enfants, sans doute. Peut-être aussi parce que Christine avait beaucoup fait pour Luc, elle avait souffert avec lui. Paule se sentait redevable. Pas Marie. Elle n'avait pas compris comment Christine avait pu supporter Luc et ses travers aussi longtemps. Au début, elle était admirative, Christine n'en démordait pas, elle se sentait capable de l'aider, avec elle, il finirait par ne plus boire. Plus tard, Marie l'avait trouvée faible ou aveugle. Tant qu'elle restait à ses côtés, son frère continuerait. Quoi qu'elle fasse, il s'enfoncerait, il avait besoin d'un électrochoc pour prendre conscience de son état.

Marie ne sait pas ce qui a permis à son frère de décrocher, si le divorce et le fait de perdre sa famille ont pu jouer. Hier après-midi, ce n'était pas le bon moment pour lui poser la question, ils se retrouvaient après des années de quasi-silence, elle ne voulait pas le froisser. Et le dîner avait été si détestable qu'elle avait quitté la table le plus vite possible. Elle avait fui plutôt que d'envenimer les choses. L'ancienne Marie, celle de leurs vingt ans, n'aurait pas hésité, elle aurait mis le sujet de l'alcoolisme de son frère sur la table, presque par provocation, pour voir comment réagissaient les uns et les autres, mais Paule avait été si choquée par les propos de ses enfants qu'elle n'avait pas jugé utile d'en rajouter. Un peu plus tard, quand sa sœur était montée se coucher, elle avait passé une tête dans le couloir, ça va ? Paule avait hoché la tête. Marie avait passé une partie de la nuit à réfléchir à ce qu'avaient dit les enfants. Ils avaient raison, il suffit de les regarder, Luc, Paule et elle, tous les trois, ce matin, au pied de cette montagne, pleurer des parents qu'ils n'ont pas vus depuis cinquante ans. Ils ont des cheveux blancs, des rides et ils marchent difficilement, mais ils sanglotent comme des mômes. Il n'y a que Paule pour ne pas se rendre compte quelle famille désastreuse ils forment, elle préfère les aligner bien en rang pour dissimuler les problèmes. Elle veut tellement bien faire. Ce matin elle s'était absentée à l'heure du petit déjeuner, elle était apparue comme si de rien n'était, pas un mot sur la violence exprimée par ses enfants.

Paule se tient droite dans son imperméable gris foncé, elle a peur qu'il se mette à bruiner, le temps a changé. Elle a René à côté d'elle, ses enfants juste derrière. Elle pense à ce que lui a dit le médecin, le cancer de Père, très avancé, aucun espoir, surtout à l'époque, on ne savait pas soigner comme aujourd'hui, on ne parlait pas de chimio ni de rayons, on enlevait et on attendait, généralement ça revenait très vite, et la maladie envahissait tout le corps. Elle avait murmuré un «Vous êtes sûr?». Elle doutait du médecin, il était vieux, ses connaissances n'étaient peut-être pas à jour. Il avait brandi la feuille de papier, les analyses, ce sont les mêmes aujourd'hui qu'hier, je sais encore les lire, ton père n'avait plus que quelques mois à vivre. Elle était repartie avec cette nouvelle. Ni tante Andrée ni l'oncle Antoine n'en avaient jamais parlé, ils ne devaient pas savoir, Père avait dû garder le secret. Les hypothèses tournaient dans sa tête. Père avait refusé de se soigner, ça lui ressemblait bien, il pouvait être une vraie tête de pioche. Avait-il choisi d'en finir là-haut, sur la montagne? Avait-il entraîné maman dans sa chute? Parce qu'il ne voulait pas partir sans elle? Parce qu'il ne voulait pas la laisser avec les ennuis financiers et les enfants ? Parce qu'une mort en montagne ne serait pas considérée comme un suicide, et que ce serait moins compliqué pour les dettes derrière s'ils disparaissaient ? Les questions se bousculaient, elle les imaginait là-haut sur le glacier, elle repense à ce qu'a dit le premier médecin qui les a examinés, les cervicales de maman brisées, la chute probable, Père qui la rejoint et attend à ses côtés sans bouger. Elle ne peut pas croire que Père ait entraîné maman sans rien lui dire, elle devait savoir, ce serait trop cruel sinon. Presque un meurtre. Père n'avait pas emporté ces papiers par hasard, il voulait qu'on sache si un jour on le retrouvait. Paule n'écoute plus, elle se raccroche au bras de René comme s'il pouvait l'aider.

La cérémonie se termine, le maire a fini son discours, le chef des guides enchaîne, la plaque sera bientôt dévoilée. Luc se retourne pour vérifier que ses enfants sont toujours là, il leur sourit. Philippe lui répond d'un clin d'œil, il est content de les savoir derrière lui, il n'a pas besoin de plus, il comprend qu'ils se tiennent à distance, il leur en a fait tellement baver. Ils n'étaient que des enfants, des adolescents. Il n'arrivait pas à leur expliquer à quel point Père lui manquait. Tu n'es pas le seul à avoir grandi sans parents, tu sais, lui disait Christine ; il refusait de l'écouter. Il ne surmontait pas l'absence de Père. Pourtant, il l'avait frappé, il était dur avec lui, mais Luc l'admirait, il voulait lui prouver qu'il était capable, il est certain que s'ils n'avaient pas disparu, Père aurait fini par être fier de lui. Il avait aussi voulu signifier à ses sœurs qu'il pouvait les retrouver. Les premières années, elles étaient d'accord. Après, elles avaient essayé de le décourager, ça le mettait en colère, il n'avait pas compris qu'elles tentaient de le protéger. Et puis il y avait eu Jean, il n'ose pas l'avouer, mais il a été jaloux, même de sa mort. Ses sœurs et sa famille s'en sont servies pour lui montrer à quel point toutes les recherches qu'il entamait étaient inutiles, tu veux quoi ? Encore un mort ? Tu ne crois pas que la famille a assez payé ? Elles avaient raison, il aurait dû l'admettre, il avait continué, il se promettait d'y arriver, d'une certaine manière, en buvant, il y a laissé sa vie, lui aussi.

Il sent une main sur son épaule, Laurent, son fils. Il sent une main dans la sienne, Catherine, sa fille. Il se réchauffe, il est heureux, il sourit de nouveau. Paule lui jette un regard noir, elle ne comprend pas qu'il puisse sourire dans un moment pareil, elle est si fière de la plaque qu'elle a choisie, Luc se fiche de ces mots gravés dans un morceau de marbre gris. Dans quelques années, les touristes passeront devant et se demanderont qui sont ces Claude et Marie, pourquoi ils ont eu droit à une plaque, ils s'étonneront du temps passé dans la montagne avant qu'on retrouve les corps, ils se demanderont comment c'est possible, ils inventeront une histoire, ils secoueront la tête en apprenant que quatre enfants sont restés derrière eux, ils le sauront en lisant les prénoms en bas de la plaque. Paule a tenu à tous les mettre, Luc aurait préféré mentionner « la famille Cotraz », rien de plus, il n'aurait même pas mis le texte ronflant d'hommage. Paule a insisté, elle avait envie de témoigner du courage des parents et de tout l'amour qu'ils leur portaient. Il s'en fiche, il sait que ce n'est pas là que repose le souvenir, mais dans leurs têtes, il sait que rien de tout cela ne reflète leur vie.

Il observe Paule, elle a l'air troublée, il ne sait pas encore qu'elle vient de prendre la décision de ne rien leur raconter, ni à Marie ni à lui. À son tour, elle gardera le secret sur le cancer de Père et sur tout ce qu'il a pu entraîner, elle ne dira rien de ses soupçons de suicide et du fait qu'il ait pu y entraîner maman. Non, Paule ne dira rien de tout ça. À son tour, Marie regarde Luc et lui pose une main sur le bras, elle aussi sourit, il devine à quoi elle pense, à cette journée où ils s'étaient tant amusés avant que la vie tourne mal. Tu te souviens ? chuchote-t-elle. Oui, il se souvient, il se souvient de l'excitation du départ, il se souvient des pommes de terre pas cuites, il se souvient de la partie de foot avec ses copains dans le pré et des tonnes de myrtilles mangées par Jean, il se souvient de Marie lui criant après et de lui riant comme un tordu, il se souvient du pain perdu du goûter, puis de l'orage, il se souvient de Paule terrifiée qui se cachait sous les couvertures et du chien qui grognait, il se souvient de la confiance qu'il avait en Père pour rentrer sain et sauf, il se souvient de cet espoir perdu et de la fin de l'enfance.

Pour en savoir plus
sur les Éditions Récamier
(catalogue, auteurs, vidéos, actualités...),
vous pouvez consulter
www.editions-recamier.fr
www.lisez.com

lisez!

et nous suivre sur les réseaux sociaux

Éditions Récamier

Ed_Recamier

@editionsrecamier

#lisez! engagé
www.lisez.com

Pour plus d'information :

Imprimé sur du papier issu de forêts gérées durablement.

CET OUVRAGE A ÉTÉ ACHEVÉ D'IMPRIMER SUR ROTO-PAGE
PAR L'IMPRIMERIE FLOCH À MAYENNE EN JANVIER 2024

N° d'impression : 103985
Imprimé en France